Farming life
in another world.
Presented by
Kinosuke Naito
Illustrated by Yasumo

「느긋하게
지내는 것도
나쁘지 않아」
Farming life in another world. Volume 15

「조사대,
출발합니
키하트로이
(엘더 드래곤)
Kibatroy/Elder dragon
오제스
(엘더 드래곤)
Oages/Elder dragon
Farming life in another world. Volume 15

다!!
리그네
(하이엘프)
Ligne/Hi Elf
하이프리그타
(엘더 드래곤)
Hifrigoota/Elder dragon

「또
성가신 일이냐?」
Farming life in another world. Volume 15

「도와줘~~」

이세계 유유자적 농가

Farming life in another world.
Presented by Kinosuke Naito
Illustrated by Yasumo

글 **나이토 키노스케**

일러스트 **야스모**

Farming life
in another world.

이세계
유유자적
농가

Farming life in another world.

Prologue

Presented by
Kinosuke Naito
Illustrated by
Yasumo

〔 서 장 〕

폭주

나는 마왕국의 병사. 말단 병사지만, 왕도의 왕성을 경비하고 있으니 나름대로 실력이 있다고 자부하고 있다.

그건 나만이 아니라 경비하고 있는 병사 모두에게 해당하겠지만. 근무 시간이 아닐 때는 '저 녀석보다 내가 강하다', '그 녀석에게 졌다', '누구누구를 이기고 싶다' 같은 이야기만 한다.

하지만 대장에게 도전하고 싶다고 말하는 자는 없다. 우리 대장은 확실히 한 수 위로 강하니까. 그래서 단련을 부탁하고픈 마음은 있어도, 도전하고픈 마음은 없다.

그 대장이 새파랗게 질린 얼굴로 우리를 모았다. 그것만으로도 알 수 있다. 큰일이 났다고.

일단 대장에게 잠시 기다려달라고 하고, 우리 병사들은 의논했다.

어쩌지? 그만둘까? 그만둘 거면 타이밍은 지금이지? 듣고 나면 그만둘 수 없다고. 하지만 지금까지 받은 월급만큼은 일해야지……. 그렇지. 대장에게 술을 얻어 마신 적도 있고 말이야. 응, 그만두는 건 좀 아니야. 각오했다. 너희도 괜찮지? 좋아, 의견은 통일했다. 내가 대표로 대장에게 말한다.

"대장님, 휴가를 신청하고 싶습니다."

안 된다고 했다. 상사의 갑질이 심한 직장이다.

우리는 저항했는데도 대장은 설명을 계속했다. 너무하다. 그리고 이야기의 내용도 너무하다.

"왕도 동쪽에서, 폭주의 낌새가 있다."

폭주(스탬피드).

물론, 기운 넘치는 사람이 설친다는 뜻이 아니다. 마물과 마수의 대규모 이동을 뜻한다.

뭐, 폭주 자체는 드문 일이 아니다. 마왕국의 영토가 광대하다 보니 어딘가에서 매년 발생하고 있다.

게다가 아까도 말했지만, 우리는 왕성을 경비하고 있다. 마물과 마수의 대규모 이동 정도는 해결할 수 있다. 해결할 수 있지만…… 문제가 있다.

그것은 폭주의 원인.

대부분의 마물과 마수는 자기 영역이 있고, 그 영역에서 잘 나가지 않는다. 대규모 이동은 자기 영역을 버렸다는 뜻이다.

즉, 자기 영역을 버리면서까지 이동해야만 하는 사태가 있었다는 뜻.

폭주의 원인은 여러 가지가 있지만, 대체로 파고들면 두 가지. 식량 부족 또는 위협을 느꼈을 때다.

식량 부족이 원인으로 일어나는 폭주는 일반 주민에게는 위협적이긴 하지만, 우리가 두려워할 정도는 아니다.

곤란한 것은 위협을 느껴서 발생했을 때. 마물과 마수가 지금까지의 자기 영역을 버려야 할 정도로 강력한 마물과 마수가 출현했다는 뜻이다. 그렇게 되면 그 강력한 마물과 마수의 토벌까지 우리의 임무가 되기 때문이다.

솔직히 힘들다. 제발 식량 부족이 원인이어라.

그거길 바란다. 하지만 폭주의 낌새가 있는 곳은 왕도 동쪽. 왕도 동쪽에는 어떤 지역이 있다.

어지간한 마물과 마수가 아이들 장난감으로 여겨질 정도로 흉악한 마물과 마수의 소굴. 생이 허락되지 않는 숲. 〈죽음의 숲〉이 있는 것이다.

일단 〈죽음의 숲〉에서의 침입을 막듯이 높은 산들이 있지만, 〈죽음의 숲〉의 마물과 마수가 산을 넘은 기록이 없는 것은 아니다.

가장 가까운 기록으로는 왕도를 포함한 이 일대가 인간의 나라였을 시절. 거대한 뱀이 산을 넘었다고 한다.

그 거대한 뱀에 의해 인간의 나라가 심각한 피해를 보고, 추가로 마왕국이 쳐들어오면서 그 나라는 멸망했다. 이번 폭주로 마왕국이 멸망할 것 같진 않지만, 인간의 나라에서 소란을 피우지 않을까 걱정이다.

“너무 심각하게 생각하지 마라. 폭주의 낌새가 있을 뿐이다. 일단 우리 부대를 포함한 20개 부대에 조사가 명해졌다.”

모험가에게 협력 요청은 했습니까?

“이미 했다. 그리고 마왕님께서도 독자적으로 움직이시려는 모양이다.”

마왕님께서? 어째서 그런 위험한 짓을?

“부인과 따님에게 좋은 모습을 보이고 싶으시단다.”

아, 네. 그러십니까.

“자, 6인 1조로 행동 개시! 무슨 일이 생길 경우, 한 명은 살아서 돌아와라.”

여섯 명 모두 살아서 돌아오겠습니다!

왕도 동쪽에, 갑자기 산이 있는 것은 아니다. 제법 넓은 숲이 펼쳐져 있다.

그 숲속에 몇 군데 작은 요새가 만들어져 있다. 적이 숲속을 지났을 때 경보를 울리기 위한 요새다. 그 요새가 폭주의 낌새를 감지한 것이 제1보.

우리가 요새에 도착해서 사정을 물어보니, 폭주의 낌새가 아니라 폭주의 전조가 되어 있었다. 폭주는 거의 확실하게 발생한다. 그런 느낌이다. 아, 불길한 예감이 든다. 하지만 여기서 일을 포기할 수는 없다. 힘내서 원인인 위협을 찾아볼까.

응? 식량 부족의 가능성? 알고 있잖아? 이 요새에 도착하기까지 해치운 마물과 마수는 평범했다. 즉, 제대로 먹고 있다. 식량 부족일 가능성은 없다.

요새에서 나와 동쪽으로 이동하길 10일. 멀리서지만, 원인을 발견했다.

최악……은 아닌 듯하다. 우리 시선이 닿는 곳에 있는 것은 인페르노 울프 한 마리.

우리로서는 승산이 없지만, 마왕국 전체로 보면 어떻게든 될 것이다. 피해를 어디까지 막을 수 있느냐겠지. 나는 다른 부대원들에게 이제부터 어떡할지를 상담했다.

방침으로서는, 절반이 남아 감시. 나머지 절반이 돌아가 보고하는 거겠지. 제비뽑기로 정할까.

"제비뽑기라. 그러고 보니 알고 있어?"

응? 마왕님의 뽑기 운이 좋다는 거?

"그게 아니야. 왕도에 인페르노 울프가 나타났다는 소문이야."

아아, 들었어. 실제로는 데들리 울프였다며?

"그런 것 같지만…… 기사단 녀석들은 인페르노 울프가 나왔다고 했어."

그렇다면 왕도를 중심으로 폭주가 일어나잖아?

"일어났다고 하더군."

그래?

"어. 소규모였던 것 같지만. 그리고 그 인페르노 울프를 해치운 게 마왕님이신 것 같아."

오오, 역시 우리의 마왕님.

"그 마왕님께서 인페르노 울프 앞에 계셔."

어? 아, 정말이다. 어느 틈에? 그리고 싸우시는 건가? 아니다. 마왕님께서 팔을 벌리고 인페르노 울프를 맞이하는 듯한 자세.

오오! 마왕님 정도가 되면 인페르노 울프마저 따르게 하는 건가. 대단해!

그렇게 생각하며 보고 있었는데, 마왕님은 인페르노 울프의 앞발에 맞아 날아갔다.

…………….

마왕니이이이이이이임!!!

Farming life in another world.

Chapter.1

Presented by
Kinosuke Naito
Illustrated by
Yasumo

〔 1장 〕

폭발 사건

01.집 02.밭 03.닭장 04.큰나무 05.개집 06.기숙사 07.개 구역 08.무대 09.숙소 10.공장
11.거주 구역 12.목욕탕 13.골프장 14.상수로 15.하수로.16.저수지 17.풀장&풀장 시설
18.과수원 구역 19.목장 구역 20.마구간 21.외양간 22.염소집 23.양집 24.약초밭 25.새밭 구역
26.레이스장 27.던전 입구 28.꽃밭 29.놀이터 30.감시 초소 31.본격적인 놀이터
32.동물용 온수탕 33.만능선 선창 34.세계수 35.골프장 36.골프 관련 건물 37.새우 양식장

1 보호

점심.

나는 하늘을 나는 양탄자(플라잉 카펫)를 타고서, 슬슬 수확 시기에 접어드는 밭을 둘러보고 있었다.

1년에 세 번 있는 수확 중 두 번째. 여름 수확. 여름인데도 잘 익은 벼 이삭이 처음에는 어색했다. 지금은 괜찮다. 익숙해졌다.

내가 탄 양탄자 옆을 쿠로와 유키가, 뒤에서는 귀인족 메이드 한 명이 걷고 있다. 그래서 비행 속도는 느린 편.

…………….

이대로 하늘을 나는 양탄자를 타고 생활하다간 내가 살찌는 거 아닐까? 하지만 하늘을 나는 양탄자는 타 주기를 강하게 희망하고 있다. 하늘을 나는 양탄자로 만들었으니까, 나도 타 주고 싶어진다.

으음, 수확이 시작될 때까지는 이대로 괜찮을까? 수확이 끝났을 때가 문제네. 설득할 수 있을까? 그리고 최근 말이나 켄타우로스들이 나를 보는 눈이 조금 무서운 것이 신경 쓰인다. 딱히 너희를 소홀히 하고 있는 건 아니야.

말은 말대로 제법 나이가 들었을 테고. 아니, 쇠약해진 기색은 전혀 느껴지지 않지만. 조금 전에도 목장 구역에서 다른 말들을 이끌고 선두에서 달리고 있었고. 먹는 것이 좋아서일까? 아니면 내가 모를 뿐이지 말의 현역 시기가 긴 걸까? 경마에서는 8세 말은 전성기가 지나 거의 은퇴한다고 들은 적이 있는데…… 그건 경주마(서러브레드)라서 그럴까? 승마용 말은, 좀 더 오래 활약할지도 모른다. 아니면, 이쪽 세계의 말은 강한 걸까? 모르겠다.

밭 순찰을 마치고, 다음으로 아이들이 있는 풀장의 상태를 보러 가려던 참에 비젤이 허둥지둥 찾아왔다. 무슨 일이 생긴 걸까?

나는 마왕국의 왕도 동쪽에 있었다. 눈앞에 커다란 산맥이 벽처럼 있다. 평소에는 반대쪽에서 보고 있지만, 여기까지 가까이 온 적은 별로 없어서 조금 신선하다.

나와 함께 있는 것은 전이 마법을 써준 비젤, 그리고 호위 역할인 걸프와 다가. 그리고 슬슬 무를 수확하지 않을까 하고 보러 왔던 드라임.

"촌장, 저쪽입니다."

걸프가 가리키는 방향에, 마왕을 중심으로 한 집단이 있었다. 집단이라고 하기에는 인원이 적으려나? 마왕과 호위 병사 6명. 그리고 알프레드와 우르자다.

"아버지."

다가오는 아이들을 껴안는다. 그래, 착하지. 마왕은 오지 않아도 돼. 왜 안기는 거야?

조금 시간을 두고.

비젤에게서 대략적인 이야기는 들었지만, 마왕에게 자세한 이야기를 듣는다.

"인페르노 울프가 있어서 촌장네 인페르노 울프인가 싶어 다가갔더니 얻어맞았다."

얻어맞았지만, 다친 데는 없는 모양이다.

"그 정도로는 말이지."

마왕은 가슴을 편다. 다친 데는 없는 것 같지만, 얼굴 오른쪽이 조금 빨개진 건 말하지 말자.

공격당했지만, 만약 우리 마을 인페르노 울프였다면 곤란하니, 마왕은 알프레드와 우르자를 불러 확인을 부탁했다.

"마을에서 본 기억이 없는 것은 확실한데. 큰나무 마을 말고 다른 데서 태어났을 가능성도 버릴 수 없으니 쿠로1을 부를까 생각했어."

"하지만 쿠로1을 불러서 싸움이 나면, 이 근방이 엉망이 되잖아?"

하긴 그렇지.

숲은 소중하다. 우르자가 알프레드를 말리고, 나를 부르는 것이 안전하다고 말한 것을 마왕이 채용했다고 한다. 여러모로 신경 쓰게 해서 미안하다.

사정은 알았으니, 다음 문제는 그 인페르노 울프구나.

어디에 있지? 저쪽?

…………산맥 기슭 부근, 바위투성이 같은 장소에 엎드려 있었다. 몸집이 커다란 상태라 제법 거리가 있어도 잘 보인다.

하지만 뭘 하고 있는 거지? 풀이 죽어 있는 것처럼 보이기도 하는데…….

"촌장의 마을에 있는 개체인가?"

아니다. 우리 마을의 개체라면 어디서 태어나든 한 번은 내게 얼굴을 보이러 온다. 여섯 살 정도로 보이는 수컷. 한 살 정도의 오차를 포함해도 본 기억이 없는 개체다.

하지만 본 기억이 없다고 해서 방치할 수는 없다. 여기 있으면 모험가들에게 토벌당할 가능성이 있다. 이것도 뭔가 인연이겠지.

큰나무 마을로 데려가 주자.

"데려간다고? 어떻게?"

마왕이 물어보지만, 무슨 말을 하는 걸까? 비젤의 전이 마법이 있잖아. 이전에 소환 마법으로 왕도 부근에 소환되었던 쿠로1을 돌려보내 준 것을 잊은 걸까?

"아니, 그게 아니라…… 저 인페르노 울프가 얌전히 따를까?"

말하면 괜찮을걸?

"어, 음……."

뭐든 시험해 봐야 안다. 해보면 알 수 있을 거야.

아아, 걸프와 다가는 조금 떨어져 있어. 자극할 테니까.

나는 혼자 인페르노 울프의 앞으로 다가갔다.

내가 다가가도, 인페르노 울프는 움직이지 않는다. 역시 본 기억이 없는 개체다. 나는 안중에도 없이 뻔뻔한 태도가 신선하다.

하지만 어느 정도 거리까지 내가 가자, 엎드려 있던 인페르노 울프가 일어섰다. 으음, 크다. 쿠로네도 커질 수는 있지만, 내 근처에서는 잘 커지지 않으니까. 일단 커진 이 몸을 어떻게든 할까. 이대로 둬서는 비젤의 전이 마법으로도 도저히 옮길 수 없을 테니까.

일어선 인페르노 울프를 신경 쓰지 않고 내가 나아가자, 거슬렸는지 나를 노려보고 있다.

워워. 너무 흥분하지 마. 내가 그렇게 말하며 더욱 나아가자, 인페르노 울프가 덤벼들었다. 응, 예상대로.

나는 〈만능 농기구〉를 창으로 만들고, 덤벼든 인페르노 울프의 양쪽 뒷다리를 옆에서 한꺼번에 걷어냈다.

인페르노 울프의 몸이 벌러덩 뒤집혔다. 그때 재빨리 옆구리를 쓰다듬는다. 열심히 쓰다듬는다.

옳지, 착하지. 왜 그래? 낯선 장소라서 무서웠어? 괜찮아. 바로 친구들이 있는 곳으로 데려가 줄 거니까.

비젤의 전이 마법으로 걸프, 다가, 인페르노 울프와 함께 큰나무 마을로 돌아왔다.

알프레드나 우르자도 함께라고 말하고 싶었지만, 학교생활이 있다. 뭐, 건강한 모습을 볼 수 있어서 다행이었다. 다음에 만나는 것은 겨울일까? 아니면 마을 무투대회에 참가하러 돌아오는 걸까? 다시 만날 날을 기대하자.

드라임은 남아서 인페르노 울프가 이곳에 온 경로를 조사한다고 한다. 그러고 보니 게이트 드래곤으로서 〈죽음의 숲〉 마물과 마수가 밖으로 나가지 않도록 하는 역할이 있었지. 무 수확은 돌아올 때까지 시작하지 않을 테니 잘 조사해 주길 바란다.

마을로 데려온 인페르노 울프는 가장 먼저 쿠로와 유키에게 소개했다.

쿠로와 유키가 인페르노 울프 무리의 우두머리니까. 그건 소홀히 할 수 없다.

쿠로와 유키가 받아들이기로 결정하고, 신입으로 인정. 우선은 이걸로 한시름 놓는다.

다음은…… 목욕을 해야지. 응, 더러우니까. 이대로는 저택에 들어갈 수 없다.

내가 씻겨도 되지만…… 내가 신입을 씻길 경우, 혼자 특별 취급할 수는 없으니 거의 모든 개체를 내가 씻겨야 한다. 아무리 그래도 그건 체력적으로 힘들다.

내가 어떡할지 고민하고 있자, 쿠로네 아이들 넷이 찾아왔다. 너희가 신입을 목욕탕에 데려가 주는 거야? 그러면 다행이네.

다행이지만…… 어어, 저기, 알고 있지? 돌봐주러 온 쿠로네 아이들은 전부 암컷이다. 그리고 모두가 짝이 없다. 신입 인페르노 울프가 속았다는 얼굴로 나를 보고 있다. 아니야. 그럴 생각은 눈곱만큼도 없어. 이 세상에 태어난 것을 한탄하지 마.

아, 알았다. 내가 씻겨줄게. 암컷들도 건드리지 않게 하겠어. 괜찮아. 조금 힘들어질 뿐이야. 그 대신 너는 너대로 힘내서 여기에 익숙해져. 곤란한 일이 있으면 사양하지 말고 내게 말해.

잡담 신입

내 영역에는 위협이 되는 적이 없다. 하지만 방심은 하지 않는다.

내가 사는 이 숲에는 그래플러 베어, 블러디 바이퍼, 데몬 스파이더 등 강적이 많다. 내 영역에 없는 것은 그저 운이 좋은 거다.

내게 이름은 없다. 그냥 인페르노 울프다.

…………….

사냥감을 너무 오래 쫓은 것이 좋지 않았던 모양이다. 길을 잃었다. 내 영역은 어디지? 인페르노 울프는 방향 감각이 좋다고들 하지만, 한계는 있다.

멀리 있는 산맥을 보고, 장소를 확인했다.

…………….

언제나 큰 산맥이 작다. 즉, 숲 중앙 가까이에 있다. 위험하다.

이 숲은 중앙에 가까워질수록 강자가 많아진다. 조금이라도 벗어나야만 한다.

아아, 이미 늦었다. 거대한 곰…… 그래플러 베어의 낌새가 있다. 아직 먼가? 도망칠 수 있을까? …………응? 뭐야? 그래플러 베어의 상태가 이상한데?

…………….

안, 안 돼! 흥미를 갖지 마!

자신을 질책한다. 어설픈 호기심은 목숨을 앗아간다. 그것을 잘 알기에 이 나이까지 살아남았다. 얼른 도망치는 것이 상책이다.

나는 그렇게 판단하고, 행동했다. 하지만 세상은 그리 만만하지 않았다.

그래플러 베어가 내 진로를 막듯이 기를 쓰고 이동했다.

뭐야? 내 존재가 들킨 건가? 아니었다.

그래플러 베어는 무언가와 싸우고 있는 듯했다. 아니, 도망치고 있다고 해야 할까? 그것을 쫓고 있는 것은…… 나와 같은 인페르노 울프? 그 모습을 보고, 나는 떨었다. 격이 다르다. 그것도 한두 단계가 아닌 격상. 신성함마저 느껴진다.

그 인페르노 울프가 그래플러 베어를 따라잡아 공격하고 있는데…… 맞히지 않고 있어? 인페르노 울프의 이빨이나 발톱이 그래플러 베어에게 닿기 직전에 움직임을 멈추고 있다.

그래플러 베어의 특수 능력인가? 그럴 리가 없다. 왜냐하면 그래플러 베어는 공격받을 때마다 죽음을 각오하고 있으니까. 공격을 멈추는 특수 능력이 있다면, 저런 얼굴은 하지 않는다.

즉, 저 인페르노 울프가 일부러 공격을 멈추고 있다. 왜? 자신의 움직임을 확인하고 있는 건가? 그래플러 베어를 상대로?

그래플러 베어와 신성한 인페르노 울프는 놀란 나를 무시하고 지나쳐 갔다. 나를 눈치채지 못했을 리는 없겠지. 그래플러 베어와도, 신성한 인페르노 울프와도 눈이 마주쳤으니까.

…………….

나는 공포에 휩싸여 냅다 달리기 시작했다.

어디를 어떻게 달렸는지, 기억나지 않는다. 어느새 나는 낯선 장소에 있었다. 근처에 익숙한 산맥은 있지만, 이건 언제나 보던 쪽이 아니다.

나는 산맥을 넘은 모양이다. 나를 길러준 어미가 말했었다. 산맥을 넘어서는 안 된다고. 그랬다간 드래곤에게 죽는다고.

…………….

숲으로 돌아가는 것은 간단하다. 이 산맥을 넘은 곳에 내가 살던 숲이 있다. 그건 알고 있다. 하지만 몸이 움직이지 않는다.

그 그래플러 베어의 미친 듯 분노에 찬 눈이 떠올라서. 그 신성한 인페르노 울프의 눈이 떠올라서.

…………….

그 신성한 인페르노 울프, 굶주린 눈을 하고 있었지? 게다가 쓸쓸해 보이기도 했다. 강자이기에 느끼는 고독에 괴로워하고 있었던 걸까?

…………훗. 내가 어떻게 알겠나. 나는 이 자리에서 토라져 잠들기로 했다.

드래곤에게 죽는다고? 좋아, 언제든지 와봐라.

이상한 자가 찾아왔다.

강하다.

그것은 이해할 수 있다. 아마도 나보다 강하겠지. 이것이 드래곤인가?

아니구나. 아무렴 어때. 승부를 원한다면 받아주겠다. 여기서 도망치면 내게는 더 갈 곳이 없다.

나는 온 힘을 다해 이상한 자를 후려쳤다. 회피당할 것을 전제로 한 공격이었는데, 제대로 직격했다.

…………….

꽤 멀리 날아갔지만…… 저 정도로는 죽지 않겠지.

상대를 진심으로 만들어버렸나 하고 조금 후회했지만, 이상한 자는 돌아오지 않았다.

뭐였던 걸까?

또 이상한 자가 찾아왔다. 아까와는 다른 이상한 자다.

그 증거로, 약하다. 응, 확실히 나보다 약하다.

어째서 그런 약자가 내게 다가오는 거지? 그냥 어리석은 자인가?

어이, 더 다가오지 마. 죽인다.

그 이상한 자는 내가 내뿜은 살기를 받고도 걸음을 멈추지 않았다. 도저히 용서할 수 없다.

나는 덤벼들었다. 이 거리, 간격. 확실히 숨통을 끊겠지. 그렇게 생각했는데 이상한 자는 한 걸음 더 다가왔다.

게다가 어느새 손에 긴 막대를 들고 있다. 어디서 꺼냈는지 의문을 느낄 틈도 없었다.

나는 발랑 뒤집혔다. 그리고 약자에게 배를 희롱당하고 있다.

잠깐, 야, 그만해!

몸을 일으키면 이 약자를 물어뜯어 죽일 수 있는데, 몸이 움직이지 않는다. 몸이 약자의 손놀림을 원하고 있다.

말도 안 돼. 나, 나는 이런 것에 굴하지 않아. 에잇, 나긋나긋하게 속삭이지 마.

나는 무섭지 않아. 동료? 동료 따위는 필요 없어. 나는 어릴 때 암컷에게 쫓겨 다닌 이후로 혼자 살고 있다.

이제 와서, 동료 따위…… 아, 거기가 아니야. 좀 더 아래. 그래, 거기…… 아아아…… 몸에서 힘이 빠져나간다.

세상일이란 그냥 흘러가는 대로 두는 것도 필요하다고 생각한다. 응.

뭐, 이 약자를 따라가면 지루하지는 않겠지.

약자는 약하니까. 내가 지켜주는 것도 나쁘지 않을 거다. 드래곤이 올 때까지만.

…………….

저기, 약자. 처음에 왔던 이상한 자 옆에 있는 게 드래곤이라고 자칭하고 있는데요? 난 여기서 죽는 거야? 괜찮아? 지켜주는 거야? 야, 얌전히 있을 테니, 부탁한다.

잠시 생각해 봤는데, 약자는 약하지 않을지도 모른다.

드래곤이라고 자칭한 자는 내가 어느 부근에서 산맥을 넘었는지를 신경 쓰고 있었다.

"일단 결계는 있지만, 워낙 오래되었으니 말이지. 구멍이 있다."

예전부터 이 부근 결계에 큰 구멍이 있는 것은 알고 있었지만, 다 조사하지는 못했던 모양이다.

"나는 그 결계를 막고 나서 돌아가도록 하겠다. 촌장은 먼저 돌아가길 바란다."

약자의 이름은 촌장이라고 하나. 기억해 두자.

나는 촌장을 따라, 전이 마법으로 이동했다.

어디로 가는 걸까?

…………….

전에 살던 숲이었다. 게다가 주위 산맥의 크기로 추측하건대, 한복판이다.

그런가. 어어, 난 여기서 죽는 건가? 괜찮아? 정말로? 믿는다?

확실히 주위에는 나와 같은 인페르노 울프의 낌새가 많이 있지만, 그만큼 데몬 스파이더의 낌새도 있는데?

앗, 무수한 새끼 데몬 스파이더들에게 둘러싸였다!

뭐, 뭐야, 이상한 움직임을 하고 있는데? 환영의 춤? 뭐야 그게?

나는 그냥 인페르노 울프.

목욕은 기분 좋았다.

그리고 물고기가 맛있다. 강에 사는 물고기와 달리 흙내가 나지 않는다. 구운 생선은 더욱 맛있다.

그것을 먹은 것만으로도, 나는 태어난 의미가 있다고 생각한다.

…………….

암컷 네 마리가 나를 보고 있다. 그만 보길 바란다.

2 캠프에서 찌개 요리

마을 서쪽에 있는 강가에서, 쿠로가 땅에 작은 구덩이를 팠다.

그리고, 쿠로는 그 구덩이에 불 마법을 날렸다. 그 불이 꺼진 시점에서, 구덩이를 확인.

…………….

구덩이가 유리화 됐다. 간단한 마법으로 보였는데, 제법 고온이었구나.

그리고 쿠로는 그 구덩이를 향해 물 마법을 써서 물을 부었다.

수증기 폭발이 일어났다.

유리화가 일어날 정도로 고온인데 곧바로 대량의 물을 부으면, 그렇게 되겠지. 응.

식히면 괜찮아. 혹은 불 마법의 온도를 낮춰서, 구덩이가 도기처럼 되는 수준으로…… 그것도 고온인가.

역시 식히는 것이 중요하구나.

나는 쿠로가 혼자 다이어트 여행을 하고 있을 때의 실수를 확인하고 있었다.

챙겨갔던 된장은 요리에 쓰지 못하고 핥아먹기만 했다고 하니까. 다음은 없겠지만, 만약을 생각해서 쿠로도 할 수 있는 요리 방법을 생각해 본다.

…………….

땅을 파니까 굳힐 필요가 있는 거고, 그렇다면 냄비가 될 만한 바위의 움푹 파인 곳을 찾는 게 어떨까? 봐, 저런 느낌의 바위.

나는 근처에 있던 커다란 바위에서 움푹 파인 곳을 발견했다. 마침 큰 냄비 정도의 구멍이 있다.

다만 그 구멍은 바위 옆면에 있어서 바위를 굴려 조절할 필요가 있지만…… 쿠로가 몸통 박치기로 굴려주었다. 고마워.

이제 여기에 물 마법으로 물을 채운다. 쿠로가 불 마법으로 소독하지 않아도 괜찮겠냐고 물어봤다. 똑똑하구나.

하지만 우선은 이 구멍이 물이 새지 않는지를 체크해야지. 응, 물은 안 새는 것 같다.

다음으로 불 마법으로 소독한다.

나로서는 뜨겁게 달군 돌을 넣는 스타일로 괜찮다고 생각했고, 쿠로도 그렇게 할 거라고 생각했지만, 문제가 있었다.

달군 돌을 옮기는 방법.

나라면 나무젓가락으로 집거나 삽으로 퍼서 뜨겁게 달군 돌을 옮길 수 있지만, 쿠로는 불가능하다. 입으로 물 수는 없다.

그래서 아까 채웠던 물을 마법으로 직접 끓여 소독한다. 뭐, 그게 가능하다면 돌을 달굴 필요는 없나.

열탕 소독은 쿠로에게 맡기고, 나는 주위를 본다. 아무도 없다.

그런 상황에서 순식간에 내 손이 비었다고 판단한 쿠로네 아이들이 숲속에서 차례차례 다가온다. 전부 30. 주변 경계, 수고했어. 그래, 착하지. 괜찮았어? 다친 데는 없지?

쿠로네 아이들 사이에는 얼마 전 데려온 신입이 있었다. 사이좋게 지내는 것 같아서 다행이다. 괴롭힘을 당하거나 하지는 않은 모양이다.

뭐, 내가 너무 챙겨주면 그것이 괴롭힘의 원인이 될지도 모르지만…… 응? 예전의 암컷들이 괜찮다고 보고했다.

친해졌나 보네. 나쁜 일은 아니다. 나쁜 일은 아니지만…… 나는 작은 목소리로 곤란한 일이 생기면 몰래 보고하라고 신입에게 속삭였다.

어이어이, 눈물 보이지 마. 마을로 데려온 것은 나야. 내가 원인이기도 하니까. 그래, 착하지.

열탕 소독이 끝난 모양이다.

쿠로도 머리를 들이대서, 잘했다며 쓰다듬는다.

자, 식재료나 조미료는 나름 챙겨왔으니, 내가 평범하게 만드는 데는 곤란함이 없다. 하지만 이번 콘셉트는 쿠로네가 할 수 있는 요리 방법의 확립이므로, 나는 만들지 않는다. 쿠로네가 만든다. 나는 지시할 뿐.

뭐, 식재료를 자르거나 하긴 하겠지만. 쿠로네만 있을 때는 입으로 물어뜯거나 해야 하겠지만, 이 정도는 문제는 없겠지.

열탕 소독에 쓴 물은 버리고…… 쿠로네한테는 어떻게 버리게 하면 좋을까?

고민하고 있자, 쿠로가 또 바위에 몸통 박치기를 했다. 아하. 처음에 있었던 것처럼 옆으로 기울였다가 다시 원위치로 돌리는 거구나.

응, 물은 버렸다. 와일드하지만, 결과만 좋으면 장땡이다.

그러면 구멍에 새로운 물을 마법으로 붓고…… 건더기를 넣을 테니 물의 양은 조절해야 한다.

좋아, 그 정도. 다음에는 물을 마법으로 데워줘. 천천히 해도 괜찮아.

물이 끓기 시작하면, 된장을 투입한다…………고, 말하고 싶지만, 아무리 그래도 된장만으로는 맛이 심심해진다.

그래서 한천으로 굳힌 육수를 넣은 특별한 된장을 준비했다. 육수의 배분과 된장의 맛 조절에 고생한 특제품이다.

게다가 된장 형태 그대로는 쿠로네가 다루기 어려울 테니, 짧은 막대 모양으로 가공했다. 완벽하다.

이것을 한 개…… 냄비의 물이 얼마나 있는지 봐서 조절해야겠네. 이번에는 두 개 투입하자. 이 막대가 뜨거운 물에 녹으면 어엿한 찌개 국물이 된다.

응, 좋은 향기가 나기 시작했다. 다음은 건더기를 투입하고, 익으면 완성이다. 별로 어렵지는 않지?

다만 짧은 막대 모양으로 만든 특제 된장은 여러 개 준비했는데, 글라츠가 가져가고 싶어 했거든. 다음 생산까지 조금 기다려줘.

그래. 만드는 데 제법 품이 들거든.

나중에 다섯 마을 상인들에게 위탁하고 싶다고 생각하지만, 맛을 안정화하는 것을 생각하면 큰 곳에만 맡길 수 없잖아? 작은 곳의 사정도 생각해 주지 않으면, 망해버리니까.

그것을 위한 휴대용 식량을 플로라에게 연구하게 하고 있는데…… 이런이런. 내가 쿠로네한테 무슨 얘기를 하는 건지.

미안해. …………아니라고? 그래? 아유, 착해라.

찌개의 건더기는 고기가 중심이지만, 완성했다.

나로서는 식용이 가능한 풀을 넣으면 좋겠지만, 쿠로네가 그걸 구할 수 있을지 하는 문제가 있다.

아니다. 쿠로네는 똑똑하니까 보여주면 기억해서 똑같은 풀을 찾을 수 있겠지. 다만 식용 부분만을 어떻게 딸지가 문제다.

어설프게 입으로 물면 먹을 수 없는 부분…… 독이 있는 부분을 입에 넣을 가능성이 생긴다. 그런 위험한 짓은 시킬 수 없다. 그래서 풀은 포기했다.

특제 된장에 채소 성분을 더 많이 넣자.

…………….

고기도 넣어서 뜨거운 물에 녹이기만 하는 게 편리할까? 이 점은 플로라나 앤과 상담해서 생각해 보자.

응? 완성했으니, 먹어도 괜찮다고?

첫 번째는 나? 알았다, 그럼 첫 그릇을 받지.

나는 그릇에 내 몫을 덜어서 한입 먹었다. 응, 맛있다.

내가 먹은 것을 확인하고 나서, 쿠로네가 순서대로 냄비에 입을 대기 시작한다. 다음에 기다리는 아이들도 잘 생각하고 있는 것 같아서 흐뭇하다.

용도를 생각해서 몇몇이 먹을 정도밖에 만들지 않았으니까. 기회가 생기면 다음에는 대량으로 만들자.

식후.

쿠로네와 강에서 잠시 논 뒤, 나는 저택으로 돌아왔다.

저택 안뜰에서 자부톤의 아이들이 교묘하게 거미줄을 조종해 찌개를 만들고 있었다. 지켜보고 있었던 모양이다.

쿠로네가 듣는 앞이니까 칭찬하기 어렵지만…… 어라? 고기와 채소의 균형이 좋아 보이는 데다, 색감도 완벽해? 앤이 만드는 전골과 같은 레벨로 보인다.

아, 첫 그릇을 주는 거구나. 고맙다.

…………….

맛있었다.

저녁 식사.

앤과 귀인족 메이드들이 완전 호화로운 전골 요리를 준비했다.

…………….

한마디 해도 될까? 지금은 여름인데?

아뇨. 아무 말도 안 했습니다. 잘 먹겠습니다.

3 라나아논의 불

저수지에서 폰드 터틀들이 대열을 이루어 헤엄치고 있었다.

1열, 2열, 3열로 깔끔하게 바꾸니 아무리 봐도 질리지 않는다.

그리고 생각한다. 늘어났구나 하고.

얼핏 봐도 100마리는 있다. 뭐, 괜찮지만.

저수지가 좁게 느껴지면 말해주길 바란다. 넓히거나, 새로 만들 테니까.

폰드 터틀은 손이 가지 않으니 이 정도는 해줘도 되겠지. 어린 폰드 터틀이 좁은 수로에 끼어서 도움을 요청하는 것 정도는 허용 범위다.

폰드 터틀에 대항하는 건지 페가수스가 대열을 이루어 날고 있었다.

…………….

빈말로도 아름다운 대열이라고 하긴 어려운걸. 그야 비행은 전후좌우에 상하도 더해지는 거니 더 어려울 테지만.

그런데 언제 숫자가 늘어났지? 작년에는 여섯 마리 아니었나? 아니, 출산하면 늘어나는 것은 알지만. 그렇다 쳐도 열세 마리가 된 것은 너무 늘어났잖아? 일곱 마리를 낳은 걸까? 아니겠지.

낳은 새끼는 두 마리. 그 새끼들은 아직 어려서 날지 못하고 내 옆에서 부러운 듯 너희를 보고 있으니까.

자자, 새로 온 일곱 마리는 이쪽으로 집합. 언제, 어디서 온 걸까? 마을에 도착한 것은 어제? 원래는 왕도 근교 마을에서 사육되고 있었는데, 마물과 마수가 떼로 몰려와 위험해지는 바람에 풀려났다고? 풀어놔도 되는 건가?

아니지. 마을 입장에선 마물과 마수의 먹이가 될 페가수스를 가까이 두는 것이 더 위험하려나. 페가수스 입장에서도 축사에 갇혀 있는 것보다 풀려나는 편이 안전하고.

그래서 거기서 여기까지 날아온 거야? 아니라고? 여기는 드래곤에게 들었어? 어느 드래곤이지? 왕도에 있는 엘더 드래곤 3인조? 이름이 아마 오제스, 하이프리그타, 키하트로이던가.

그 3인조가 마물과 마수를 퇴치하고 있을 때 마주쳐서 이 마을의 장소를 들은 건가. 그랬군.

그런데 용케 날아왔네? 주위 산은 높고, 숲은 위험하다고들 하는데…… 어? 단거리 전이문을 사용해서 다섯 마을로 이동하고, 거기서 전이문으로 여기까지 왔다고? 엘더 드래곤 3인조는 그런 것까지 가르쳐준 건가? 아니야? 엘더 드래곤들이 티젤에게 소개하고, 티젤의 조치로 이동한 거구나. 그렇다면 납득했다.

저택으로 돌아가면 자세한 사정을 쓴 티젤의 편지가 와 있겠지.

그러면 임시 보호로 괜찮을까? 원래 있던 마을이 안전해지면 돌아가고 싶잖아? 신경 쓰지 말라고? 티젤이 산 거니까 여기에 정착할 생각이야? 그렇다면 상관없지만…… 처음에 있던 여섯 마리와 싸우지는 마. 그리고 여기 생활에 익숙해지면 비행 연습을 해.

아까의 대열, 흐트러진 원인은 너희라고.

나는 것보다 달리는 게 좋다면 그쪽으로 애써도 되지만…………

나는 시선을 말과 유니콘들에게 돌렸다.

달리기 방면은 경쟁자가 많으니까 말이지.

새로 온 페가수스들은 의욕이 넘쳐 보였으니까, 괜찮겠지.

하지만 어째서 도착한 어제 보고가 없었던 걸까? 쿠로네 아이들이나 자부톤의 아이들도…… 내가 그렇게 의문을 품자, 쿠로네 아이 하나가 보고해 주었다.

도착하자마자 쓰러졌다고? 환경 변화가 힘들었나?

깨어나면 보고하려고 했더니 지금이 됐다고? 알았다, 알았어. 화나지 않았으니까. 너무 사과하지 마.

뭐든지 다 보고해도 내가 힘드니까.

티젤이 부친 편지에는 페가수스를 사서 마을로 보냈다는 심플한 보고만 썼다.

누구에게서 샀다거나 하는 내용이 없는 걸 보면 신경 쓰지 않아도 되는 걸까?

다음은 티젤의 근황과 어스의 가게에서 찾는 식재료 목록……. 티젤은 글라츠에게 준 특제 된장에 관심을 보이는 모양이다. 유난히 세세하게 물어봤다. 글라츠에게 자랑이라도 들은 걸까? 생산하면 아이들에게도 보내주자.

그리고…… 마왕을 주인공으로 영화 촬영을 진행하고 있어? 이레와 촬영대가 힘내고 있는 건가. 흠.

응? 인페르노 울프와 화해하는 장면이 있으니, 마을에서 촬영하고 싶다고?

출연해 달라고 하면 곤란하지만, 촬영에 협력하는 것 정도는 상관없어. 이레라면 무리한 요구도 하지 않을 테고. 너무 눈치 보지 말고 부탁하라고 답장에 써두자.

드라임이 돌아왔다. 결계의 구멍은 막은 걸까?

“응급처치지만 말이다. 꽤 오래전부터 있었던 모양이라, 복구하긴 어렵다. 그걸 완벽하게 만들 바에는 결계를 다시 치는 게 더 빠르지.”

다시 치는 거야?

“그렇게 되면 아버지와 상의해야 하는데…….”

드라임이 근처를 걷는 도스를 보았다.

도스의 팔에 라스티의 아들인 쿠쿨칸이 있어서는 아니겠지만, 귀찮은 일은 나중에 하자며 고개를 가로저었다.

“나도 귀찮은 일은 뒤로 미루고 싶다.”

드라임은 그렇게 말하고, 도스가 있는 곳으로 향했다. 쿠쿨칸을 빼앗으러 간 거겠지. 그건 상관없지만, 쿠쿨칸을 안고 싸우면 못써.

내가 그렇게 말하기도 전에, 쿠쿨칸의 누나인 라나아논이 도스와 드라임에게 한마디 하고 있었다. 응, 라나아논은 참 똑똑해졌구나.

라나아논은 아직 드래곤 모습이 될 수 없지만, 본인은 신경 쓰는 기색이 없다.

라스티나 라이메이렌도, 드래곤의 개체 차이는 10년 단위라고 하니까, 서두를 필요도 없고, 서두르게 할 필요도 없다. 느긋하게, 천천히 하면 돼.

라나아논에게 혼난 도스와 드라임은 목소리를 낮추고 싸웠다.

그래서일까? 라나아논이 불을 뿜었다. 비유가 아니라, 진짜로. 입에서.

라나아논은 “실례했습니다.” 라고 사과하고 나서 도스에게서 쿠쿨칸을 빼앗고, 도스와 드라임에게 한 번 인사한 다음 떠나갔다.

…………….

아이의 성장은 빠르다.

나는 도스, 드라임과 함께 차를 마시면서 육아 이야기를 했다.

4 하늘을 나는 양탄자를 만드는 일족

마왕에게 하늘을 나는 양탄자를 자랑했더니, 마왕국에도 그걸 만드는 일족이 있다고 가르쳐 주었다.

하늘을 나는 양탄자 생산을 생업으로 삼고 있지만, 만드는 방법은 공개되어 있지 않다. 그 일족의 비법이라고 한다.

그러나 제법 역사가 있는 일족이라고 하는데도 완성된 양탄자는 많지 않다고 한다.

“촌장이 말한 방법으로 만들고 있다면, 그것도 납득이 가지.”

그런가? 많이 모아서 말을 걸면 양산할 수 있을 것 같기도 한데?

“우선 사용하지 않은 양탄자와 핵이 되는 마석을 준비하는 것이 어렵다.”

그렇군.

“그리고 말을 건다고 표현하지만…… 그건 일종의 마법이다.”

마법?

“정확하게는 마법의 전 단계다. 그래서 어느 정도의 마력 보유자가 해야 의미가 있지."

어? 그렇다면 내가 한 것은 헛수고였어?

내가 충격을 받자, 하늘을 나는 양탄자가 그렇지 않다며 위로해 주었다.

마력은 담지 못해도, 말 걸기는 중요하다고 한다. 고마워.

"어어, 양탄자가 그렇게 말한다면 마력이 없는 자가 해도 도움이 되는 거겠지. 하지만 역시 움직이기까지 하려면 마력을 가진 자가 말을 걸 필요가 있다."

그렇군. 주로 말을 걸었던 루의 마력이 중요했다는 건가.

"그래. 루 여사가 스무 날이나 걸렸다면 평범한 마족은 수십 년 걸리겠지. 도저히 양산할 수 없다."

루조차 도중에 집중력이 끊겼는데, 수십 년이라니…… 불가능하겠네.

하지만 그런 일을 하고 있는 일족이 있는 건가. 대단하네.

"하지만 그 일족이 만드는 하늘을 나는 양탄자는, 여기 있는 양탄자만큼 표현력이 풍부하지는 않다. 촌장이 말을 걸었던 게 좋았을지도 모르겠군."

마왕이 그렇게 말하자, 하늘을 나는 양탄자는 기쁜 듯 마왕에게 다가갔다. 마왕에게 타겠냐고 권하고 있다. 하늘을 나는 양탄자가 낯가림하지 않는 것은 좋은 일이다.

응? 마왕을 태우고 어디로 갈 생각이지? 아, 루에게 과시할 작정이구나! 루가 토라지면 큰일이니 그만둬!

…………하아. 슬슬 루와 화해해 주면 좋겠다.

나는 결계의 구멍을 어떻게 할지가 의제인 도스와 드라임의 상담에 참가했다.

"결계를 다시 치는 것은 무리겠지."

도스의 결론.

이유인즉슨, 그 결계를 치는 기술을 보유한 자가 없어서. 자료를 조사하고 기술을 되살리는 것을 생각하면 100년 단위로 시간이 필요하다고 한다.

도스의 예측으로는, 1000년 정도 걸린다.

그렇게 되면 도스가 담당할 안건이 아니라, 손자, 증손자가 담당할 안건. 귀여운 손자나 증손자에게 그런 일을 시키고 싶지는 않기에 결계를 다시 치는 방안은 기각. 지금 있는 결계를 어떻게든 복구해서 계속 사용하고 싶다고 한다.

마음은 알겠지만, 그래도 괜찮은 거야?

"그 결계의 목적은 이 땅의 마물, 마수를 외부로 내보내지 않는 것이다."

응. 그렇다고 들었어.

"그래서 결계도 한 종류가 아니다. 여러 개를 조합해서 만들어져 있다."

그래?

"그렇다. 간단히 설명하면, 대형에 맞춘 결계, 중형에 맞춘 결계, 소형에 맞춘 결계, 초소형에 맞춘 결계가 각각 여러 개 있다."

그런 건가? 꽤 대규모 결계였구나. 하긴, 그래서 다시 치기 어려운 건가.

"이번에 문제가 된 것은 소형에 맞춘 결계로, 가장 바깥쪽에 있다. 그 결계에 구멍이 났지만, 그 안쪽에도 소형에 맞춘 결계가 아직 있다. 큰일은 안 생겨.”

그렇군.

…………어라? 그렇다면 인페르노 울프는 어떻게 결계를 빠져나올 수 있었던 거지?

“아버지. 말씀드리기 송구하지만…… 안쪽 결계에도 구멍이 있습니다.”

지금까지 침묵하고 있던 드라임이 도스에게 보고했다.

“소형에 맞춘 결계뿐이지만, 거의 일직선으로 구멍이 나서…… 아마도 안쪽에서 뚫린 것이 아닐까 생각합니다.”

“결계 복구는 어디까지 했지?”

“가장 바깥쪽만 했습니다.”

“어째서 안쪽을 하지 않았지?”

“무 수확이 가까워서.”

“…….”

“…….”

“무 수확보다, 결계 복구가 더 중요하잖아!”

“소형 결계는 인페르노 울프 수준에 맞춘 결계니까, 중요도는 낮습니다. 거의 대부분 이 마을에 있으니까요!”

아니, 아직 더 있을걸. 야생의 인페르노 울프가.

“드라임. 게이트 드래곤의 역할을 잊은 것은 아니겠지.”

“잊지 않았으니까, 결계 복구를 한 겁니다.”

“끄응…… 무 수확이 끝나면, 돌아가서 남은 결계 복구도 하는 거다.”

"물론 그럴 겁니다."

드라임이 가슴을 펴지만, 나로서도 그런 결계는 잘 관리하면 좋겠다. 골칫거리는 곤란하다. 그래서 나도 부탁해 둔다.

하지만 안쪽에서 뚫은 마물과 마수는 어떻게 된 거지?

"드라임. 결계 상태로 보아, 뚫린 것은 얼마나 오래전이지?"

"2000년 정도 전으로 보이는군요."

"흠. 그 정도 전이라면 구찌에게 묻는 게 빠르겠군. 어디 있지?"

"그게, 사적인 일로 얼마 전부터 외출 중입니다. 드물게도 진지한 얼굴로, 존엄을 지키기 위해 필요하다고 말했기에 허가했습니다만……."

구찌는 다섯 마을에서 베르사와 무언가를 하고 있다고, 요우코에게서 보고를 받았다. 구찌의 손이 비면 가르쳐달라고 하자.

2000년 전이라면 지금의 나와는 관계없겠지.

마을 길을, 수레가 질주하고 있었다.

산 엘프들이 만들고 있는 상자 전용 수레의 개량형이겠지. 직선 주행만이 아니라, 오른쪽이나 왼쪽으로도 커브를 틀고 있다.

뚜껑을 여닫는 것밖에 행동을 취할 수 없는데, 어떻게 된 걸까?

…………….

뚜껑이 열리는 각도로 행동을 전달하고 있는 건가.

뚜껑이 닫혀 있을 때는 정지. 조금 열면 오른쪽으로 커브. 중간 정도 열면, 직진. 크게 열면 왼쪽으로 커브. 오호라.

속도는 일정한가?

상자 안에 속도를 조절하는 마석이 있어서 뚜껑을 열었을 때 최고 속도가 정해진다고? 아하.

잘되고 있는 걸까? 아직 단점이 있어?

현재 구조로는 멈출 때 아무래도 조금 오른쪽으로 꺾이는 것이 단점인가. 아아, 닫기 직전은 조금 열려 있는 상태와 같으니까.

그 부분을 민감하게 반응하지 않도록 하면, 이번에는 평소 조종 때 불편해지는 건가.

으음, 확실히 그러네.

“그리고, 또 하나 단점이 있습니다…….”

또 있어?

“속도를 너무 올리면, 뚜껑을 중간 정도 열린 상태로 유지하는 것이 어려운 것 같아서…….”

그런가. 공기 저항이…….

상자가 조종하는 수레는, 속도를 올리면서 왼쪽으로 꺾고 있다. 아, 완전히 왼쪽으로 회전하기 시작했다.

“저렇게 되면, 자체적으로 멈추기 어렵습니다.”

공기 저항으로 뚜껑을 닫을 수 없으니 멈출 수 없는 거구나.

“실험 중지! 외부 정지 장치 작동! 안전요원, 그물을 던져서 멈춰라!”

주위에 대기하고 있던 산 엘프들이 멈춘 수레로 달려갔다. 상자는 기절한 모양이다. 무모하네.

단점을 알면서도, 4051번 상자는 수레에 탄 건가?

“이번에는 잘될 거라고 해서요.”

마음은 인정하지만, 기술 면에서 해결되지 않은 것을 근성으로 해결하려고 들지 마. 기본적으로 안 되는 일은 안 되는 거니까.

나는 수레 조종을 골렘에게 맡기고, 상자는 그 골렘에게 명령 카드를 보여줘서 조종하는 방법을 권장하고 싶다.

5 문화 폭탄 제조

내 무릎 위에서 자고 있던 새끼 고양이들 중에서 사마엘이 눈을 뜨고 바닥에 내려와 기지개를 쭉 켰다.

즉, 마왕이 온다.

그렇게 생각한 순간, 안뜰로 통하는 문에서 마왕과 비젤이 찾아왔다. 사마엘이 마왕에게 달려간다. 조금 뒤늦게 다른 새끼 고양이들도.

끙, 여전히 잘 따른다. 부럽다. 그리고, 내 무릎 위가 쓸쓸하다.

이런, 옆에서 다가온 호랑이 소게츠에게 몸통 박치기를 당해 마왕이 날아갔다.

괜찮을까? 괜찮은 모양이다.

소게츠, 등에 타고 있는 미엘과 언니 고양이들이 재촉했겠지만, 좀 더 천천히 이동하자. 아아, 나는 신경 쓰지 말고, 마왕과 놀고 있어도 괜찮아. 나는 비젤과 할 이야기가 있으니까.

오늘 마왕과 비젤이 찾아온 것은 인페르노 울프와 화해하는 장면을 촬영하기 위해서다.

사전에 티젤이 보낸 편지로 알았고, 이레와 촬영대도 정식으로

의뢰했으니까, 마을 측에서는 문제가 없다.

촬영대는 며칠 전부터 마을에서 머물며, 촬영 준비를 시작하고 있는데…… 아무래도 촬영 장소에 문제가 있는 모양이다.

"찍혀서는 안 되는 것이, 여기에는 조금 너무 많아서요……."

그런 걸까?

내 의문에 이레가 시험 삼아 촬영한 영상을 보여주었다.

………….

평범한 마을 풍경인데, 드래곤 모습의 도스와 기라루가 슬쩍슬쩍 끼네. 출연하고 싶은 걸까?

"일단 물어보긴 했는데, 그럴 생각은 없다고 합니다."

그런가.

하지만 뭐랄까. 도스나 기라루를 주역으로 해서 영상을 촬영하고 싶다고 계획서를 준비하면 되지 않을까. 그걸로 잠잠해질 것 같다.

"검토해 보겠습니다. 하지만 그 밖에도 여러 가지 찍혀서는 안 되는 것이 있어서요……."

예를 들면?

"넷 마을. 즉, 태양성."

아하. 이건 납득했다.

"세계수(유그드라실)."

모르는 사람에게는 평범한 나무지만 아는 사람에게는 눈에 확 띄는 나무다. 영상에 방해가 되나.

"거대 누에가 있으니, 모르는 사람이라도 평범한 나무로 생각하지 않을 겁니다. 저 나무는 풍격도 있고요."

그런가.

"그리고 가장 큰 문제가 밭이라서요……."

밭? 밭이 안 되는 거야? 마을의 밭이?

"계절감이……."

…………나도 왠지 그럴 것 같았다.

촬영을 지휘하는 이레의 판단으로, 촬영 장소는 다섯 마을 근교의 숲이 되었다.

현재, 촬영대는 다섯 마을에서 촬영할 만할 장소를 선정 중. 나는 그 사실을 비젤에게 전했다.

촬영에 참가하는 인페르노 울프는 실제로 마왕과 마주쳤던 신입이다.

마왕의 허가를 받고, 다섯 마을 근교의 숲으로 이동. 신입은 날뛰거나 하지 않겠지만, 만약을 대비해서 나도 동행. 트레이너 같은 포지션이다.

비젤의 전이 마법으로 데려다주니까, 딱히 부담은 없다.

촬영대의 활동을 보면서 신입에게 브러싱……을 하려고 했더니, 촬영대에 참가 중인 문관낭중 출신에게 저지당했다. 야생감을 없애고 싶지 않으니, 브러싱은 안 된다고? 그렇군. 알겠다. 차례가 올 때까지, 신입과 이야기나 할까.

마을 생활은 문제없어? 파트너들과는 사이좋게 지내고 있어? 응? 사실은 암컷이 좀 불편해? 옛날에 쫓겨 다녀서 겁에 질린 적이 있구나.

그렇군. 그런데도 파트너가 넷인가…….

무슨 일이 생기면 바로 말해. 어이쿠. '아직 괜찮아' 는 위험 신호야. 주위를 의지해도 돼. 응.

그런 느낌의 대화를 하고 있자, 신입의 차례가 되었다. 힘내라.

촬영은 순조롭게 진행되었다. 신입은 큰 실수도 문제도 없이, 출연 종료.

그날 밤에 시사회가 열린 것은 촬영대의 열의 덕분일 것이다.

내용은…… 내정에 힘쓰는 마왕, 훈련에 힘쓰는 마왕, 사건 사고에 대응하는 마왕 등, 처음부터 끝까지 마왕을 띄우고 있다. 시간은 30분 정도로 짧지만, 내용이 제법 농후하다. 하지만…….

나로서는 한 가지 신경 쓰이는 부분이 있었다. 내용이 아니라, 영상의 완성도에 관해서.

사건 사고에 대응하는 장면인데, 회의실에서 의제가 나오고 해결책이나 방침만 말하고 끝이다. 내정이나 훈련 장면에서 활발하게 움직이던 마왕치고는 거기만 움직임이 적어서 이상한 느낌이 들었다. 그런데도 인페르노 울프가 나타났다는 보고에는 신속하게 움직인다.

이야기로서는 어쩔 수 없을지도 모르지만, 그런 한계가 강하게 드러나는 것 같다. 내가 너무 까다롭게 구는 걸지도 모르지만.

"아닙니다, 촌장의 말씀대로입니다. 저도 회의실 장면을 어떻게든 하고 싶은데, 실제로는 저런 느낌이라고 해서요……."

연출로 다소 화려하게 만드는 건 괜찮지 않을까? 내정에 힘쓰는 마왕이라든가, 훈련에 힘쓰는 마왕은 연출이 들어가 있잖아?

에? 평소에도 저런 느낌이라고? ………… 진짜 마왕 노릇을 잘

하고 있구나.

그리고 마을에서 고양이들에게 위로받는 기분을 조금 이해할 수 있을 것 같다.

그건 넘어가고, 연출로 보기 좋게 만드는 건 괜찮지 않을까? 사건 사고에 대응하는 장면이니까…… 예를 들면 말이지.

마왕이 호화로운 복도를, 빠른 걸음으로 걷는다.

그 주위를 여섯 명의 부하가 둘러싸고, 같은 속도로 걷고 있다.

"긴급 사태다. 도로와, 병사를 모아라."

"알겠습니다."

대답한 도로와 백작은 걸음을 멈추고 고개를 숙여, 마왕과는 반대 방향으로 걸어간다.

"그리치. 동문의 병사를 장악하라. 멋대로 굴게 하지 마라."

"옙!"

도로와 백작과 마찬가지로, 그리치 백작은 걸음을 멈추고 고개를 숙여, 마왕과는 반대 방향으로 걷기 시작한다.

"푸갤. 그 건은 어떻게 되어가고 있나?"

"모든 것이 계획대로 되고 있습니다."

"좋다. 계획에 변경은 없다. 그대로 진행하라."

"맡겨주십시오."

푸갤 백작이 걸음을 멈추고, 머리를 숙인다.

"장군. 이 문제에 편승해서 적국이 움직일지도 모른다."

"서쪽 말이군요."

"움직인다면 마음대로 하라. 나중 일은 걱정하지 마라."

"맡겨주십시오."
글라츠가 걸음을 멈추고, 경례했다.
"드레스텐. 국내가 어지러워질 거다."
"그렇겠지요. 이미 배치는 완료했습니다. 억누를까요?"
"허락한다. 하라."
"옙!"
드레스텐 백작이 걸음을 멈추고, 천천히 머리를 숙이자 그대로 사라졌다.
남은 부하는 한 명.
"저는 어떻게 할까요?"
비젤이다.
"너는 가장 힘든 곳이다."
"즉, 마왕님과 동행하는 겁니까."
"그런 것이다. 내 등은 맡기겠다."
"알겠습니다. 그렇다면 저녁 식사 전까지는 끝내도록 하죠."

사건 사고에 대응하는 마왕 장면은 이런 느낌이 되었다.
콘셉트는【걸어가면서 지시를 내리는 마왕】. 이걸로 속도감이 생겼다.
이레와 촬영대의 평판은 아주 좋다. 마왕과 비젤도 나쁘지 않다며, 만족스러운 모양이다.
도로와 백작 등이 출연하면서 그 딸들이 조금 복잡한 얼굴을 하고 있지만…….
"큭. 아버지라고는 생각할 수 없을 정도로, 멋있어."

"아버지가 우수하게 보여."

"허둥대지 않는 아버지라니……."

영상에 관해서는 긍정적인 의견이므로, 좋다. 이레에 의해 영상 완성이 선언되었다.

여담으로 저 장면 촬영에서 말을 거는 순서나 내용으로 추하게 다투었던 것은 말하지 않기로 했다.

잡담 우르자와 이스리, 도박장에 가다

왕도 변두리……가 아니군. 중심부에 제법 가까운 곳, 부정을 저질러 망한 상인의 저택을 사들인 그곳에서 매일 밤 도박장이 열리고 있다.

내 이름은 인 카체크. 그 도박장을 경영하는 남자입니다.

마왕국에서 도박장은 불법이 아니다. 선을 지킬 필요는 있지만, 민중의 쉼터로서 그 존재가 허용되고 있다.

그리고 도박장에도 등급이 있는데, 여기 도박장은 흔한 대중을 위한 도박장이 아니라 큰 상회 관계자 등과 같은 큰손이 모이는 상급 도박장이다.

자랑은 아니지만, 이곳 매출은 왕도에 있는 도박장 중에서 최고라고 자부한다.

즉, 이곳은 제법 양심적인 도박장이라는 뜻이다.

거짓말이 아니다. 도박장이라고 하면 손님에게서 돈을 뜯어내는 것을 떠올리기 쉽지만, 그랬다간 손님이 모이지 않겠지.

도박장의 기본은 손님을 놀게 하는 것. 요란하게 돈을 뜯어내는 것이 아니다. 찾아온 손님에게서 조금씩 오래 돈을 받아내는 것이 도박장이다.

나는 그런 도박장에 자부심을 가지고 있다. 흔한 악질 도박장과는 다르다.

자, 오늘의 도박장 분위기는 어떨까?

적당히 손님이 들어와 있다. 활기도 나쁘지 않다. 즐기고 있는 모양이다.

…………음음음?

사람들로 북적대는 테이블이 있군. 무슨 일이 있었나?

나는 플로어를 관리하는 직원을 찾아 확인해 봤다.

"죄송합니다. 된통 털리고 있습니다."

……털리고 있다고? 즉, 지고 있다는 건가?

"네. 엄청나게 지고 있습니다."

어이어이, 무슨 일이야?

사람들이 모인 테이블에서 하는 것은, 심플한 쥐 경주. 레인별로 나뉜 코스를 쥐가 달리고, 그 도착 순서를 예상해서 돈을 거는 게임이다. 이 도박장에서도 제법 인기가 있어 나름대로 수입을 올리고 있다. 즉, 도박장 측에서 지기 어려운 게임이다.

그런데 된통 당하고 있다고? 부정행위인가?

"아닙니다, 여러 명이 감시하고 있는데, 그런 기미는 없습니다.

게다가 쥐 경주는 부정행위로 개입하기 어렵습니다."

끄응. 그렇긴 하지.

어떤 손님이지?

"젊은 여자가 두 명입니다. 베이커마카 상회의 소개장을 가지고 있었습니다."

베이커마카 상회!

왕도에서 최고의 힘을 보유한 달폰 상회를 구성하고 있는 상회. 게다가 최근에는 힘을 키워 달폰 상회의 중핵을 맡고 있다.

거기 관계자인가? 뭐 하러 왔지? 놀러 왔을 뿐인가?

"어떻게 할까요?"

어떻게 하고 자시고도 없겠지. 쥐 경주다. '리에브에' 를 내보내라. 보수는 말린 고기다.

"알겠습니다."

후후후. 아까도 말했지만, 도박장은 손님을 즐겁게 해주는 것이 기본.

오늘 여기서 크게 이기게 해 도박에 푹 빠지게 하는 것도 방법이지만, 손님의 성격에 따라서는 딴 돈으로 만족하고 두 번 다시 오지 않을 가능성도 있다.

도박에서 즐거운 것은 계속해서 이기는 것이 아니라, 이겼다 졌다 하는 것이다.

그리고 리에브에는 이 도박장에서 최고의 실력을 지닌 쥐! 더군다나 접전을 가장해서 질 수도 있는 연기파!

자, 즐겁게 해드리겠습니다, 손님!

“인 님. 리에브에가 도망쳤습니다.”

뭐……?

“말린 고기에 의욕을 냈는데, 코스에 들어가기 직전에 태도가 급변해서요.”

그런 바보 같은! 저 쥐는 우리에게 길러지고 있다는 걸 아는 쥐다. 그게 도망쳤다고? 있을 수 없다. 어차피 주방 주변에 있을 거다! 찾아내라!

“찾겠지만, 아무리 그래도 경주에는 늦습니다.”

큭. 어쩔 수 없다. 다른 손님의 눈도 있다. 평범하게 경주를 속행해라.

“알겠습니다.”

쥐의 변덕에 우리가 놀아나다니…… 원래라면 손님이 즐겨야 하는데.

“인 님. 계속 지고 있습니다.”

그런 모양이군. 판돈 상한을 설정해서 우리가 파산할 정도의 피해는 없지만, 다른 손님들이 계속 이기고 있는 손님과 같은 쥐에 걸기 시작했다. 이대로는 위험하다.

“테이블을 접을까요?”

음.

테이블을 접는다. 즉, 도박장이 패배를 인정하고 그 자리를 끝내는 것이다. 다만, 도박장 측으로서는 부끄러운 일이고, 그 타이밍에 돌아간다고 하면 붙잡기 어려우니 하고 싶지 않다.

하지만 이대로 계속해서 지는 것도 피하고 싶다. 에잇, 접어라.

그리고 손님들에게 새로운 테이블을 안내해. 계속 이긴 두 사람에게는, 특별실로 어떻게든 초대해라.

그래. 그렇다. 내가 상대한다.

"설마, 그 게임입니까?"

특별실이다. 당연히 그 게임이지. 초대하러 가라. 돌려보내지 마.

"네!"

직원 여러 명에게 둘러싸인 두 여자 손님이 특별실로 찾아왔다.

……정말로 젊은 여자 2인조였나? 하지만 운을 가진 자들이다. 방심하지 않는다.

손님, 갑작스럽게 테이블을 접어서 정말 죄송합니다. 하지만 이곳 게임은 더욱 즐기실 수 있을 겁니다. 하하하. 아뇨. 뭘요. 잘 부탁드립니다. 아아, 실례했습니다. 저는 이 도박장의 경영자, 인 카체크입니다. 성함을 여쭤봐도 되겠습니까?

"우르자야."

"이스리입니다."

우르자 님과 이스리 님이십니까. 잘 부탁드립니다. 네, 저도 참가하겠습니다.

네, 여기에 준비한 게임은 현재 마왕국 귀족 사이에서 인기를 끌기 시작한 새로운 유희입니다. 규칙을 외우는 것이 조금 어렵지만, 몇 번은 돈을 걸지 않고 해보시면 그 재미를 이해하실 겁니다.

"처음부터 걸어도 상관없어."

"우르자 씨, 아는 게임이라도, 규칙은 잘 확인해야 해요. 도박장 고유의 특수한 규칙이 있을지도 모르니까요."

……알고 있다고? 설마, 이 게임을? 이 손님들은 귀족 관계자인가! 베이커마카 상회의 소개장은 우리를 방심시키기 위한 블러프였나?

아, 아니다. 귀족 관계자라고 해도 이 게임을 나보다 더 숙지하진 않았겠지. '마작' 이라는 게임을, 나보다 잘 아는 사람은 없을 거다! 나는 이 게임을 알고 나서 매일 하고 있으니까.

…………세상은 참 넓다. 나 이상의 존재는 얼마든지 있다.

"인 님, 잃은 돈이 심각한 상태입니다."

응, 알고 있다. 어어, 직원에게 다음 직장을 생각해 보라고 통달했다. 이젠 틀렸다.

"인 님, 포기하지 마세요! 할 수 있습니다!"

아니지. 틀렸잖아? 우르자 님은 어떻게든 된다 해도, 이스리 님을 막을 수 없어. 격이 다르다. 이 도박장은 끝이다…….

그렇게 한탄했을 때, 직원이 새로운 손님이 방문했음을 알렸다.

아쉽지만, 받아들일 여유는…… 베이커마카 상회의 리들리 회장? 이 손님들을 보호하러 왔나?

그렇군. 있을 법한 이야기다. 너무 많이 이긴 손님을 돌려보내지 않는 악질 도박장도 있으니.

그런 생각을 하고 있자, 직원의 안내로 찾아온 리들리 회장이 우르자 님과 이스리 님이 있는 곳으로 뛰어갔다.

"우르자 님, 이스리 님, 가게가 달라요! 여기가 아닙니다!"

"어? 그래?"

"네, 여기는 양심적인 곳이에요. 티젤 님이 조사를 의뢰한 가게는 한 구역 더 옆에 있어요."

"어어?! 초대장을 보여주니까 들여보내 줬는데. 다른 가게는 그 시점에서 거절하지 않아?"

"초대장에는 제가 두 분의 신원 보증을 한다고만 적혀 있으니까요. 자자, 철수를…… 엄청나게 딴 모양이네요."

리들리 회장이 두 손님 옆에 쌓인 은화를 본다.

"망하게 할 생각이었으니까…… 어, 돌려주는 건 안 되겠지."

어? 돌려받을 수 있는 겁니까? 정말로? 아, 하지만…… 도박에 지고 돈을 안 주면 평판이…….

고민하는 내게 이스리 님이 물어본다.

"여기 있는 마작 패는 직접 만든 건가요?"

자, 장인에게 부탁해서 만들었습니다. 진짜는 귀족 저택에 초대받았을 때 보고 외워서…… 틀렸습니까?

"아뇨. 잘 만들었어요. 오늘 딴 돈 대신, 그 장인을 우리한테 소개해 줄 수 있나요?"

…………그래도 괜찮습니까?

"양심적인 도박장을 망하게 하진 않아요."

마작 때는 저승사자처럼 보였던 이스리 님이, 이때는 여신처럼 보였다.

아아, 정직하게 장사하길 잘했다.

후일, 나쁜 소문이 돌던 도박장이 몇 군데 망했다는 소문을 들었다. 그 손님들이 날뛴 거겠지. 상상이 된다.

그야 울었던 손님도 있을 테니, 자기들이 울 차례가 됐을 뿐이다.

불평할 순 없다.

그 화제의 두 사람이 우리 도박장에 찾아왔다.

"놀러 왔어. 아직 안 해본 게임이 몇 개 있었을 거니까."

"잘 부탁합니다."

…………가게 출입을 금지하겠습니다. 네, 출입 금지 말입니다.

왜냐고요? 쥐 경주에서 쥐를 위협했던 사실이 판명됐거든요. 그래요. 리에브에에게서 들었습니다. 위협했다고요.

아뇨. 쥐가 하는 말은 모르지만, 몸짓으로 알려주었습니다. 리에브에는 우수하니까요.

영구 금지는 아니지만, 1년 출입 금지입니다.

내 이름은 인 카체크. 도박장을 경영하는 남자.

나는 도박장을 찾아주신 손님들께서 즐겁게 지내길 바란다.

"출입 금지는 너무 심하다고 생각해."

큰 이벤트 때는 특별히 초대할 테니, 그걸로 제발 봐주십시오.

6 여름 수확과 멸망한 도시

여름 수확이 시작되었다.

마을에서 일손이 비는 자와 다른 마을에서 지원하러 온 인원과 함께 단숨에 진행한다.

응? 너희도 도와주는 거야? 고마워. 히이치로, 그라루, 라나아논은 따로 행동? 아아, 드라임과 함께 무를 수확하러 간 거구나. 잘 부탁해.

문관낭중을 중심으로 수확물의 종류와 양을 체크. 가공이 필요한 물건은 각각의 가공장으로 수송되어 간다.

1년에 세 번이나 있어서인지 모두 요령이 좋다. 나도 지지 않도록 힘내야지.

수확이 끝나면, 나는 가을 수확용 밭을 갈아야 하지만, 그 전에 수확을 도와준 자들을 위로하는 가벼운 연회.

특히 다른 마을에서 도와주러 와준 사람들에게는 감사해야지.

그래서 좋은 부위를 고른 고기를 중심으로 바비큐를 했다. 물론 갓 수확한 채소도 사용한다. 사양할 필요 없어. 팍팍 구울 거니까, 팍팍 먹어 주면 좋겠다.

드라임, 무 조림은 다 됐어? 오오, 모서리 다듬기부터 칼집까지 완벽하게 넣었네.

응? 아아, 라나아논. 모서리 다듬기는 채소류를 자른 뒤 모서리를 깎는 거야. 이렇게 하면 삶을 때 쉽게 뭉개지지 않아.

칼집은 속에 맛이 잘 배라고 넣는 거고.

요리에 흥미가 있어? 요리는 앤한테 물어보는 게 좋아.

드라임의 맛을 배우고 싶어? 그런가. 그렇다면 나중에 드라임에게 물어보렴. 응, 나중에. 지금 말했다간 드라임의 눈물이 요리에 떨어지니까.

나는 〈만능 농기구〉 괭이를 휘둘러 밭을 간다.
〈만능 농기구〉를 휘두르고 있으면 순식간에 시간이 흐른다.
아니, 내 속도가 빨라진 걸까?
…………자만하면 안 된다. 〈만능 농기구〉의 성능이 올랐다고 생각하자. 〈만능 농기구〉도 자랑스러워 보인다. 다 갈고 나면 잘 닦아주자.
〈만능 농기구〉는 사라지게 했다가 다시 꺼내면 더러운 게 없어지지만, 고마움은 태도로 보여줘야지.

샤샤트에서 북쪽으로 가면 〈철의 숲〉이 있고, 그 너머는 드라임의 둥지가 있는 산이다.
그런 환경인데도 샤샤트에서 북쪽으로 가는 길이 있다. 오랫동안 정비하지 않았겠지만, 제대로 된 길이다.
이 길은 무엇일까? 드라임의 둥지로 가는 길일까?
아니다.
"보아하니 샤샤트 북쪽에 큰 도시가 있었던 모양이네요."
이걸 내게 보고한 것은 샤샤트에서 열심히 일하는 미요. 단거리 전이문이 설치되면서 이전보다 큰나무 마을에서 미요의 얼굴을 볼 기회가 많아졌다.
"크다고는 해도 지금의 샤샤트보다는 작았던 것 같지만요. 장소는 샤샤트에서 북쪽으로 5일 정도 거리. 〈철의 숲〉에 들어가기 전의 숲속입니다. 몇 달 정도 전에 한 모험가 팀이 그 도시의 흔적을 발견했습니다."

헤에.

“발견한 모험가 팀에게 우선 탐색권이 있는데, 그 주변에서 서식하는 마물과 마수가 너무 강해서 우선권을 매물로 내놓았습니다.”

팔리는 거야?

“네. 그래서 그 우선권을 산 것이, 샤샤트의 이프루스 대리 통치인입니다. 뭐, 제가 사라고 했지만요.”

너무 억지를 쓰진 마.

“그 정도 말해도 용서받을 만큼은 일하고 있으니까요.”

그렇다고 해도 말이지.

“대리 통치인에게 헛돈을 쓰게 할 생각은 없습니다. 진짜로 돈벌이가 되는 이야기입니다.”

그런 거야?

“네. 그 샤샤트 북쪽에 있었던 도시의 이름은 ‘샤트’. 샤샤트보다 오래전부터 존재했던 신관계 도시입니다.”

신관계 도시?

“종교 관련의 건물이 많은 도시죠. 게이트 드래곤을 숭배하는 신앙이 있었던 모양이네요.”

그런 건가. 그런 도시가 멸망한 것은, 조금 아쉽네.

“뭐, 멸망한 건 2500년 정도 전이니까요.”

2500년. 스케일이 큰 이야기다.

그렇다면 게이트 드래곤은 2500년 전부터 있었던 역할일까?

…………….

2500년 전? 들어본 기억이 있네. 어어…… 아, 상자들이 떨어진 시기에 맞는 건가? 상자들이라면 그 도시를 알고 있을까?

"네. 그렇게 생각해서 상자들에게 확인해 봤더니, 그 도시로 이동 중에 떨어진 것 같다고 했습니다."

오오.

참 기묘한 우연……은 아니려나. 그곳으로 가려고 해서 숲 위를 지났을 테니까.

"다만 도착 전에 떨어져 이렇다 할 만한 정보는 없었습니다."

뭐, 그렇겠지.

"다음으로 게이트 드래곤인 드라임 님에게 도시에 관해 물어봤는데…… 태어나기 전 이야기라서 모른다고 합니다."

그렇군. 태어나지 않았다면 어쩔 수 없네.

"그래서 도스 님과 기라루 님께 물어봤는데, 두 분 다 태어났을 때는 그런 장소에 도시가 없었다고 하네요."

흠.

……응? 그런데 왜 돈벌이가 된다고 안 거지? 게다가 신관계 도시라는 정보는 어디서? 게이트 드래곤을 숭배했다는 이야기도, 도스나 드라임도 모르는데.

"베르사 님이 알고 있었습니다. 누군가에 의해 멸망했기에, 재산이 남아있을 가능성이 크다고 하더군요."

시조님의 아내, 베르사가 있었나.

그런데 누가 멸망시켰는지는 몰라?

"베르사 님은 기본적으로 틀어박혀 사니까 세상 정보에는 어두워서……."

어쩔 수 없나.

누가 멸망시켰든, 2500년 전이라면 관계없겠네.

"네. 그래서 말입니다, 촌장."

뭐지?

"조사해 보지 않으시겠습니까? 조사 중에 발견한 금은보화는 전부 드릴 테니까요."

…………….

전부?

"네."

그래서 너는 어떻게 돈을 벌 건데?

"촌장께서 조사하러 가시면 그 부근의 마물과 마수가 일소되니 얼마든지 벌 방법은 있습니다. 첫 번째 후보는, 이레가 이끄는 촬영대에 빌려주는 거네요. 시내 촬영으로 말썽이 커지고 있으니, 전용 장소를 만들어서 던져 넣고 싶습니다."

아, 촬영 전용 도시인가.

"멸망한 도시라면 어떻게 다시 만들어도 괜찮으니까요. 단거리 전이문으로 연결할 필요는 있지만, 고용 대책도 되고 하니 샤샤트 입장에서는 권장하고 싶은 안건입니다."

그렇군. 미요도 영화는 돈이 된다고 예상하는 건가.

"다섯 마을에서 감상했습니다. 그런 오락은 확실히 돈이 되고, 수요도 꾸준히 있겠죠. 미리 손대서 손해 볼 일은 없습니다."

티젤도 비슷한 이야기를 편지에 썼었지. 설마, 티젤에게 권한 것은 미요인가?

"반대입니다. 티젤 님이 제게 영화를 보러 가라고 권한 거예요."

그랬군.

"그래서 조사 의뢰에 대한 답변은 어떻습니까?"

흣, 평소 나라면 바로 대답했겠지만, 오늘의 나는 다르다.

"아내들과 상담하고 나서 답변할게. 내일까지 기다려 줘."

"알겠습니다. 잘 검토해 주시기 바랍니다."

뭐, 미요가 먼저 사전 작업을 끝내 아내들 사이에서 반대 의견은 나오지 않았지만…….

어떻게 한 걸까? 나중에 몰래 가르쳐 주면 좋겠다.

7 조사단 선발대

미요에게서 의뢰받은 샤트 시내 조사가 즉각 실행에 옮겨졌다.

"이만 다녀오겠다."

조사단 선발대 대장으로 임명된 리그네가 내게 경례했다.

"다녀오겠습니다."

그리고 리그네가 이끄는 엘더 드래곤 3인조, 오제스, 하이프리그타, 키하트로이도 내게 경례했다. 나도 경례로 답했다.

응, 나는 마을에 남는다.

조사를 받아들였다고 해서, 내가 맨 먼저 갈 필요는 없다고 한다. 그렇군. 미요는 그 점으로 아내들을 설득한 건가.

하지만 일부러 리그네 일행을 왕도에서 불러오지 않아도 괜찮다고 생각하는데…… 왕도에 있는 알프레드와 아이들은 불편하지 않을까? 응? 알프레드가 부친 편지를 가져왔다고? 왜 그걸 먼저 말하지 않는데.

알프레드의 편지는, 근황과 리그네 일행을 잘 부탁한다는 내용.

건강하게 잘 지내는 것 같아 정말 다행이다. 우르자는 이스리와 사이좋게 잘 놀고 있는 모양이다. 둘이서 왕도의 도박장을 휩쓸었다고? 뭐 하는 거야? 어른이 함께 있겠지만, 도박장 같은 위험한 장소에는 가까이 가지 말라고 답장에 써두자.

티젤은 왕성과 달폰 상회에 드나들고 있는 건가. 폐를 끼치고 있으면 좋겠지만…… 아사와 어스에게 뒷수습을 부탁하자.

메토라는 학교에 있을 알프레드에게 전념해 주길 바란다.

내가 편지를 읽는 사이, 리그네 일행은 출발한다.

전이문으로 다섯 마을로 간 다음 거기서 이동하는 모양이다. 리그네와 엘더 드래곤 3인조로 괜찮은 걸까?

선발대의 목적은 정찰이니 너무 많아도 곤란하다고? 그렇군. 마구 날뛰는 건 아니구나. 조금 안심했다.

위험하면 바로 철수하길 바란다.

일단 나는 리그네 일행이 돌아온 뒤에야 조사하러 가니까, 그때까지는 대기.

대기라고 해서 가만히 있을 필요도 없다. 아이들과 놀자.

…………….

아이들은 구론데와 공부하고 있나. 차마 방해할 수는 없다. 어쩔 수 없지.

그렇다면 열심히 공부하고 있는 아이들을 위해 뭔가 과자라도 만들어 볼까.

그렇게 생각하고 주방으로 가자, 시식 담당은 내게 맡기라는 얼굴로 요정 여왕이 스푼을 들고 기다리고 있었다. 뭐, 괜찮지만.

자, 뭘 만들까? 여름 수확은 끝났지만, 아직 덥다.

아이스크림.

아니지. 아이스크림은 만들어 둔 것이 있다. 아이스크림의 새로운 맛을 개발하는 것도 한 방법이지만, 아이들의 공부가 끝날 때까지 개발할 자신은 없다.

그렇다면 파르페. 과일 파르페 같은 건 어떨까.

왕도에 있는 어스의 가게에서 내놓았던【과일 모둠과 아이스크림】은 파르페라고 불러야 할지 말지 고민했지만, 내가 생각하는 파르페를 만들어 보자.

과일은 냉동 보관 중인 것이 많구나. 좋아.

완성된 파르페를 요정 여왕에게 건넨다. 매우 만족한 모양이다. 잘됐다.

하지만 파르페를 담을 적당한 유리 용기가 없어서, 미스릴 글라스를 사용했는데…… 보기에는 좀 별로네.

미스릴 글라스는 예쁘지만, 투명하지 않으니까. 역시 파르페 글라스가 필요하다.

유리 장인에게 파르페 글라스를 만들어달라고 하는 게 좋을까? 아아, 그것도 문제가 있나.

샤샤트나 다섯 마을에도 유리 제품을 만드는 사람이 있지만, 사실은 만들 수 있는 물건이라고 할까, 형태가 정해져 있다.

이것은 수작업으로 병 등을 대량 생산할 필요가 있었던 유리 장인들의 처지에 따른 폐해……가 아니라, 그냥 영역 다툼. 용기 유리, 판유리, 미술 유리의 세 파벌로 나뉘어 서로 만드는 물건을 세세하게 정하고 있다.

기술 발전에 방해된다고 생각하지만, 유리 장인의 밥그릇을 지키는 측면도 있다. 단순히 나쁜 것이라고는 단언할 수 없다. 정해진 유리 제품이라면 안정적으로 구할 수 있고.

하지만 내가 원하는 것을 구하려면 귀찮아진다.

다섯 마을에 사는 유리 장인이라면 어느 정도 융통성을 발휘해 주지만, 그걸 믿고 파벌을 무시하게 할 수도 없다.

이건…… 직접 만드는 수밖에 없나.

아니지. 아무리 나라도 유리 만들기는 자신이 없다. 파르페 글라스는 보류하자.

그런데 요정 여왕. 파르페를 다 먹은 것은 알겠는데, 시럽에 절인 과일은 아이들 주려고 둔 거니까 먹지 마.

이건 단맛을 추가하는 게 아니라, 단순히 커팅한 과일이 변색되지 않게 하는 거니까.

에잇, 먹고 싶다면 요구르트와 함께 먹어. 잼을 더해도 괜찮으니까. 아아, 그 전에 파르페의 감상은?

"만족."

그렇다면 정말 다행이네.

공부가 끝난 아이들에게 과일 파르페를 돌리자, 하이엘프 한 명이 뛰어 들어왔다. 다섯 마을에서 요우코의 일을 돕고 있는 인원 중 하나다.

무슨 일이지? 다섯 마을에서 폭발? 아니야? 그렇지 않아?

리그네 일행이 향한 샤트가 있는 부근에서, 커다란 폭발이 있었던 모양이다. 제법 떨어진 샤샤트나 다섯 마을에서도 확인할 수 있는 폭발이었다고 한다.

시간적으로 리그네 일행과는 관계가 없지 않을까 하고 생각했지만, 엘더 드래곤 3인조가 드래곤으로 변신해 날아갔다면 폭발에 휘말렸을 가능성이 크다.

리그네 일행은 무사한가? 날고 있는 드래곤 셋을 확인했다고? 리그네도 타고 있었어?

즉, 무사한 건가. 다행이다.

그렇다면 다음이다. 폭발의 원인은 뭐지? 리그네 일행은 폭발과 관계가 있는 거야?

내 의문에 대한 답변은 리그네 일행이 돌아올 때까지 보류인 모양이다.

내 앞에서 구찌가 머리를 숙이고 있었다.

폭발의 원인이라고 한다. 정확히는, 폭발물을 쌓아두었던 원인.

샤트 시내를 오랫동안 위험물 보관 장소로 삼고 있었다고 한다. 폐허이니 아무도 곤란하지 않을 거라고 생각해서.

일단 안전을 생각해서 사람이 다가가지 않도록 마법을 걸어두었다고 하지만, 그 마법이 느슨해졌는지, 아니면 모험가가 마법을 돌파했는지는 모르겠지만, 샤트의 시가지가 발견되어 버렸다.

조사하러 가는 것이 구찌의 귀에 들어갔다면 사전에 경고하거나 멈추게 할 수 있었겠지만, 구찌는 다섯 마을에서 여러모로 바빴다. 바쁜 이유는 묻지 않기로 한다.

아아, 너무 사과하지 않아도 돼. 폭발의 원인은 구찌일지도 모르지만, 구찌가 잘못한 건 아니야.

샤트에 도착한 리그네 일행이 마물과 마주쳐 불 마법으로 쫓아냈더니 폭발물에 불이 붙었다는 흐름. 폭발은 사고다.

뭐, 리그네 일행은 위험할 뻔했지만…….

리그네 일행은 상처 하나 없고, 폭발에 관해서도 구찌를 탓할 생각은 없다고 한다. 그러니 이번 일은 이걸로 매듭을 짓자. 아니, 오히려 폭발시킨 물건을 우리가 변상해야 한다고 본다.

내가 구찌에게 제안하자, 폐기품이라며 거절했다.

으음, 무언가 보상을 생각해 두자.

그나저나 상처 하나 없는 리그네 일행은, 어떻게 저 폭발을 피한 거지?

이야기를 듣기로, 폭발 현장의 중심지에 있었다며?

"폭풍보다 빨리 달리면 괜찮다."

…………….

뭐, 그거야, 리그네라면 할 수 있겠지.

"죽을 만큼 수행한 결과다."

"빠르기는, 바람과 같으니."

"살의가 없는 폭발로는 제 비늘을 태울 수조차 없습니다."

엘더 드래곤 3인조는 가슴을 펴고 대답했다.

…………….

"플레임 드래곤 오제스는 태어날 때부터 불 내성이 있어서, 방패로 삼았습니다."

의심하는 내 눈초리를 견디지 못한 키하트로이가 자백했다. 솔직해서 좋다.

그리고 무사해서 진짜 다행이야.

8 재판

저택 안뜰에 급히 만들어진 자갈밭에 얇은 시트를 깔고, 무릎 꿇고 앉은 미요가 있다.

그 미요의 정면에 서서 질문하는 벨.

"이번 일은 전부 우연한 사고였다고 주장하는 거군요?"

벨의 질문에, 미요는 대답하지 않는다. 대답하는 것은 미요 옆에서 있는 고우.

"네. 전부 우연. 우연과 우연이 겹쳐서 난 사고입니다. 결백을 주장합니다."

고우는 미요의 변호인인 모양이다.

"그렇다면 증인. 발언을 허락합니다."

벨에게 그 말을 듣고, 다섯 마을에서 일하는 나나가 손을 든다.

"저는 샤트의 폭발을 확인하고, 미요를 구속하고자 샤샤트로 갔는데, 이미 도주하고 없었습니다. 이 발 빠른 행동이 고의라는 증거입니다."

여기에 반론하는 고우.

"아닙니다, 피고인 미요는 도주한 것이 아닙니다. 사태를 파악하기 위해서 움직였을 뿐입니다."

벨은 고우의 반론을 듣고 확인한다.

"나나가 미요를 붙잡은 것은 마왕국 왕도라는 보고가 있었는데, 왕도에서 사태를 파악하고 있었습니까?"

벨의 말에 고우의 말문이 막혔다. 나나가 더 몰아붙인다.

"미요는 왕도에서, 우르자 님, 알프레드 님, 티젤 님께 사건 중재를 부탁하고 있었습니다. 사고라면, 중재가 필요하지 않겠지요."

하나같이 맞는 말이다.

"……정해졌군요."

벨은 그렇게 말하고 고개를 끄덕이며 고우를 보았다.

"아, 아닙니다, 기다려 주세요. 세 분께 중재를 부탁한 것은 폐를 끼친 것 때문에. 단순한 자기보호 행위입니다. 그걸 가지고 사고를 고의로 일으켰다고 단정하긴 너무 이르다고 봅니다."

"단정하기 이르다……고 했나요. 하지만 자기보호를 한다면 미요는 왕도가 아니라 큰나무 마을로 가야 하지 않을까요? 그렇게 하지 않은 이유는 뭘까요?"

"으윽."

"폭발을 본 미요는 실패했음을 감지하고 허둥지둥 왕도 방면으로 도주. 추격자인 나나를 감지했기에 근처에 있던 우르자 님 등에게 애걸복걸했다. 그건 제 상상에 불과할까요?"

벨은 고우를 향해 부드럽게 묻지만, 그 매서운 눈은 미요에게서 떨어지지 않는다.

"더 이상 변호했다간 보기 흉하겠군요. 저도 피고인의 죄를 인정합니다."

고우는 포기했다. 미요는 절망한 얼굴로 고우를 보았다.

그리고 그대로 미요는 웃기 시작하더니, 시선을 벨에게 돌려 쏘아붙인다.

"저는 무고해요! 이것은 잘 짜여진 함정이 분명해요! 저를 함정에 빠뜨리려 한 자가 있는 거예요! 조사해 주시면 그 사실이 판명될 겁니다!"

지금까지 침묵했던 것을 되찾으려는 듯 큰 목소리. 하지만 벨은 동요하지 않는다.

"알겠습니다. 당신을 처형한 뒤 조사하죠. 처형 집행인, 데려가세요."

"자, 잠깐, 기다려 주세요. 저는 무고……."

머리를 전부 덮는 마스크를 쓴 집행인들에게 제압당한 미요가 그 자리에서 끌려 나가려고…… 하던 참에, 이레가 난입했다.

이레는 미요에게 빠른 걸음으로 다가가, 그 머리를 붙잡았다.

"지금 연기는 뭐야! 너는 무고한 죄를 뒤집어쓰고, 처형당하는 거라고! 넌 고작 그 정도 저항으로 처형을 받아들이는 거냐! 그리고 변호를 포기한 고우에게는 좀 더 살의를 담아 쏘아봐! 이 녀석도 적인가 하고 쏘아붙이는 거야! 네 주위는 전부 적! 그 인식을 잊지 마! 그리고 대본 수정이다! 마지막 대사는 없어. 그래, 무고합니다 어쩌고 하는 부분. 표정만으로 연기해라!"

"저기, 아마추어에게 그렇게 어려운 연기를 요구해도……."

"배역, 때려치울래?"

"크…… 하겠습니다."

"좋아. 잘 대답했어. 내 기대를 넘어봐라!"

이레는 그렇게 말하고 미요의 머리에서 손을 떼더니, 뒤돌아서 벨이 있는 곳으로 간다.

"벨, 연기 잘했어. 대단한걸. 이대로 계속하고 싶은데, 대본을 조금 수정해도 될까? 아니아니, 전부 이쪽 사정이야. 벨의 연기는 문제없어. 응, 그래서 마지막 장면인데, 미요 대사를 빼고 연기하게 할 거니까, 거기 맞춰서 대사가 조금 바뀌거든. 상관없어? 감사합니다! 그러면 이런 느낌으로……."

배우마다 대하는 태도가 다른 이레. 괜찮은 걸까? 미요가 주연은 나인데 하는 얼굴로 보고 있다고.

이레는 전혀 신경 쓰지 않았다.

어째서 이런 촬영이 진행되고 있는가. 여기엔 별로 복잡하지 않은 사정이 있었다.

사건의 발단은 촬영에서도 언급되고 있는 샤트의 폭발. 선발대에 피해는 없었고, 또한 폭발의 이유도 구찌에 의해 해명. 나는 해결되었다고 생각했다.

하지만 그렇지 않았던 자들이 있었다.

넷 마을의 벨을 필두로 한 머큐리 종족 일동.

샤트의 조사 의뢰를 가져온 미요가 내 암살을 꾀했다고 의심한 것이다.

물론 미요는 그런 생각을 하지도 않았겠지. 게다가 만약 진심으로 암살한다면 미요는 그렇게 불확실한 방법을 쓰지 않을 터이다.

나는 그렇게 말해서 벨을 설득하고 미요의 입으로 무죄를 설명하게 하려고 샤샤트에 나나를 파견했다.

하지만 미요는 샤샤트에 없었다. 미요는 단거리 전이문을 이용해서 왕도로 도주했다. 왕도에서는 우리 아이들에게 중재를 부탁하고 있었던 것이 판명되어, 더더욱 벨의 분노를 샀다.

"그 아이(=미요)는, 옛날부터 그런 구석이 있었습니다!"

며칠 후.

굵은 밧줄로 칭칭 묶인 미요가 내 앞에 끌려왔다. 미요는 저항했지만, 벨과 고우는 어떠한 처분이든 받아들이겠다는 자세.

아니, 그 폭발은 사고잖아? 무슨 죄로 미요를 벌하는 거지? 마음대로 처분하라고 해도 곤란한데…… 이쪽 세계의 재판은, 어떻게 하는 거지?

여담으로 우르자, 알프레드, 티젤에게서 미요에 대한 감형 청원이 와 있다. 하지만 그 내용은 '미요가 무죄라고 말했습니다' 같은 느낌. 감싸줄 마음이 별로 느껴지지 않는다. 미요를 조금만 더 상냥하게 대해도 괜찮지 않을까?

아무튼, 미요에게 뭔가 벌을 줘야만 하는 분위기다.

분위기에 휩쓸리는 것은 아니지만…….

"머큐리 종족은, 불필요한 의심을 불식하고 싶은 것 같으니까, 미요에게 가벼운 벌을 주면 되지 않을까?"

루가 그렇게 조언해서, 벌을 생각했다. 이것저것 생각했다.

나는 가벼운 벌을 생각했는데, 미요의 얼굴은 공포로 떨린 이유가 뭘까? 올해 태어난 쿠로네 아이들과 하루 종일 노는 건 벌이 아닐 것 같은데?

그 결과.

미요에게는 영화의 주연 배우를 시켰다.

영화 내용은 일반적인 재판 양상을 알고 싶다는 내 희망에 따라 법정물. 벌을 생각하고 있을 때 찾아온 이레에게 영향을 크게 받은 결과임은 나도 잘 안다.

미요가 무릎 꿇고 있는 장소에 준비된 자갈밭은 벨이 미요에게 주는 벌이겠지. 바닥에 깔린 얇은 시트는 고우의 상냥함이다.

뭐, 영화라고 해도 8분 전후의 짧은 시나리오.

공개도 큰나무 마을에서만 하니까, 다른 영화를 위한 시험 촬영의 의미가 강하다.

"어? 외부에 공개하지 않아?"

루가 놀랐지만, 마을 밖에서는 공개하지 않는다. 미요가 악역으로 험한 꼴을 보고 있으니까. 그 정도로 심한 벌을 줄 생각은 없다.

"하지만 그렇다기에는 이레의 열성이……."

루가 가리켜서, 촬영 현장을 본다.

으음, 익사이팅.

이레, 감독은 그토록 날뛰지 않아도 괜찮다고 생각해. 그리고 미요가 쓸데없이 배우로 각성하고 있다. 그 미요의 박력에 이끌려 벨과 고우가 좋은 연기를 하고 있다. 대단한걸.

하지만, 뭐…… 응. 역시 외부에는 공개하지 않는 방침으로 하자. 이건 마을에서만 볼 수 있는 환상의 작품으로 치게 한다.

9 폭발 뒤처리

폭발로 인해 주변에 위험물이 흩어졌을 가능성이 있다.

구찌가 그렇게 말하고, 그것을 미요가 샤샤트의 이프루스 대리 통치인에게 전했다.

그 결과.

샤샤트 대리 통치인의 명령에 의해, 샤트와 그 인근은 출입 금지가 되었다. 일반에는 공개되지 않았지만, 금지 기간은 구찌가 부하를 데려가 위험물이 없다고 확인할 때까지일 예정.

당연히 우리 조사도 잠정 중단……이 아니라, 중지. 아쉽다.

하지만 위험한 장소에는 가고 싶지 않고, 위험한 장소에 누군가를 동행시킬 생각도 없다. 그러니 그 결과로 좋다.

선발대였던 리그네와 엘더 드래곤 3인조에게는, 위험한 장소에 가게 해서 미안하다.

그 위험 유무를 조사하는 것이 선발대의 일이라고 리그네 일행은 말하지만, 내 마음이 편하지 않으니 다섯 마을에서 느긋하게 지내게 하고 있다.

큰나무 마을에서 느긋하게 지내게 해도 괜찮았지만, 오락 면에서는 다섯 마을이 여러모로 더 즐길 수 있을 테니까.

일단 10일 정도의 숙박비와 식비는 내가 지불하기로 했다. 그랬을 텐데…… 큰나무 마을에 리그네와 엘더 드래곤 3인조가 있었다. 게다가 폭발을 맞고 있다.

뭐, 뭐 하는 거야? 폭발에서 몸을 지키는 실험?

리그네는 뛰어서 도망칠 수 있으니 무사하지만, 엘더 드래곤 3인조는 너덜너덜…… 아니, 너덜너덜한 것은 오제스뿐인가? 오제스가 방패가 되고 있어서인가.

어라? 오제스는 불에 내성이 있는 거 아니었나? 왜 너덜너덜해져? 불과 폭발은 별개?

샤트의 폭발은 화염 요소가 더 커서 견딜 수 있었다고? 잘 모르겠지만, 그런 건가. 뭐, 너무 무리하진 마.

오제스를 방패로 쓰고 있는 두 사람, 방패로 삼는 각도 같은 걸 연구하기 전에 오제스를 걱정해 줘. 그리고 루, 티아, 폭발 위력을 좀 더 억제하도록. 폭음과 진동으로 동물들이 놀랄 거야.

어? 마을 동물은 이 정도 폭발로 놀라지 않아? 그야 말이나 닭은 신경 쓰는 기색도 없었지만. 아직 익숙하지 않은 동물도 있다고. 페가수스라든가. 폭음에 놀라서 숲으로 도망치려 했단 말이야. 아니, 대열은 예쁘게 잘 짰지만, 여유는 없었을 거야. 나를 보고도 그대로 숲으로 돌진했으니까. 쿠로네 아이들이 걱정해서 쫓아갔지만…… 어라? 쫓아가니까 숲으로 도망친 건가? 뭐, 됐어.

아무튼 폭발 위력은 줄여. 잘 부탁해.

나는 그렇게 말하고 숲으로 도망친 페가수스들을 수색하는 집단에 합류했다.

페가수스들은 모두 무사히 발견해서 보호할 수 있었다.

발견한 것은 쿠로네 아이들. 보호한 것은 자부톤의 아이들.

페가수스들은 날아서 도망치니 거미줄로 묶어서 구속…… 어이쿠, 보호했다.

응, 페가수스들의 불만도 알겠지만, 몇 마리는 마물과 마수에 습격당해, 위험할 뻔했으니까, 거미줄로 묶어서 보호한 것은 용서해주길 바란다. 흥분해서 이쪽 지시를 듣지 않았잖아? 평소 페가수스들을 돌보고 있는 수인족 아가씨들이 도착해서야, 겨우 얌전해졌고.

다친 데는 없어? 묶인 스트레스가 전부? 투덜댈 기운이 있다면 괜찮은 거야. 폭발에 관해서는 사과할 테니까, 목장 구역으로 돌아가자. 갓 수확한 호박과 고구마를 주지.

응? 당근도 줘? 알았어, 알았다고. 하지만 말들한테도 줄 거야.

너희만 주면 말들이 삐치니까. 알아줘서 기쁘다.

어이쿠. 내가 이런 말을 했다는 사실이 귀에 들어가도 토라져. 여기서만 하는 이야기야.

페가수스들을 데리고 돌아와 약속대로 호박이나 고구마, 당근을 주고 저택으로 돌아오자, 구찌가 나를 기다리고 있었다.

위험물 탐색이 끝난 걸까?

대형 위험물 3개, 소형 위험물 16개를 회수했다고? 역시, 위험물이 흩어져 있었나. 출입 금지 판단을 한 이프루스 대리 통치인은 우수하구나.

혹시 몰라서 며칠 더 들여서 탐색하겠다고? 그렇지. 안전이 제일 중요해. 잘 부탁할게.

그래서…… 여기에 온 이유는? 그 보고만이 목적은 아니잖아?

내가 위험물 확인을 할지 어떨지 확인하러 왔다고? 고맙지만, 신용하고 있어.

구찌가 위험물을 악용할 거라곤 생각하지 않으니까, 처리도 알아서 해줘. 원래 구찌가 관리하던 물건이니 다루는 법도 알고 있겠지? 맡길게.

내 대답에, 구찌는 정중하게 고개를 숙였다. 진짜 잘 어울리네.

이레가 있었다면 무조건 촬영했을 것 같다.

출입 금지가 해제되면, 폭발 흔적을 보러 가야…… 할 필요는 없을까? 촬영 전용 거리로 만드는 방안은 폭발로 물거품이 되었고. 미요는 이미 다른 장소를 선정 중이다.

후보로는 단거리 전이문의 중계지가 되는 마을들을 점찍고 있다. 교통편은 나무랄 데 없으니까. 관광지 개발도 고려하고 있을지도 모른다.

고로운 상회의 마이클 씨도 미요에게 협력하고 있는 것 같고.

아아, 그러고 보니 미요에 관한 탄원서가 두 통 도착했다.

샤샤트의 이프루스 대리 통치인과, 고로운 상회의 마이클 씨의 아들, 말론에게서.

미요가 체포된 소식을 듣고 곧장 보낸 것 같지만, 정식 경로로 배송되었기에 내 손에 오는 게 늦었다.

뭐, 미요에게 죄를 물을 생각은 없고, 이미 결판이 났으니 쓸모

없는 탄원서가 됐지만, 미요가 소중히 여겨지고 있다는 것을 잘 알 수 있다. 특히 이프루스 대리 통치인의 편지에서.

아주 정중하게 미요의 근면함과 다섯 마을에 대한 배려를 호소하며, 체포된 일은 뭔가 착오이니 다시 조사해야 한다고 썼다. 올바른 탄원서 작성법은 이렇다는 것을 배웠다. 다음에 알프레드와 다른 아이들에게도 보여주자.

여담으로, 말론의 편지는…….

미요가 자리를 비우면 빅 루프 샤샤트 관련 사업이 기능부전을 일으키니, 처벌하더라도 머리와 손은 남겨 달라는 내용이었다.

…………아이들에게는 보여줄 수 없겠네, 응.

미요도 못 보게 숨겨두자.

10 빨간 양과 성녀

나는 다섯 마을 산자락에 만들어진 목장을 방문했다. 목장에서 키우는 소와 양은 건강해 보인다. 자유롭게 움직이며, 나를 보고도 도망치거나 하지 않는다.

오기 전에 냄새를 지워달라고 해서 다행이다.

지난번에 이곳을 견학하러 왔을 때는 쿠로네의 냄새가 나는지 일제히 도망쳤으니까. 넓은 목장 한구석에 이게 가능한가 싶을 정도로 밀집하고, 몇 마리는 정신을 잃고 쓰러져 버렸다.

그때는 미안했다.

그 이후로 마을에서 나갈 때는 루나 티아에게 부탁해서 냄새를 지워달라고 하고 있다. 호위로서 동행하는 걸프와 다가도.

뭐, 마을로 돌아왔을 때는 쿠로네가 일제히 냄새를 묻히러 오지만. 그 정도는 받아들이자.

자, 내가 다섯 마을 기슭에 만들어진 목장을 방문한 데는 다 이유가 있다.

이 목장에 신기한 양이 있다는 이야기를 들었기 때문이다.

목장 관계자에게 어느 양인지 물어보기도 전에 발견할 수 있었다. 응, 아마도 저 양이겠지.

확실하다고 생각하지만, 확인해 보자.

아아, 미안합니다. 목장 관계자입니까? 아, 목장 관리인? 실례했습니다. 아뇨, 언제나 신세를 지고 있습니다. 네, 신기한 양이 있다고 해서…… 그래서, 저건가요?

"저겁니다."

역시 저거였나.

다른 양에 비해 한층 크고, 훌륭한 뿔. 그리고 몸의 털은 빨강. 다른 양이 흰색이나 회색, 검은색이라서 빨간색이 무척 눈에 띈다.

…………염색한 걸까? 당연히 그런 짓은 하지 않았다.

목장 관리인의 말로는 어느새 나타났다고 한다. 누군가가 목장에 풀어놓았을 가능성도 있지만, 그럴 이점이 없다.

게다가 이 목장은 다섯 마을 경비대의 순찰 범위에 있다. 비록 한밤중이어도 저렇게 눈에 띄는 양을 데리고 와서 눈치채지 못할 리가 없으니, 제삼자의 존재는 생각하지 않아도 되겠지.

그렇다면…… 자기 발로 찾아온 걸까?

하지만 몸집이 크고 털만 빨갛다면 문제가 없다. 이대로 목장에서 돌보면 되겠지. 그걸로 해결이다.

"아닙니다, 그게 그……."

목장 관리인이 말하기 껄끄러운 눈치로 가르쳐 주었다.

"갑자기 나타난 것만으로는, 신기한 양이라고는 하지 않습니다. 길 잃은 양이라고 합니다."

…………확실히 그렇다.

즉, 이 양에게 무언가 있는 건가?

"그게, 보면 아실 테지만, 저 양 근처로 다른 양이 가지 않지요?"

진짜 그렇네.

"근처에 가면 잠들어 버립니다."

…………하?

"근처에 가면 잠들어 버린다니까요."

저 빨간 양 근처에 가기만 해도?

"네. 저 양과 멀어지면 눈을 뜹니다. 잠들었던 사람에게 이야기를 들어본 바로는, 어느새 잠들었다고 하더군요."

마법 같네.

"네. 샤샤트에서 온 마법사 선생님들 말로는, 양이 항상 마법을 쓰고 있다고 하던데요……."

잘 모르겠지만, 항시 발동하는 마법이라는 건가?

일단 그 위력이나 효과 범위를 알고 싶은데…… 그렇게 생각하고 있자, 걸프가 근처를 날던 작은 새를 잡고 있었다.

걸프, 그 새를 어떻게 할 거야?

"못 도망치게 다리를 잡고…… 이렇게 다가가면 알 수 있겠죠."

걸프는 작은 새를 든 팔을 똑바로 앞으로 뻗고, 양에게 다가갔다.

아하, 마법 범위에 들어가면 새가 먼저 영향을 받는 셈인가.

"모험가 사이에서는 자주 쓰는 방법입니다."

아하. 새한테는 미안하지만, 이걸로 잠들어 버리는 거리를 알 수 있겠네.

그렇게 생각하며 걸프를 보고 있는데, 양이 갑자기 걸프를 향해 돌진해서 걸프와 작은 새가 한꺼번에 잠들어 버렸다. 괜찮아, 걸프?!

걷다가 잠드는 바람에 머리부터 쓰러진 것처럼 보였다고!

"괜찮습니다. 머리는 잘 지켰습니다. 새는 놓친 것 같지만…… 마법의 거리는 양팔을 벌린 어른을 세 명 둔 정도로군요."

나와는 달리 냉정한 다가가 보고해서 한시름 놓는다.

양이 걸프에게서 멀어지자, 걸프는 눈을 떴다.

"죄송합니다. 방심했습니다."

아니야. 다친 데는 없어?

"네. 괜찮습니다."

작은 새도 무사한 듯, 그대로 날아…… 빨간 양 근처를 날다가 떨어졌네.

음, 잠들게 하는 걸로 끝이라면 최악의 경우 방치해도 된다고 생각했는데…… 존재가 위험하다. 퇴치해야 할까?

그런 식으로 양을 보고 있자, 멀리서 나를 부르는 목소리가 들렸다. 아는 목소리, 성녀 세레스다.

"죄송합니다, 촌장. 그 양은 이쪽 관계자……가 아니라 관계양입니다!"

알았으니까 진정해. 옷차림도 흐트러졌다고. 그리고 너를 쫓아온 교회 관계자들은 네가 알아서 대응해 줘.

"어? 아, 죄송합니다. 그리고 음, 호위가 저보다 늦으면 어쩌자는 거예요."

저기, 좀 더 살살 말해줘. 다들 숨이 턱에 찼잖아.

"하지만 제가 갑자기 뛰었다고 해서 뒤처지는 건 좀……."

무척 빨랐다고 생각하는데. 세레스의 속도는.

"도망 다니던 시절이 있어서…… 뭐, 이 정도는. 에헤헤. 아, 양이 폐를 끼쳤습니다."

아아, 세레스의 관계양이라고 했었지.

"실제로 보는 건 처음인데…… 저기…… 잠시 귀를 빌릴게요."

응?

세레스가 귓속말로 가르쳐 주었다.

"이 양, 원래는 좀 더 동쪽 나라로 이동해야 했는데, 길을 잃어버린 모양이라, 제게 보호하라는 신탁이 내려와서요……."

신탁? 어? 아, 아니, 성녀니까 신의 목소리를 들을 수 있는 건가?

"그게, 한동안 상태가 안 좋았는지 큰나무 마을 이외에서는 신의 목소리가 들리지 않게 됐는데 말이죠. 최근에 다시 들리기 시작해서요……. 게다가 제가 인식할 수 있습니다."

신탁은 신의 목소리를 대변할 뿐, 성녀는 기억하지 못한다고 들었는데…… 성장한 걸까?

"글쎄요? 다만 그 신의 목소리 말인데, 이전과 달리 격이 떨어진 것처럼 느껴진단 말이죠."

흠. 잘 모르겠지만, 오히려 세레스의 격이 올라간 거 아니야?

"요즘의 전 전병이랑 경단만 팔고 있는데요……."

성녀 세레스는, 〈감미당 코린〉의 점장 대리이기도 하다.

"돈이 벌려서, 교회 경영에 도움이 되지만요."

참 다행이야. 그래서? 이 양을 데려갈 거야?

"네, 소란을 피워 죄송합니다. 수색을 의뢰했던 모험가들에게 연락을 받은 참에, 촌장이 가셨다는 이야기를 요우코 님께 들어서요, 황급히 달려왔습니다."

그래서 허둥지둥 뛰어온 건가.

"보기 흉한 모습을 보여드렸습니다. 이만, 데려가도 될까요?"

그래, 상관없지만…….

내가 뭐라고 하기도 전에 세레스는 빨간 양에게 다가가, 쓰러지듯 잠들어 버렸다.

다가가 세레스의 머리가 땅에 부딪히기 전에 달려가 끌어안은 덕분에 다치지는 않은 것 같다. 다행이다. 다가, 나이스 캐치…… 그 다가도 잠들어 버렸지만.

11 성녀와 요우코

빨간 양 근처에 가면 잠든다. 즉, 아무도 빨간 양에게 다가갈 수 없다.

어라? 이거, 세레스는 어떻게 데려가지?

눈을 뜬 세레스와 다가, 걸프와 함께 조금 떨어진 장소에서 빨간 양을 지켜본다. 목장 관리인은 일하러 돌아갔다. 목장에는 빨간 양만이 아니라, 다른 양이나 소가 있으니까. 세레스의 호위들은 주변을 경계하고 있다.

"이대로는 어쩔 도리가 없습니다. 잠시만 기다려 주세요. 대책을 물어볼 테니……."

세레스가 명상하며 신과 대화한다. 왠지 대단하네. 단숨에 신이 가까운 존재가 된 느낌이다.

"아닙니다, 대화라고 할까…… 의지와 의지의 충돌이라서, 뉘앙스를 전달하는 것이 어렵다 보니…… 에잇, 저에게 양 울음소리를 이해하라고 해도 곤란합니다! ……여우?"

명상을 마친 세레스가 말하길, 빨간 양의 대책은 요우코가 알고 있다고 한다.

그렇군. 신과 관계된 일이라면 요우코였지.

걸프에게 달려가 요우코를 불러달라고 했다.

"때려서 기절시키면 된다."

요우코에게서 들은 대책은 심플했다.

하지만 난폭하지 않아?

"그렇게 말해도 말이지. 저렇게 겁먹고 있어서는 누구의 목소리도 닿지 않아."

겁먹고 있다고? 그렇게 안 보이는데? 굳이 말하자면 유유한 태도를 보이는 것 같다.

"짐승은 쉽게 약점을 보여주지 않으니, 그렇게 보일 뿐이다. 많이 겁먹고 있구나."

그런 건가.

"그래. 그래서 잠의 마법을 발동시키고 있는 거겠지. 다가갈 수 없으니 투석이 최선책이다. 뿔을 노려라."

잠깐잠깐. 걸프와 다가에게 돌을 주지 마. 겁먹은 양을 더욱 겁먹게 하지 말라고.

"내버려두면 그냥 이대로다."

그건 곤란하지만…… 긴 막대를 준비하지 마. 그걸로 때릴 거야? 에잇, 대책을 생각할 테니까 공격하지 말도록.

겁먹고 있다고 들었으니, 지켜줘야 한다고 생각한다.

응? 왜 그래, 세레스? 또 신탁인가?

"잘 모르겠지만, 사과하고 있습니다…… 어어, 번거롭게 해서 미안하다는 느낌? 어?"

신탁이었다.

"저기, 신께서 말씀하시길…… 음, 이 목장에서 지낼 수 있다면 이대로 둬도 된다고 하는데요."

세레스의 말을 듣고, 요우코가 씁쓸한 얼굴을 했다.

여담으로 이 목장은 다섯 마을에서 투자해 경영하고 있다. 즉, 목장 대표는 다섯 마을의 촌장인 나다.

…………촌장 대행(=요우코), 맡겼다!

"빨간색은 곤란하다. 흰색으로 염색하라. 그것이 조건이다."

요우코가 그렇게 말한 순간, 빨간 양의 털이 하얗게 되었다.

어라? 이쪽 목소리가 들렸어?

"아니……. 신이 어떻게든 한 것 같다."

그런가? 대응이 가볍다고 할까, 신이 가깝다고 할까…….

"그렇지. 안 좋은 사태다. 미안하지만 촌장, 이 양은 극비로…… 아니, 잊으면 좋겠다."

아, 알겠다.

"그리고 성녀가 있어서 그럴 테지만, 신은 원래 이렇게까지 가까운 존재가 아니다. 별문제는 없겠지만, 신에게 너무 의지하지 말도록."

아아, 물론이지.

신에게는 이미 많이 도움받았다. 더 많이 바라거나 하지는 않아.

"그렇다면 나머지는 내게 맡겨도 된다."

알았어. 맡길게.

"그래."

그러면 마을로 돌아갈까. 걸프와 다가는 괜찮지?

성녀 세레스도 함께라고 생각했지만…….

"아아, 성녀는 남아줄 수 있겠나? 확인하고 싶은 것이 있다. 양에 관해서다. 신의 뜻을 잘못 알아서는 안 되니까."

복잡한 이야기가 있는 듯, 요우코에게 붙잡혔다.

이야기가 끝날 때까지 기다렸다가 함께 돌아가도 되지만, 세레스도 내가 먼저 가길 바랐기에 먼저 돌아가게 되었다.

호위들도 있고, 문제는 없겠지. 아, 목장 관리인에게 돌아간다고 인사해야지.

…………….

난 빨간 양을 보기만 했구나.

뭐, 이런 날도 있겠지.

"자, 성녀여."

"네, 저 양 말이군요."

"그것도 있지만, 먼저 전해야 할 일이 있다. 호위들은 조금 더 떨어져라."

요우코는 그렇게 말해서 세레스의 호위들과 거리를 두게 한다.

"남이 들어서는 곤란한 이야기입니까?"

"신과 관련이 있는 일이니까. 아는 사람은 적을수록 좋다. 그대는 격이 높은 신의 목소리를 듣기 위해 귀를 기울였다. 기억은 있는가?"

"물론이죠. 매일 그렇게 기도하고 있습니다."

"그럴 테지. 그 기도가 통했는지, 그대에게는 일부 신의 목소리만 닿게 되었다."

"그런 건가요?"

"음. 기쁜 일이긴 하지만…… 그 일부 신 때문에, 동물신의 목소리가 들리게 되었다."

"네……? 동물신?"

"이번에는 양의 신이군. 상대의 의향을 헤아리는 것이 어렵지 않았나?"

"확실히 그렇습니다만…… 어? 그건 또 왜죠?"

"내가 답할 수 있는 건 아니다. 그대는 그렇게 되었다고 이해만 하면 된다. 이해하면 어느 정도는 목소리를 골라서 들을 수 있다."

"아, 알겠습니다."

"당분간 시끄러울 테지만, 이것도 시련으로 여기고 힘내도록. 내 선에서도 함부로 말을 걸지 말라고 하겠지만……."

"신은 우리의 사정 따위 신경 쓰지 않으십니까."

"신경 쓰는 신도 많다. 다만, 동물신은 충동적이다 보니…… 자제가 안 되는 경우가 있다."

"가, 각오하겠습니다."

"도저히 안 되겠다 싶어지면, 이 몸이나 니즈에게 상담해라."

"수고를 끼칩니다."

"그래. 내 이야기는 이걸로 끝이다."

"어어, 그러면 양은?"

"저 양은 이제부터 양의 신의 사도가 되고자 수행에 힘쓸 예정이었는데…… 당분간 여기서 느긋하게 지내게 해달라는 의향이다."

"그래도 되는 걸까요?"

"양의 신이 그렇게 말하니, 상관없는 거겠지. 신의 사도가 될 후보도, 이 양만 있는 것은 아닐 테고."

"너무 겁먹어서 버려졌다거나?"

"그 정도로는 버리지 않아. 뭐, 서둘렀다는 반성도 있겠지."

"서두르다니…… 양의 신께서 말입니까?"

"그럴 테지. 그렇지 않다면, 이동 중에 길을 잃는 일은 생길 수가 없다."

"…………."

"응? 왜 그러나?"

"아닙니다, 저보다 신에 대해 자세히 아시고, 의사소통도 가능하시니, 요우코 님이 성녀에 더 어울리지 않을까 하고 생각했을 뿐입니다."

"하하하. 내가 들을 수 있는 목소리는 동물신까지다. 그대처럼 아득히 높은 곳에 있는 신의 목소리는 들을 수 없어."

"아득히 높은 곳입니까."

"음. 그리고 성녀와 비교하면 나 따위는 격이 한참 떨어진다. 자신감을 가져라."

"격하라니………… 감사합니다."

"그래. 이만 돌아가도 좋다."

요우코는 세레스의 호위들을 다시 부르고, 다섯 마을로 돌아가는 세레스를 배웅했다.

세레스의 모습이 완전히 보이지 않게 되고, 주위에 아무도 없는 것을 확인한 요우코는 빨간 털을 하얗게 만든 양을 향해 소리쳤다.

"촌장에게는 겁먹어서 목소리도 들리지 않는다고 말했지만, 들리고 있겠지! 뭐가 길을 잃었다는 거냐! 스스로 도망쳐놓고! 에잇, 사도가 되기 싫다고 말할 처지냐! 아니, 나하곤 상관없다. 나는 사도가 된 뒤에 도망친 것이야. 사도가 되는 수행에서 도망친 것이 아니다! 에잇, 달라붙지 마라! 아직 인간 모습도 되지 못하는 미숙한 녀석이!"

이러쿵저러쿵 말하면서도, 목장 관리인에게 부탁해서 양을 위한 환경을 마련하는 요우코였다.

물론, 양에게 목장을 지키라고 명하는 것을 잊지 않는다.

"돌보는 데도 비용이 드니까. 그 정도는 해주어야지."

그런 요우코에게, 양은 맥없이 반응했다.

잡담 신의 심심풀이

나는 이름 없는 신. 옛날에는 이름이 있었고, 그 이름을 가진 동물을 담당했지만, 그 동물이 멸종하면서 이름을 잃었다. 지금은 무직이다.

다른 신과의 커뮤니티에서 빠져나온 건 아니고, 상급신에게 일을 받으니 무직은 좀 아닌가.

그렇다면 뭘까? 담당 작가가 없는 편집자? 담당이 있는 다른 편집자들의 일을 돕는 느낌? 알기 어려워? 미안하다.

미안한 김에 이야기를 바꾸지만, 성녀를 알고 있을까?

기본적으로, 신은 지상에 간섭할 수 없다. 하지만 지상에 사는 자에게 꼭 전하고 싶은 것이 있을 때는 성녀를 사용해서 신탁을 내릴 수 있다.

다만 이 신탁은 큰 역할을 맡는 신들이 상담해서 할 정도니까, 나 같은 하급신은 할 수 없다. 하려고 해도 성녀 쪽에서 받아주지 않는다. 뭐, 내리고 싶은 신탁이 있는 것은 아니지만.

그렇게 생각했었다.

어느 날, 깨달았다.

성녀에게 신탁을 내릴 수 있다는 것을. 아니, 신탁이라고 할까 대화…… 말이 아니니, 의지구나. 내 의지를 전할 수 있다는 것을.

놀랐다.

그리고 왜 그런지 생각했다. 성녀 주위에서 큰 변화가 있었던 걸까 하고.

내가 담당했던 동물이 멸망한 뒤로 지상에 별로 관심이 없었지만, 자세히 관찰했다.

…………격이 엄청나게 높은 신 곁에 있잖아.

저건 지상에 내려갔다가 봉인된 신이지? 어? 처음 듣는데?

아니, 봉인된 신의 사정은 알아. 이야깃거리가 부족한 신들 사이에서 오랫동안 입에 오르내렸던 사건이니까.

그리고, 저 성녀, 근처에 있는 격 높은 신의 목소리를 들으려고 이상한 조정…… 조율을 하고 있네. 아아, 하지만 그렇게 조율해선 다른 신의 목소리가 안 들릴 텐데…….

나는 몰랐지만, 성녀에게 신탁을 내릴 수 없게 되었다며 소란이 벌어졌었다고 한다. '아아, 역시나' 하고 납득했다.

하지만 어째서 내 의지가 전해지는 거지?

격이 높은 신, 고양이 모습이 되었네…… 즉, 동물 계열 패스라면 통한다? 어? 즉, 나 말고도 동물 계열 신이라면 의지를 전할 수 있다?

잠깐 기다려. 시험해 보고…… 안 되는구나. 고양이에 맞추는 게 좋을까?

니야옹.

통했다! 성녀가 근처에 고양이가 있는 거 아니냐며 놀라고 있어! 오오!

그야 통했는데 뭘 어쩌라는 이야기지만.

내가 담당하던 동물은 멸종했으니, 성녀에게 그것을 전한들 어쩔 도리가 없고.

동물을 소중히 하라는 의지만 전달하고, 나는 만족했다.

다음은 이 일을 높으신 신에게 보고하면 되는데…… 뭐, 딱히 서두를 필요도 없겠지. 나만이 성녀에게 의지를 전할 수 있다는 우월감에 젖고 싶다. 응, 100년 정도일까. 후후후.

그렇게 웃는 나를 보던 자가 있었다. 다른 동물신들이다.

당연히 나와 마찬가지로 고양이에 맞추면 의지가 전해진다.

잠깐, 그러지 마. 한꺼번에 목소리를 내면 피해를 준다고! 근처에 상급신이 있는 걸 잊었어? 지상에선 이쪽에 간섭할 수 없으니까, 돌아올 때까지는 걱정이 없다고……? 돌아올 때까지 두려워하며 지낼 거야? 나는 사양하겠어.

나는 말렸다. 응, 말렸다. 열심히 말렸다.

하지만 멈추지 않는 동물신들의 마음도 안다. 알아버린다.

왜냐하면 이것은 성녀에게 동물신들의 존재를 알릴 기회. 성녀가 알면 그것이 인간들에게 전해진다. 그리고 신앙이 되어 기도가 바쳐지는 것이다.

그렇다면 탈 수밖에 없어, 이 빅 웨이브에! 그런 느낌의 흐름에 나는 거스를 수 없었다.

아아, 높으신 신에게 들키면 야단맞는다.

빨리 보고하러 가야 할까? 아니, 지금 보고하러 가면 동물신들이 원망한다. 나는 어떡하면 좋은가!

일단, 줄 정리를 했다. 순서를 지켜. 응? 양의 신, 급히 전할 것이 있다며 순서를…… 사도 후보가 트러블에 휘말렸다고? 성녀 근처? 알았다, 알았어. 미안하지만 잠깐 순서를 조정할게.

그리고 소란 피우지 마. 신탁을 쓸 수 없어서 곤란해하는 신들에게 들킬라.

문제를 뒤로 미루는 거라고 비웃고 싶다면 얼마든지 비웃어라. 나는 내 최선을 다했다. 응, 만족.

높으신 신들에게 들킬 때까지의 평온을 즐기자.

어라……?

지상에 있는 신의 사도에게서 항의가 들어온 모양이다. 성녀를 곤란하게 하지 말라고.

제한시간도 설정하는 게 좋을까?

이세계

유유자적

농가

Farming life in another world.

Chapter, 2

Presented by
Kinosuke Naito
Illustrated by
Yasumo

〔 2장 〕

떠돌이 상인

01.철의 숲 02.잘 쓰이지 않는 도로 03.매우 강한 마물이 있는 숲 04.가레츠 숲
05.강한 마물이 있는 숲 06.곤 숲 07.다섯 마을 08.샤샤트 시
09.마왕국 주요 도로 10.비교적 안전한 평원

잡담 조로의 상단 〈전편〉

내 이름은 조로. 떠돌이 상인이다.

떠돌이 상인이라고는 해도 혼자 다니는 것은 아니다. 제법 규모를 자랑하는 상단을 이끌고 있다. 대형 짐마차가 일곱 대에, 소형 짐마차가 열 대. 부하는 60명을 넘었다.

즉, 나는 제법 유능한 상인이라는 말이다.

…………….

미안하다. 거짓말했다. 나는 실력에 걸맞지 않게 규모가 큰 상단을 이끌고 있다.

내 진짜 실력으로는 아무리 애써도 소형 짐마차 한 대. 부하라 해도 친척 중에서 두 명 있으면 다행이다. 나도 잘 안다.

그런 내가 이렇게 큰 상단을 이끄는 데에는 이유가 있다. 모 국가의 의뢰다. 아니, 그건 의뢰가 아니라 협박이었지.

"마왕국을 조사할 부대를 보내고 싶다. 부대 인원은 60명이다. 이 인원수를 의심받지 않고 잠입시킬 때는 어떤 방법이 좋다고 생각하지?"

저녁 무렵, 숙소를 찾아 거리를 어슬렁거리던 나는 어두운 방으로 끌려가 그런 질문을 받았다.

솔직히 말해서 내가 뭐라고 대답했는지는 기억나지 않는다. 그저 죽을 거라는 생각에 필사적으로 무언가를 떠들었던 것만은 기억하고 있다.

결과적으로 나는 50년을 일해도 벌 수 없는 선금을 받고, 상단으로 위장한 부대를 이끌고 마왕국으로 가게 되었다. 도망치는 것을 진지하게 생각해 봤지만, 선금의 매력에 졌다.

이 돈이 있으면 작은 규모라도 내 상단을 가질 수도 있다. 할 수밖에 없다.

목적지는 왕도. 다만 도중에 샤샤트를 조사하는 예정도 있었다.

현재 위치에서 샤샤트로 가려면 해로가 가장 좋지만, 인간 나라에서 오는 배는 철저하게 조사한다. 특히 샤샤트의 검문은 엄격하기로 유명하다.

그래서 크게 우회해서 다른 항구 도시로 가고, 거기서 육로를 통해 샤샤트로 이동하기로 했다. 다른 항구 도시에서도 검문은 엄격하지 않을까 생각했지만, 어떻게든 된다고 한다. 어떻게든 되는 건가? 위험한 분위기가 느껴지니 자세히는 묻지 않는다.

가는 길은 평온했다. 실적을 만들려고 평범하게 장사했으니까.

내가 취급한 적 없는 양으로 거래할 수 있는 것은 조금 즐겁다.

"대장, 시내 사람에게 들었습니다. 옆 마을까지는 이틀이 걸리지만, 거기서는 식량을 못 살 수도 있다고 합니다. 식량을 확실하게 살 수 있는 도시까지는 닷새 걸린다고 합니다."

알았다.

나는 비상시를 대비해 10일분의 식량과 물을 확보하라고 지시를 내렸다. 내 지시에 상단 구성원으로 위장한 자들은 불평 없이 따른다. 이건 상단의 위장을 지키기 위해서지만, 그래도 도움이 된다.

접해 본 느낌으로 상단 구성원으로 위장한 자들은 어느 정도 좋은 교육을 받은 자들이다. 아마도 귀족의 피가 섞인 자도 몇 명인가 있겠지.

내가 상단의 대장이지만, 그것은 역할극의 이야기. 힘의 관계에선 상단 구성원으로 위장한 자들이 위다. 즉, 내가 말단.

그래서 내 말을 들어주지 않을 가능성도 있었는데…… 잘 훈련되었다. 아니지. 그런 걸로 실패할 수 없을 만큼 중요한 임무라는 걸까?

아아, 안 된다, 안 돼. 나는 떠돌이 상인. 상단의 대장.

신경 써야 할 것은, 상단 구성원으로 위장한 자들의 정체나 임무가 아니다. 팔 수 있는 상품, 살 수 있는 상품, 그리고 오늘이나 내일의 날씨.

음, 내일은 새벽녘에 비가 올 것 같으니, 야영 장소를 잘 생각해 봐야겠어.

상단의 육로 여행은, 1년 정도 계속되었다. 조금씩 샤샤트에 가까워진다.

당연히 귀에 들어오는 샤샤트의 소문.

"요 근래 가장 발전한 도시가 아닐까? 아아, 하지만 재목 같은 건 팔리지 않아. 가져갈 거면 조미료 같은 게 좋아."

"마왕국이 중요시하고 있는 도시니까. 경비가 많아. 그래서 치안은 좋아."

"그 도시는 고로운 상회의 힘이 강해. 하지만 배타적이지는 않

아. 예절만 잘 지키면, 나름대로 거래는 해준다고."

"아주 맛있는 요리를 내는 가게가 있어서, 거기 가면 다른 도시로 여행을 떠날 수 없게 된다고 해."

"야구라는 공놀이가 유행하고 있다던데. 듣자니 나라의 높으신 분도 참가하고 있다든가."

"양이 적어도 특이한 물건이라면 고로운 상회가 사준다더군. 다만 너무 바가지를 씌우면 여러모로 무섭다는 말도 듣지."

"마법으로 먼 거리나 마을로 이동할 수 있는 시설이 있다고 하던데. 정말일까?"

"소문으로 그 도시는 어린 메이드가 지배하고 있다고 하더군. 아니, 진짜로 말이야. 거짓말 아니래도. 그 도시의 대리 통치인보다 어린 메이드가 더 잘났대."

등등.

뭐, 뜬소문도 있겠지만, 기억에는 남겨둔다. 무엇이 어떻게 장사로 이어질지는 모르니까.

그래도 어린 메이드 이야기는 뜬소문을 넘어 거짓말이겠지만.

하지만…….

"대장, 여기서도 다섯 마을이라는 마을 이야기를 듣네요. 듣자니 샤샤트만큼 크다던데요?"

상단 구성원으로 위장한 자 한 명이 내게 말을 걸었다. 아무리 그래도 1년이나 함께 지내면 잡담 정도는 한다.

"내가 들은 이야기로는, 마을이 아니라 도시였는데?"

"마을이 발전해서 도시가 된 걸까요?"

"같은 이름의 마을과 도시가 따로 있는 거 아닐까?"

솔직히, 존재를 의심하고 싶어지는 이야기밖에 없다. 드래곤이 빈번히 날아온다든가, 큰 호랑이가 술을 사재기했다든가, 뱀의 무녀가 있다든가…….

다섯 마을, 혹은 다섯 도시는 샤샤트 근처에 있는 모양이지만, 그 소문이 얼마나 진짜인지 모르겠다. 어쩌면 샤샤트의 무언가를 숨기기 위한 소문일지도 모른다.

그것도 이것도 샤샤트에 가면 알 수 있는 이야기일까? 몰라도, 상단 구성원으로 위장하고 있는 자들이 조사할지도 모른다. 위험한 짓은 안 하면 좋겠는데.

내 신변의 안전도 있지만, 1년이나 함께 움직였다. 그 정도는 걱정한다. 말해도 들어주지 않겠지만.

나는 작게 한숨을 쉬면서, 첫 번째 목적지인 샤샤트를 향해 상단을 이동시켰다. 아무 일도 안 생기면 앞으로 10일 정도면 도착할 수 있겠지. 아무 일도 안 생긴다면.

가을이 되기 전에는 도착하고 싶다.

잡담 조로의 상단 〈중편〉

내 이름은…… 밝힐 수 없으니 적당히 대도 될까. 그래, 단이라고 하자. 응, 단. 괜찮은 느낌 아닐까.

자, 나는 지금 마왕국에 잠입해 있다. 목적은 마왕국의 조사. 실패는 죽음으로 이어지는 위험한 임무다. 긴장감을 가지고, 동료와의 연계를 잊지 않고 싶다.

그러고 싶지만…… 내 눈앞에는, 카레 맛으로 다투는 동료가 있었다.

소고기를 주재료로 한 비프 카레파. 돼지고기를 주재료로 한 포크 카레파. 닭고기를 주재료로 한 치킨 카레파. 해산물을 주재료로 한 시푸드 카레파. 기름에 튀긴 '카츠' 라고 얹은 카츠 카레파. 카레용으로 개발된 전용 빵인 난으로 먹는 파. 난에는 버터 치킨 카레가 당연히 최강 아닙니까 파.

각자가 자신이 믿는 맛이 최고라고 말하며 양보하지 않는다.

추하다. 추한 싸움이다. 고작 음식으로 이렇게 다투다니…….

먹을 수 있는 것만으로도 감사하다는 것을 잊었나? 맛에 구애받지 말라고는 하지 않는다. 맛없는 것보다는, 맛있는 것이 당연히 좋다. 하지만 이 가게에서는 개별적으로 주문을 받아준다. 좋아하는 것을 시키면 된다. 그렇죠, 대장?

"음…… 카레 우동. 새로운 체험이다. 굉장해."

…………….

대장. 정리하려고 하는 차에 파벌을 늘리지 마시죠.

어? 내 파벌? 아니, 나는 별로…… 구, 굳이 말하자면…… 곱빼기 토핑파다. 시금치와 토마토 토핑은 최고라고 생각한다. 그래, 어느 카레에 넣어도 좋다. 즉, 모든 파벌이 곱빼기 토핑파로 모이면 이 추한 싸움도 수습되지 않을까!

그렇죠, 대장?

"카레 볶음밥…… 이것도 새로운 체험이다, 맛있다."

…………….

조사대 최대의 위기였다.

이전부터 샤샤트에서는 새로운 요리가 있다고 들었기에, 나를 포함해 모두의 기대치가 높아져 폭주해 버렸다. 반성하자.

하지만 그것도 어쩔 수 없는 부분이 있다. 카레는 맛있다.

게다가 카레에 사용된 라이스. 저것은 우리 나라에서도 생산되고 있는 음식이다. 다른 나라에서는 말에게 주는 먹이로 무시당하기도 하지만, 라이스는 우리의 소울푸드다.

우리는 1년 동안 조국을 떠나 그 소울푸드인 라이스를 입에 대지 못했다. 폭주해 버리는 것도 어쩔 수 없는 일이다. 게다가 여기서 먹는 라이스는 고향에서 먹는 라이스보다 맛있다.

우리가 이 샤샤트에 도착한 지 10일 정도 지났지만, 줄창 카레만 먹을 정도다.

라이스 단품도 있지만, 라이스는 무언가와 함께 먹는 것이니까. 카레로 문제는 없다.

여담으로 난을 먹는 파벌은 고향에서 먹는 라이스보다 맛있다는 것을 인정하고 싶지 않은 파벌이기도 하다.

후우.

정말이지, 이렇게 맛있는 라이스를 어떻게 만들고 있는 걸까? 이 도시에 오기 전까지 라이스 밭은 본 적이 없다. 마왕국이 라이스 생산을 숨기고 있는 건가? 아니다. 그렇다면 가게에서 내놓거나 하지는 않겠지.

카레 가격도 비싸다고는 할 수 없었다. 즉, 이 라이스는 마왕국에서 일반적인 거겠지. 아니지. 이 근방에서는 일반적이라고 생각해야 할까.

그렇다면…… 샤샤트 주변을 조사하면 이 땅에서의 라이스 생산을 알 수 있을까? 그러고 보니 다섯 마을의 소문이 있었지.

일단 진짜로 있는 모양이고, 이 도시에서 하루 정도면 도착한다고 들었다. 여러 사람을 통해서 들은 정보이니 틀림없을 것이다.

다섯 마을이 라이스 생산 거점일 가능성은 있을까? 있을 법하다.

…………조사하고 싶다. 하지만 내 마음대로 할 수는 없다. 나는 마왕국을 조사하려고 이 자리에 있는 것이다. 사심은 버려라.

…………….

라이스는 이 샤샤트의 귀중한 수입원 아닐까? 즉, 조사 대상? 그렇지 않을까.

나는 동료들에게 라이스 생산지를 조사하자는 방침을 제안했다. 동료들은 반대하지 않았다.

훗, 역시나.

하지만 모두가 다섯 마을로 갈 수는 없다. 우리의 목적은 왕도와 이 샤샤트의 조사니까. 다섯 마을에는 선발한 몇 명이 가면 되겠지.

몇 명을 보낼까? 다섯 명? 알았다, 다섯 명이군. 좋아, 희망자를 모집한다. 희망자가 많으면 추첨용 제비를 만들어라.

"제비뽑기 따위 싫어!"

나는 샤샤트 광장에서 외쳤다.

어느새 내 옆에 있었는지 강해 보이는 마족 남성이 아주 잘 안다며 고개를 끄덕여 주었다. 알아주어서 기쁘다. 어디의 누구인지는 모르겠지만.

아, 야구 감독입니까. 야구는 들어본 적 있습니다. 막대기와 공으로 무언가 하는 경기 맞죠?

이제부터 경기가 있다고요? 그러면 관전을…… 참가해도 된다고? 하지만 저는…… 오호라. 마족만이 아니라 인간도 참가하고 있는 모양이군요. 즉, 마족이든 인간이든 관계없이 즐길 수 있다는 뜻.

알겠습니다. 열심히 하겠습니다. 야구 규칙은 잘 모르지만.

다섯 마을로 조사하러 가지 못하게 되어 풀이 죽었지만, 야구를 하고 속이 풀렸다. 다음번에는 홈런을 노려 주겠어.

아차. 아니지. 일을 잊어서는 안 된다. 이 도시의 조사다.

하지만 아직 초반이다. 위험한 짓은 하지 않고, 시내에서 소문을 긁어모으는 데 전념한다.

…………….

듣자니 이 도시 북쪽에서 이상한 골렘이 나온다고 한다.

뭐가 이상하냐면, 골렘인데도 아주 빠르게 움직이며, 물건을 팔러 온다는 것이다.

확실히 이상하다. 일단 골렘이란 움직임이 느리다는 것의 대명사다. 그것이 아주 빠르게 움직여?

…………보고 싶다. 다행히 위험한 존재는 아닌 모양이다. 나 혼자서도 조사할 수 있을까?

아니지. 이 도시에서 북쪽으로 갈수록 위험한 마물과 마수가 나타난다는 이야기가 있다. 게다가 그 끝자락에 있는 산에는 드래곤이 산다. 이것은 우리 나라까지 전해질 정도로 유명한 이야기다.

이쪽에서 손대지 않는 한 드래곤이 뭔가 하지는 않겠지만…… 조사할 수 있는 장소까지 가본다는 느낌으로 괜찮을까.

나는 동료들에게, 골렘을 조사하고 싶다고 전했다. 힘내라며 응원받았다.

…………….

다른 희망자는 더 없어?

잡담 조로의 상단 〈후편〉

내 이름은 리그론 아우엘슈타트. 유서 깊은 백작가에서 태어난 남자다. 뭐, 장남이 아니라서 큰 책임은 없다. 하지만 가문의 이름에 부끄럽지 않게끔 엄격하게 자랐다. 그래서 검을 다루는 솜씨에는 자신이 있다.

그리고, 그런 나는 마왕국 잠입 임무에 종사하고 있다. 아아, 잠입 때의 내 이름은 믹이다.

자, 나는 동료인 단에게 이끌려 샤샤트 북쪽에 있는 숲으로 향하고 있다. 듣자니 이상한 골렘을 보고 싶다는 모양이다.

나는 보고 싶지 않으니 혼자 가라고 했지만, 무시당했다. 정말이지 막무가내인 남자다. 나는 도시 남쪽 해안에 있는 양식장인지 뭔지를 조사하고 싶었는데.

이상한 골렘 정보도 무언가 도움이 될지도 모르니, 완전 헛수고라고는 생각하지 않지만…….

“이 부근에서 찾을까?”

나는 단에게 제안했다.

샤샤트에서 우리의 발걸음으로 5일 정도 북쪽으로 나아간 장소. 평범한 모험가들이라면 8일에서 10일 정도 걸리는 거리지만…… 솔직히 말해 더는 가고 싶지 않다. 아니, 갈 수가 없다.

지금까지는 숲속에 있는 길을 따라 이동했지만, 이 너머의 숲은 분위기가 다르다. 위험도가 급상승하고 있다. 둘이서는 너무 위험하다.

적어도 20명 정도로 부대를 짜서 이동해야 할 장소다. 그런데도 길은 평범하게 이어져 있다. 마치 죽음으로 유혹하듯이.

“그렇지. 이 너머는 아무래도 위험해.”

단도 똑같이 판단한 모양이라 한시름 놓는다. 이제 이 부근에서 3일 정도 수색하면 이상한 골렘을 찾지 못해도 단이 돌아가자고 말을 꺼내겠지.

바라건대, 찾으면 좋겠는데…….

이상한 골렘은 찾지 못했지만, 기묘한 도시를 발견했다.

제법 규모가 크지만, 생활하는 자는커녕 길거리를 걷는 자조차 없다. 폐허다.

그런 폐허를 기묘하다고 표현한 것은 그 길거리 풍경 때문이다. 정돈된 길, 규칙적으로 지어진 집들.

지금까지 상단의 일원으로서 마왕국 각지를 돌았지만, 눈앞에 있는 것 같은 길거리 풍경을 본 적은 없다. 여기는 뭐지? 버려진 도시인가? 그런 것치곤 너무 깨끗해 보이는데…….

나는 단을 본다.

"믹. 내 생각은 이래. 여기가 이상한 골렘의 거점 아닐까?"

…………과연.

폐허에서 움직이는 골렘이라는 것은 영웅담에서도 단골 소재다.

"이 거리를 조사하면, 이상한 골렘과 마주칠 가능성은 있다고 생각하는데, 어때?"

이 거리를 조사한다고? 제법 넓은데? 3일로는 절대로 끝나지 않을 거다.

"어이어이, 아무리 그래도 둘이서 전부 조사하는 것은 불가능해. 하지만……."

단이 가리키는 장소를 본다.

돌로 포장된 깨끗한 거리? 아무것도 없는데?

"아무것도 없다는 것은 아니야. 골렘이 있다면 그 흔적이 남겠지. 그리고 내게는 흔적이 보여. 자, 여기를 봐. 누군가가 지나간 흔적이야. 최근이군. 뭐, 골렘이라고 단정할 순 없지만………… 상황적으로는 골렘이겠지?"

과연.

이런 방면의 기술로는 나는 단에게 이길 수 없다. 경쟁할 생각도 없지만.

단은 누군가가 지나간 흔적을 따라, 한 채의 저택에 도착한다. 이 도시 대표의 저택이었을까? 큰 저택이다.

내가 저택 부지 안으로 걸음을 옮기려 했더니, 단이 막았다.

"거기에 장치가 있어. 밟으면 작동해."

…………….

"믹. 내가 밟은 장소 말고는, 밟지 마."

알았지만, 나는 이 자리에서 대기하면 안 될까? 응, 안 된다는 것 같다.

여기서부터의 조사는 긴장의 연속이었다. 어째서 이렇게 함정이 많은 거냐고 말하고 싶어질 정도로 함정이 있었다.

단이 함정을 해제하고, 내가 그 해제한 함정을 밖으로 옮긴다. 돌파하는 데 3일 걸렸다.

그리고 도착한 곳은 커다란 방. 함정이 이 방을 지키듯이 배치되어 있었으니, 여기가 중요한 장소인 것은 틀림없다.

커다란 방 안에 있었던 것은 대량의 서적이다. 사용된 문자가 오래되어서 무슨 내용인지는 이해할 수 없지만, 호화로운 장정으로 보아 중요한 기록이 있으리라고 예상할 수 있다.

여기에 있는 대량의 서적이 전부 그런 건가?

"단, 이건 큰 발견이야. 일단 돌아가서, 동료들을 데려오자."

이것들을 조사하든 회수하든, 인력이 필요하다. 그리고 다른 무언가가 있을지도 모른다.

"하지만 아직 골렘을 발견하지 못했어."

단이 망설이지만, 나는 억지로 저택에서 데리고 나온다. 이렇게 함정이 많은 장소에서 골렘이 자유롭게 움직일 수 있다고는 생각되지 않는다. 알고 있잖아?

"뭐 그렇긴 한데…… 저건 뭐지?"

단이 저택 밖에 있는 골렘을 보고 크게 놀랐다.

하하하하하. 아쉽지만 저건 단이 기대하고 있는 골렘이 아니야. 저택 안에서 단이 해제한 함정으로 내가 만든 오브제지.

솔직히 별로 자유롭게 움직일 수 없는 나는 심심했으니까. 어때? 놀랐나?

"놀랐어. 저건 강력한 폭발물인데? 그걸 가지고 놀다니……."

어?

"내가 옮길 때 절대로 떨어뜨리지 말라고 말했지?"

확실히 말했지만…….

"뭐, 자세히 설명하지 않은 나도 잘못했지만……."

자세히 설명하면 내가 옮기지 않을 거라고 생각했겠지. 응, 그 말을 들었으면 옮기지 않았다.

그래서 이제 저 오브제에는 손대지 않는다. 가까이 가지 않는다.

"가까이 가지 않는다고 할까, 저렇게 모아두면 거리 전부가 날아갈 느낌인데………… 아무렴 어때. 알겠다. 일단 돌아가자."

샤샤트에 있는 동료들을 설득할 재료로서, 나와 단은 한 아름 크기의 커다란 책을 꺼내왔다. 물론 돈이 될 것이라는 기대도 하고.

소중한 물건이라고 말하듯 보관되어 있던 책이니, 가치가 없지는 않겠지.

나와 단은 샤샤트로 돌아왔다.

도중에 모험가 네 명과 스쳐 지나갔을 때는 어떻게 얼버무릴지 고민했지만, 모험가 중 몇몇이 단의 지인이었다. 모두가 여자인 모험가 파티지만, 실력은 있어 보인다. 우리가 더 가지 못했던 숲으로 가는 걸까?

그건 그렇고, 단은 언제 알게 된 거지? 같이 야구를 했다고? 아아, 단이 했다는 막대기로 공을 치는 놀이인가. 놀고 있는 줄로만 알았는데, 도움이 되는군.

"믹도 해보지 않을래?"

사양하겠어.

"재미있다고."

알았다, 알았어. 할 기회가 있다면 말이야. 일단 먼저 이 책을 동료가 있는 곳으로 옮기자.

도시로 들어갈 때 눈에 띄지 않도록 밤에 돌아왔지만…… 큰 책을 옮기는 나와 단의 모습은 오히려 눈에 띄나? 낮에 해야 했을까?

뭐, 동료가 있는 숙소까지만 가면 된다. 별로 멀지 않은 거리다.

그렇게 생각했지만, 훼방꾼이 있었다.

여성이다. 묘하게 분위기가 있는 여성. 용모로 보아 마족임을 알 수 있다. 아니, 악마족인가.

"향긋한 냄새가 난다……. 그대들이 가진 책. 내게 보여주는 것을 허락하마."

싸울까? 그런 판단은 내릴 수 없었다.

강하다 약하다의 문제가 아니다. 존재의 격이 너무 다르다. 이 여성의 기분을 상하게 했다간 나와 단의 목숨은 없다. 본능이 그렇게 느꼈다. 단도 마찬가지겠지. 그래서 나와 단은 시키는 대로 우리가 가지고 있는 책을 내밀려 했다.

하지만 그것을 막는 목소리.

"그 책은…… 어떻게? 아니, 그건 나중에 하죠. 그 책의 소유권은 제게 있습니다. 아무리 당신이라도 멋대로 읽는 것은 허락하지 않습니다."

나와 단의 등 뒤에 서 있는, 집사 차림의 남성?

아, 안 돼. 이쪽도 격이 다르다. 죽었다. 아버지, 어머니, 못난 아들을 용서해 주세요. 형님, 뒷일은 잘 부탁드립니다. 아아, 좀 더 살고 싶었다.

나는 삶을 포기했다.

하지만, 신은 있었다.

"잠깐, 잠깐, 멈춰어어어어!"

한 남자가 소리치면서 우리 곁으로 다가왔다. 그리고 악마족 여성과 집사복 남성을 상대로 자세를 취한다.

"두 분! 무슨 일이 있었는지는 모르지만, 이들을 해치는 것은 허락하지 않겠다! 지금은 싸우지 말고 수습해 주길 바란다!"

이 남자, 우리보다는 강하겠지만, 악마족 여성과 집사복 남성보다는 약하다. 압도적으로 약하다. 하지만 듬직하다. 누구지?

단의 지인이었다.

"감독님……."

"훗. 선수를 지키는 것도 감독의 의무라서 말이야. 유망한 수비요원을 위험한 지경에 처하게 할 수는 없지."

야구 동료라고 하는 듯하다.

…………….

앞으로 내가 어떻게 될지는 모르겠지만, 살아남으면 야구를 하고 싶다.

잡담 조로의 상단 〈완결편〉

악마족 여성과 집사복 남성 사이에 포위당하고, 감독이라고 불리는 남자에게 보호받고 있는 현재 상황.

앞으로 어떻게 될지 불안해서 어쩔 수 없는 내 이름은 믹이다. 응, 본명은 말하지 않는다. 최악의 상황을 생각해서 믹으로 밀고 나간다.

그렇게 각오를 다지고 있자, 추가로 난입자가 나타났다.

"이 부근에서 살기를 내뿜는 것은 곤란합니다."

목소리는 위에서 들렸다. 그래서 시선을 위로 돌리자, 건물 지붕 위에 누군가 있었다. 그 인물은 지붕 위에서 뛰어내려 감독이라고 불린 남자 곁에 착지했다. 키가 작다…… 메이드?

메이드는 먼저 악마족 여성을 향해 얼굴을 돌렸다.

"다섯 마을에서 금지된 것은, 샤샤트에서도 금지입니다. 그게 아니면, 알고 하는 짓입니까? 촌장에게 일러바칠 겁니다."

메이드의 말에 악마족 여성은 노골적으로 당황한 모양이다. 이어서 메이드는 집사복 남성을 향해 얼굴을 돌렸다.

"여기서 날뛴다는 것은, 촌장을 적으로 돌릴 각오가 있는 것으로 여겨도 괜찮겠습니까?"

메이드의 말에 집사복 남성도 당황했다. 마지막으로 메이드는 감독이라고 불린 남자를 향해 얼굴을 돌렸다.

"무리한 짓은 그만둬 주십시오. 제가 촌장에게 야단맞습니다."

감독이라고 불린 남자는 얌전히 메이드에게 고개를 숙이고 있었다. 이 메이드, 누구지?

강함으로 봐선…… 아무리 봐도 감독이라고 불린 남자보다 약하다. 하지만 이 자리를 지배하고 있는 것은 이 메이드다.

키가 작은, 어린 메이드.

마왕국에서는 외모가 나이를 의미하지 않다는 것을 알고 있다. 눈에 보이는 그대로 어린 메이드는 아니겠지. 그러고 보니 샤샤트를 지배하고 있는 어린 메이드의 소문이 있었지? 그게 진짜였단 말인가?

어린 메이드는 개별적으로 이야기를 듣고 상황을 확인해 간다. 우리 이야기도 들었다. 주로 책에 관해서.

어떻게 이야기할지 조금 고민했지만, 지금이 생사의 갈림길이다 싶어 책을 손에 넣은 경위를 솔직하게 이야기했다.

우리는 마왕국 밖에서 온 상단의 일원. 샤샤트에 잠시 머물게 되어 한가하던 차에 이상한 골렘의 소문을 듣고, 그것을 찾으러 북쪽으로 향했다. 거기서 폐허가 된 도시를 발견했고, 그 시내 저택에 있던 책을 회수했다.

물론 우리가 마왕국을 조사하고 있는 것은 입 다물고 있다. 들키면 잡히니까.

협의한 것은 아니지만, 단도 나와 똑같이 판단해서 비슷한 이야기를 하고 있으니 의심받지는 않을 것이다.

“모험가 등록은 안 했군요? 그렇다면 폐허에서 물건을 챙기는 것은 범죄입니다.”

…………….

아차! 그러고 보니, 그랬지!

세상에는 폐허나 폐가가 무수하게 있다. 드물지 않다. 옛날에 여러 가지 일이 있었으니까.

동시에, 폐허나 폐가로 보이는 장소나 건물도 무수하게 있다. 드물지 않다. 항상 깨끗한 건물에 살 수 있는 사람은 한정되니까. 그러다 보니 폐허나 폐가라고 생각해서 멋대로 물건을 꺼내면 문제가 생기는 경우가 많다.

사실, 많았다.

그래서 마왕국만이 아니라 대부분의 나라에서 건물 안이나, 부지에서 물건을 꺼내는 것은 범죄로 정해져 있다.

하지만 그렇게 하면 폐허나 폐가를 계속 방치하게 된다. 그러면 여러모로 불편해진다.

특히, 폐허나 폐가에 있는 귀중한 고대의 물품을 활용할 수 없고, 도둑이 훔치길 기다릴 수밖에 없어진다. 그것은 문제라고 해서 예외가 정해졌다.

그것이 모험가.

모험가로 등록하면 폐허나 폐가 조사 명목으로 물건을 챙길 수 있다. 당연히 조사 전 그곳이 정말로 폐허나 폐가인지를 알아볼 필요가 있으므로, 조사 전에 보고하는 의무가 있거나 조사 후에 획득한 물품 목록을 제출하는 등 귀찮은 절차가 부과된다.

이 귀찮은 절차를 무시하면 모험가라 해도 도둑 취급을 받을 정도로 폐허나 폐가에서 물건을 챙기는 것은 엄격하게 본다.

알고 있었다. 알고 있었는데 잊고 있었다. 여기가 다른 나라라는 의식이 강했으니까.

또한 처음 목적은 이상한 골렘을 찾는 것이었으니까. 그리고 나와 단은 귀족. 군대의 일원.

군대는 정당한 이유가 있다면 폐허나 폐가에서 물건을 꺼내도 용서된다고 할까………… 아무도 불평할 수 없다.

왕조차 장군에게 승리를 위한 한 수라는 말을 들으면 입을 다문다. 아무리 그래도 귀족 소유의 집이라면 문제가 되지만, 폐허나 폐가로 보이는 건물이라면 문제 삼지 않는다. 그래서…… 의식하지 못했다. 우리가 한 행위가 범죄라는 것을.

실수했다. 크나큰 실수다. 어, 어, 어떡하지. 도망칠까?

악마족 여성과 집사복 남성의 모습이 시야에 들어온다. 감독이라고 불린 남자도 있다. 그리고 어린 메이드.

이 어린 메이드는 감독이라고 불린 남자보다 약하겠지만, 우리보다는 강하다…… 는 느낌이 든다. 응, 도망치는 것은 무리겠네. 좋아, 포기하자.

하지만 다른 동료는 말려들게 하지 않는다. 그렇게 결의했다. 응, 단 이외의 동료는 말려들게 하지 않는다.

우선은…… 사죄해야지.

"죄송합니다. 깜빡했습니다."

정말로 깜빡했다.

"깜빡했다니…… 그 폐허 도시는 얼마 전에 발견된 장소로 우선권을 주장하는 표지판이 있었을 텐데요, 보지 못했습니까?"

우선권을 주장하는 표지판? 그런 것, 있었나?

"미요 양. 모험가 등록을 하지 않았다면 표지판이 있어도 알 수 없지 않겠습니까?"

감독이라고 불린 남자가, 그렇게 거들어준다. 어린 메이드의 이름은 미요라고 하는 건가. 기억해두자.

"기다려 주세요. 그 장소는 우리가 관리하는 장소입니다. 우선권은커녕, 조사할 권리도 없습니다."

집사복 남성이 그렇게 말하며 이야기에 끼어든다.

"그 장소를 구찌 님이 관리하나요? 드라임 님께 확인했지만, 모른다고 했는데요?"

"드라임 님께서 취임하시기 전의 이야기니까요. 부르가나 스티파노, 혹은 프라다에게 물어봐 주셨으면 알았을 겁니다."

"아, 죄송합니다. 부르가 씨와 스티파노 씨는 쿠쿨칸 님의 시중을 드느라 바빠서 이야기를 못 들었어요."

"프라다는?"

"다섯 마을의 일원으로 인식하고 있어서 물어본다는 생각에 이르지 못했습니다."

"그랬군요. 뭐, 저도 조금 바쁘게 움직이고 있었으니까요. 피차일반으로 치죠."

"그렇게 말씀해 주시니 다행인데…… 실은 조사 선발대가 이미 출발해서 슬슬 도착할 타이밍입니다. 그 장소에 위험은 있습니까?"

"거기서 문제가 있는 것은 한 군데입니다. 그 한 군데를 조사할 수 없는 한, 위험은 없습니다."

집사복 남성은 그렇게 말하고 우리를 보았다. 아니, 우리가 가지고 있는 책을 본 것 같다.

"그곳에 그 책이 있었는데…… 뭐, 괜찮겠죠. 그 책을 돌려주신다면, 챙긴 것은 불문에 부치겠습니다."

어? 처벌 없음? 그렇다면 돌려준다. 즉시 돌려준다. 단도 괜찮지? 안 된다고 해도 돌려준다.

악마족 여성이 불평하고 있지만, 어린 메이드에게 막혀 있으니 의식하지 않는다.

"감사합니다. 챙긴 것은 이 책뿐이지요?"

그, 그렇습니다.

"확인차 하는 말인데…… 이 책, 읽었습니까?"

봤지만, 읽을 수 없는 글자라서…….

"그렇습니까. 알겠습니다. 앞으로 그 장소엔 얼씬하지 마시죠."

물론입니다. 죄송했습니다.

나와 단은 풀려났다. 좋아. 아주 좋아. 이 행운에 감사! 나는 살아남았다!

여기까지 옮긴 책을 돌려준 것은 솔직히 말해 조금 아쉽지만, 목숨이 더 소중하다. 문제없다. 아아, 굉장한 피로감이다. 이제 곧

날이 밝는다.

시간이 제법 흘렀구나. 숙소에 도착하면 바로 자야겠다. 대장에게 보고? 이상한 골렘은 발견하지 못했다고 하면 되겠지? 쓸데없는 말은 하지 않는다. 잊자.

그래, 이 사건은 전부 잊는 거다. 하지만 야구는 반드시 할 것이다. 감독이라고 불린 남자에게는 그때 다시 한번 감사를 표하자.

점심 무렵.

단이 나를 깨웠다. 자기 전에 절대로 깨우지 말라고 했는데, 듣지 않았나? 응? 무슨 일이야? 심각해 보이는 얼굴이잖아. 무슨 일이 있었던 거지?

단은 말없이 나를 숙소 밖으로 데리고 나갔다. 그리고 북쪽을 가리킨다.

멀리서 검은 연기가 피어오르고 있네. 화재인가?

"폭발이다. 그리고, 아마 폐허가 있던 장소."

…………….

왜 폭발했냐고는 묻지 않는다. 다만 폭발한 것은 내가 만든 오브제라고 확신할 수 있었다.

…………………

그 집사복 남성, 화낼까? 화내겠지. 폭발시켰으니까.

…………………………….

여기서 바로 이동할 수 있는 장소는 어디일까?

"전이문이라고 불리는 마법 문을 통과하면, 멀리 갈 수 있다고 하더군. 동료가 조사해 줬어."

그런가.

나와 단은 그 전이문을 사용해서 도망쳤다. 뭐, 왕도에서 어린 메이드에게 붙잡혔지만.

그 어린 메이드도 마을 처녀 같은 사람에게 붙잡혀 있었는데, 어째서일까?

시간이 지나고.

집사복 남성이 고맙다고 했다.

듣자니 계약으로 묶여 있어서 자기 손으로는 파괴할 수 없었던 물건이 그 폭발로 대부분 파괴되었기 때문이라고 한다.

그렇습니까. 아니, 화나시지 않았다면 됐습니다.

감사를 표하고 싶으니, 바라는 게 없냐고요? 아니, 그런 생각은…… 아, 알겠습니다.

그렇다면 저기 있는 악마족 여성을 어떻게든 해주셨으면 좋겠는데요……. 네, 그 폭발로 귀중한 물품이 소실됐다며 자꾸 쏘아보고 있거든요.

잡담 조로의 상단 〈보너스 1〉

내 이름은 서모스. 서모스 터치혼. 본명이다. 가명이 아니다.

확실히 주위 모두는 가명이지만, 나는 본명을 대고 있다.

이유가 있다. 성가신 이유가. 진짜 성가신 이유가.

어느 날, 나는 상사로부터 임무를 받았다. 마왕국에 잠입해 조사하는 임무다.

잠입이라고 하면 어려워 보이지만, 마왕국은 의외로 외부 방문자에게 관용적이다. 당당하게 기사라고 밝혀도 입국할 수 있다. 행동도 제한받거나 하지 않는다.

사실 나는 과거에 두 차례 기사 신분을 숨기지 않고 마왕국에 잠입해서 무사히 돌아왔다. 그래서 이번에도 간단한 임무라고 생각했다.

하지만 그렇지 않았다. 나와 함께 잠입하는 동료가 60명을 넘는다고 한다.

…………….

무슨 멍청한 짓이냐고 생각한다. 60명은 어지간한 전력이 아니다. 제대로 된 전력이다.

작은 전장이라면 전황을 좌우할 가능성이 있는 숫자다. 도적단이나 산적이 60명이 되면 이미 군대가 출동해서 대처할 숫자다. 마왕국이 외부 방문자에게 관대하다고 해도, 이 인원이 뭉쳐서 행동하는 것을 간과하거나 하지는 않을 것이다.

나는 상사에게 항의했다. 임무를 성공시키고 싶다면 숫자를 줄이라고. 조사만 할 거라면 나를 포함해 세 명 정도로 충분하다.

내 상사도 60명은 많다고 이해는 하고 있었다. 하지만 내 항의는 통하지 않았다. 오히려 내 상사는 난처한 얼굴로 나를 설득하려고 했다.

말하기를, 파벌 문제라고 한다.

파벌? 확실히 동행하는 자들의 목록을 살펴보면, 다수의 파벌이 얽힌 것을 알 수 있다.

왕실 기사단파, 제1기사단파, 제2기사단파, 중앙 참모파, 남방 방위대파…… 나라를 지킨다는 목적은 같아도, 그 방법이나 수단으로 파벌이 생긴다. 군인으로서는 피할 수 없는 파벌 문제.

하지만 정말로 파벌을 생각한다면 인원을 줄여서 하나의 파벌에 맡겨야 할 것이다. 그것이 안 되더라도, 왕실 기사단파가 있다면 그쪽에 맡겨서…… 아니야? 그 파벌이 아니야?

어? 그렇다면 어느 파벌이지? 설마 귀족 관계? 그것도 아니야? 다른 파벌이라고 하면…….

"마왕국에 관한 파벌이다."

상사의 말에, 나는 입을 다물어 버렸다.

마왕국에 관한 파벌. 간단히 말하면, 마왕국과 어떤 자세로 어울릴지로 나뉜 파벌이다.

사실 우리 나라와 마왕국은 국경을 맞대지 않지만, 교전 중이다.

이유인즉슨, 우리 나라의 역대 왕이 즉위할 때 마왕국을 반드시 멸망시키겠다고 선서하고 있기 때문이다. 거기에 반대하는 귀족도 없기에 우리 나라는 마왕국과는 완전히 적대하는 자세로 통일되어 있다. 그래서 파벌 같은 것은 없었다. 마왕국과는 완전히 적대. 그것뿐이다.

그런데 최근이라고 할까…… 8~9년 정도 전부터일까? 왕의 방침이 흔들렸다.

"어라? 어째서 우리 나라는, 이토록 마왕국을 증오하고 있었던 거지? 마족이 밉다고? 그렇지 않은데. 우리 나라에도 아인종이 살고 있고."

왕은 마법에라도 걸린 것처럼 마왕국에 대한 적대 자세를 누그러뜨리기 시작했다. 아니, 지금까지가 이상한 마법에 걸려 있었고, 그것이 풀린 느낌일까?

아무튼 왕의 방침이 흔들리면서 나라 전체를 덮고 있던, 마왕국과 적대하는 것이 당연하다는 분위기가 흐릿해졌다.

솔직히 말해서 마왕국과 무리하게 전쟁하지 않아도 괜찮지 않을까. 왕은 그렇게 생각하고 있는 모양이다.

그렇다면 솔직하게 그만두면 되지 않냐고 생각하지만, 그렇게 간단히는 안 된다. 마왕국과의 적대 자세는 자국의 오랜 방침이며, 경제의 대부분이 그 방향으로 움직이고 있다. 급격한 방향 전환으론 나라가 멸망한다.

그리고 더욱 귀찮은 것은 주변국과 손잡고 마왕국과 적대하고 있었다는 점이다. 손잡은 나라가 한둘이 아니다. 마왕국 이외의 거의 모든 나라와 손잡고 있다.

그렇게 되면 갑자기 우리 나라만 손바닥 뒤집듯 마왕국과의 전쟁을 그만두겠다고 말할 수 없다. 말해서는 안 된다.

말하면, 주변국에 공격당한다.

하지만 적대 자세를 그대로 방치할 수도 없다. 국경을 접하고 있지 않다고 해도, 바다로 연결되어 있다. 마왕국이 대규모 원정군을 조직해 바다를 건너 우리 나라로 쳐들어올 가능성이 전혀 없는 것은 아니니까.

하지만 어쩔 수가 없었다. 마왕국과 적대할 마음은 없지만, 주변국과의 관계 때문에 적대 자세를 풀 수도 없고, 움직일 수가 없다. 그것이 우리 나라의 현재 상황.

그런 상황이다 보니 파벌이 생겨났다.

현상 유지로 어떻게든 되겠지 하는 파벌. 주변국 따위 무시하고 마왕국에 숙이고 들어가자는 파벌. 마왕국과 동맹하면 모든 것이 해결된다는 파벌. 선인들의 유훈을 지켜 마왕국과 투쟁을 이어 나가야 한다는 파벌. 나라를 버리고 도망치자는 파벌. 그리고 기타 다수.

일단 왕이 현상 유지로 어떻게든 하는 파벌이었기에, 우리 나라는 아무것도 하지 않았다.

그것이 갑자기 어째서? 이유는 하나, 왕의 나이.

당대의 왕은 70세를 넘겼다. 감히 하는 말이지만, 슬슬 퇴위를 생각해도 이상하지 않다. 후계자에게도 문제는 없다. 후계자로 지명을 받은 왕자는 건강하고 우수하다. 적어도 충동질하는 측근의 말을 진지하게 받아들일 만큼 무능하지는 않다.

문제는 후계자인 왕자가 왕이 되었을 때, 마왕국을 반드시 멸망시키겠다고 선서할지 어떨지 여부다.

지금까지도 선언했었으니 걱정하는 것이 이상할지도 모르지만…… 선서는 적대 행동이 된다.

선서해버리면 당분간 마왕국과 협상할 수 없게 된다. 마왕국도 반드시 멸망시키겠다는 선서를 받은 다음 날에 사이좋게 지내자고 해도 신용할 수 없겠지.

그러니 마왕국과 마찰을 빚고 싶지 않다면 선서를 안 하는 것이 좋다. 하지만 선서하지 않으면 주변국이 의심한다. 이것에는 현상 유지로 어떻게든 되겠지 하는 파벌도 곤란해졌다.

그래서 내 차례가 되었다.

마왕국에 잠입해 조사하는 것은 명목뿐. 내 진짜 목적은 마왕국과의 협상 창구를 만드는 것.

그리고, 되도록, 가능하면…… 우리 나라가 만에 하나 마왕국을 반드시 멸망시키겠다고 선서하더라도, 그것은 그런 자세일 뿐 실제로는 적대하고 싶지 않다고 마왕국에 전하는 것이 임무가 된다.

그렇군. 납득했다.

아주 귀찮은 임무다. 그래서, 다시 한번 확인하고 싶다.

그렇게 귀찮은 임무인데, 어째서 동행자가 60명을 넘게 됐지?

이번 파견은 현상 유지로 어떻게든 되겠지 파벌의 주도였는데, 그것을 다른 파벌이 눈치채고, 멋대로 협상하지 않도록 감시하기 위해 사람이 늘어났다고 한다.

…………….

즉, 동행자의 대부분이 내 진짜 임무를 방해하는 것이 임무라는 건가?

상사의 말로는 방해가 아니고 감시할 뿐이며, 대부분이 아니라 절반 정도라고 한다. 위로할 거리가 없다.

뭐, 인원을 역이용해서 상단으로 위장하면 마왕국에 잠입하는 것은 가능할지 모른다고 생각했더니, 갑자기 왕도로 가는 것은 눈에 띄니 멀리 돌아서 가라고 들었다.

참 쉽게도 말해준다.

애초에 60명을 넘는 집단인 시점에서 마왕국 눈에 띄는 것은 각오한 바 아닙니까? 아니라고? 다른 나라의 감시를 피하기 위해 눈에 띄지 않는 것이 좋다?

다른 나라라니…… 우리 나라가 독단으로 마왕국과 친해지지 못하게 한다는 겁니까.

그것도 방해하러 올 것을 전제로 행동하자.

한숨이 크게 나온다. 하지만 이것도 일이다. 할 수밖에 없다. 기합을 넣는다.

우선 상단으로 위장하기 위해서 상인의 협력이 필요하겠군.

나는 상인에게 협력을 요청했다. 거절당했다. 마왕국이 무섭다고 한다.

오랜 적대 때문에 마왕국은 악의 소굴로 여겨지고 있으니까.

…………….

마왕국과 교역하고 있는 상인은 마왕국이 그렇지 않다는 것을 알고 있을 텐데!

"교역하고 있으니, 그렇게 성가신 일에는 관여하지 않는 겁니다. 출입 금지가 되면 어떡합니까."

교역 상인이여. 정론은 아무도 기뻐하지 않는다. 다툼만 생긴다는 것을 기억하자.

하는 수 없이 떠돌이 상인에게 협력을 요청했다. 흔쾌히 받아들여 주어서 다행이었다.

그리고 마왕국 소속의 배를 타고, 우리는 마왕국으로 출발했다.

내 이름은 서모스. 서모스 터치혼. 내가 가명을 쓰지 않는 것은 귀찮은 외교 사절의 역할이 있기 때문이다.

하아. 정말이지, 마왕국에서 창구를 만드는 수단은 전부 내게 맡긴다니…….

말이야 쉽지.

이래저래 1년 정도 여행해서 겨우 샤샤트에 도착했고, 이 도시에서 20일이 지났다. 하지만 창구가 될 만한 인물과는 접촉하지 못했다.

샤샤트 상인에게 떠보아도 안 될 것 같은 분위기다. 왕도로 가기 전에, 계기 정도는 만들어두고 싶은데, 어찌하면 좋을까.

"서모스, 무슨 일이야? 밥 안 먹어?"

먹을 거야. 치킨 카레는 최고다.

응? 조금 떨어진 자리에서 동료인 단과 믹이 낯선 자들과 식사하고 있다. 어른과 아이가 섞여 있는데…… 아아, 야구 동료인가.

나도 임무가 없다면 저렇게 편하게 놀 텐데. 이런, 안 된다. 단과 믹도, 편하게 놀고 있는 것이 아니다. 정보 수집에 열중한 거다. 어린 메이드와 장난치고 있는 것처럼 보이기도 하지만, 저것도 정보 수집의 일환이겠지.

나도 조금만 더 힘내자.

1 느긋하게 지내는 가을

가을.

마을 여기저기, 무투대회를 대비한 훈련이 행해지는 계절. 모두 열심히 하는 모양이다.

응? 나는 훈련을 하지 않냐고?

하지 않는다. 다들 이 시기의 훈련은 힘이 들어가 있어서, 아마추어가 참가하면 위험하니까. 다치고 싶지 않다.

그래서 나는 한가해 보이는 자들과 함께 느긋하게 지낸다.

멤버 소개!

믿음직한 1호. 단것을 아주 좋아하는 요정 여왕!

강한 2호. 독수리의 비호 아래 따뜻하게 사는 아이기스!

불굴의 3호. 술이야말로 내 인생, 술 슬라임!

지혜의 4호. 자동 개폐 기능 탑재, 4051번 상자!

자유의 5호. 저공의 지배자, 하늘을 나는 양탄자!

그리고 긴급 참가 6호, 우연히 지나가던 귀인족 메이드의 아름다운 넘버투! 라무리아스! 이상!

…………………….

라무리아스. 자신과 요정 여왕 빼고는 멀쩡하게 대화할 수 없다고 말하지 마.

"단것, 단것."

…………………….

멀쩡하게 대화할 수 있는 상대가 자기밖에 없다고 말하지 마. 제대로 의사소통할 수 있으니까. 괜찮으니까.

언제나 한가해 보이는 쿠로와 유키는 어쨌냐고? 훈련하는 아이들을 보고 있어. 부르면 이쪽에 참가해 주겠지만, 쿠로와 유키가 드물게 리더십을 발휘하고 있으니까. 방해하진 않는다.

고양이? 언니 고양이들은 호랑이 소게츠 곁에서 떨어지지 않고, 동생 고양이들은 마왕이 오기를 기다리고 있다. 아빠 고양이 라이기엘과 엄마 고양이 주얼은 부부끼리 오붓하게 지내고 있다. 방해할 수는 없잖아.

아니야. 나를 배려할 필요는 없어. 누군가를 억지로 데려올 필요는 없다고. 응, 정말로. 느긋하게 지내기만 하는 거니까. 괜찮아. 정말로 괜찮대도.

라무리아스는 걱정이 많은 건지, 그냥 나를 애 취급하고 싶은 건지……. 뭐, 어느 쪽이든 상관없나. 느긋하게 지내자.

콘셉트는, 가을바람 즐기기.

그렇다고는 해도 볕이 잘 드는 곳에 테이블과 의자를 설치하고, 간단한 식사를 즐길 뿐이다. 아아, 요정 여왕과 술 슬라임이 있으니 단것과 술을 잊어서는 안 된다. 없으면 토라지니까.

내가 준비하려고 했는데, 라무리아스가 재빨리 움직여 막았다.

…………알았다. 라무리아스한테 맡기자.

조금 지나 라무리아스가 가져온 것은 홍차와 쿠키.

나와 요정 여왕은 당연하고, 아이기스, 술 슬라임, 4051번 상자, 하늘을 나는 양탄자 앞에도 빠짐없이 놓여 있다.

어라? 술 슬라임 앞에도 홍차 컵이 있네? 술은? 술 슬라임의 홍차 컵만 다른 것보다 내용물이 적은데…… 같은 홍차 맞지?

내 의문에 답하듯, 라무리아스는 작은 항아리를 꺼내 술 슬라임 앞 홍차에 부었다. 아하, 그 작은 항아리의 내용물이 술인가. 브랜디 홍차 같은 것이구나. 아니, 저 분량이면 홍차로 술을 희석한 걸까? 술 슬라임이 불평하는 기색이 없으니, 문제없겠지.

쿠키는 미리 만들어둔 거지만, 맛에 문제는 없다. 홍차에 어울린다. 역시 라무리아스의 선택.

4051번 상자와 하늘을 나는 양탄자는 마시거나 먹을 수 없겠지만, 분위기를 즐겨줘.

그래. 4051번 상자는 홍차와 쿠키를 안에 넣어달라는 거구나. 알았다.

하늘을 나는 양탄자는………… 놓여 있는 홍차 컵과 쿠키 접시 아래에 억지로 들어가려 하고 있네. 테이블보 빼기의 역버전일까? 아니, 양탄자는 제법 두꺼우니, 들어가긴 어렵겠지. 쿠키 접시는 그렇다 쳐도, 홍차를 쏟으면 얼룩이 질 텐데. 위에 올려줄 테니 무리하지 마.

요정 여왕, 자기 몫을 다 먹었다고 하늘을 나는 양탄자의 쿠키를 노리지 마. 내 걸 나눠줄 테니까.

술 슬라임. 라무리아스가 들고 있는 술항아리에서 시선을 떼. 어? 생각보다 좋은 술이었다고? 그렇다고 해도…… 알았다, 알았어, 나중에 드워프들에게 부탁할게.

아이기스는…… 얌전히 똑바로 마시고 있네. 아무 문제도 없다.

문제는 없지만…… 홍차 컵, 날개로 들 수 있어? 재주가 좋은걸. 아니야. 문제는 없어.

응? 라무리아스, 무슨 일이야?

"저기…… 촌장은 느긋하게 계시는 겁니까?"

느긋하게 지내는 거 맞아. 그래, 느긋하게 있다마다.

자신에게 솔직하게. 반성하자.

느긋하게 있지 못했다. 즐겁기는 했지만.

뭐가 잘못됐을까? 멤버를 너무 많이 모았던 것일까?

다음 날, 라무리아스의 프로듀스로 느긋하게 지내게 되었다.

창문이 크고 볕이 잘 드는 저택의 한 방. 소파를 창가에 설치하고, 거기에 드러눕는다.

확실히 느긋하다.

응? 아아, 베개인가. 이대로 머리를 들면 되는 거구나.

베개를 끼워 넣을 줄 알았는데 아니었다. 라무리아스가 무릎베개를 해주었다.

…………느긋하다.

그나저나 방 밖이 시끄러운데?

"촌장 독점을 용서하지 마라! 돌입 부대 앞으로!"

"라무리아스 님을 위해 여기는 사수! 귀인족 메이드의 저력, 보여줘라!"

내가 신경 쓰자, 라무리아스가 방음 마법으로 방 밖의 소리를 차단했다.

…………….

방문이 돌파될 때까지, 느긋하게 있자.

잡담 조로의 상단 〈보너스 2〉

내 이름은 서모스. 서모스 터치혼.

날생선을 먹는 것에는 거부감이 있었는데, 먹어 보니 이것도 괜찮지 않을까 생각하기 시작하고 있는 남자다.

…………….

이 간장이라는 조미료, 어디서 구할 수 있지? 가져가고 싶은데?

문제가 발생했다.

다섯 마을로 조사하러 갔던 다섯 명이 돌아오지 않는다. 전이문이라는 장치의 이용객 숫자를 생각해서 다소의 지연은 있을 거라고 느긋하게 생각하고 있었지만, 복귀 예정일에서 이미 2일이 지났다.

우리가 있는 샤샤트에서 다섯 마을까지는 전이문을 쓰지 않아도 하루면 이동할 수 있는 거리라고 들었다. 전이문이라는 장치에 문제가 생겼다고 해도 돌아오지 않는 것은 이상하다.

다섯 마을에서 무슨 일이 있었나? 추가 인원을 다섯 마을로 보내야 할까? 판단하기 어렵다.

하지만 나는 이 상단의 대장이 아니다. 다수의 파벌로 구성된 이 상단의 대장은 고용된 떠돌이 상인 조로. 그 조로 대장의 판단에 맡기기로 하자.

그 대장은…… 어라? 어디 갔지? 평소 이 시간대라면, 〈마를라〉라고 불리는 큰 식당에서 카레를 먹고 있을 줄 알았는데…… 동료가 있어서 물어봤다.

"대장이라면, 몇 명 데리고 다섯 마을로 갔어."

…………언제?

"어제."

……………………난 듣지 못했는데?

"근처에 있던 자들만 가기로 한 거 아니야?"

어째서 그런 독단 행동을.

"혼자 행동했다면 독단 행동일지도 모르지만, 몇 명 데리고 갔다면 독단이 아니잖아?"

확실히 그렇지만…… 음.

"그리고 나도 내일, 다섯 마을로 갈 거야."

목적은?

"야구 관전. 왜 있잖아. 단과 믹이 하는 그거. 내일은 다섯 마을에서 하니까 응원하러 오라는 말을 들었어."

…………….

나도 동행해도 될까? 아니, 야구를 보고 싶은 것이 아니다. 먼저 떠난 동료를 찾는 것과 대장 일행과 합류하는 것이 목적이다.

다섯 마을.

작은 산에 밀집해서 만들어진 시가지 같은데, 한순간 거대한 성으로도 보였다.

계산해서 만든 걸까? 다섯 마을은 상상했던 것보다 번성하고 있다. 활기가 넘친다고 해야 할까. 사람이 많다. 이것은 샤샤트 이상일지도 모른다.

눈에 띄지 않도록 혼자 행동하고 있는데, 실수였다. 이 마을에서 먼저 온 동료나 대장 일행을 찾는 것은 지극히 어려운 일일지도 모른다.

에잇, 어째서 마을이라고 부르는 건가. 도시면 되잖아, 도시면.

그렇게 불평하고 있었는데, 먼저 온 동료와 대장 일행이 금방 발견되었다.

우선 대장 일행은 다섯 마을 기슭에 있는 이벤트 시설에서 개최되고 있던, 숨은 상대를 찾는 놀이에 참가 중이었다. 무척 즐기고 있는 모양이다. 대장과 동행한 동료들은 관람석에 있는 나를 보고도 신경 쓰지 않고 놀고 있으니까.

놀이가 아니야? 이건 훈련? 그렇다고 해도 말이지…….

우수한 성적이면 상품이 나온다고? 어이어이, 네놈은 그래도 영광의 제2기사단 단원인가? 상품에 눈이 멀다니…… 다섯 마을에 있는 맛집의 식사권? 힘내라고 응원하마. 알고 있겠지? 동료의 물건은, 모두의 물건이다.

응원했는데도 상품을 따지 못한 한심한 동료에게 실망하면서,

나는 대장 일행과 합류했다.

대장, 도시를 떠날 거라면 동료 모두에게 전해주셨으면 합니다. 비록 바로 돌아올 생각이었다고 해도…… 전언을 남겼다고요? 어라? 제게는 전해지지 않았습니다만? 어떻게 남겼죠?

단과 믹에게 전언을 부탁했다고? 그렇군. 대장을 탓한 제 잘못입니다. 죄송합니다.

문제가 있었던 두 사람은 옆 스타디움에 있으니, 한 대 때리겠습니다. 네, 그 야구가 맞습니다.

대장 일행의 목적은 먼저 온 동료를 찾는 것이었지만, 아직 찾지 못했다. 아쉽다.

일단 대장 일행과 스타디움으로 가서 내게 전언을 전하지 않은 두 사람을 때리려고 했지만, 감독이라고 불리는 남자에게 저지당했다. 경기가 끝난 다음에 해달라나 뭐라나. 어쩔 수 없다.

나는 대장 일행과 헤어지고 먼저 온 동료들을 찾기로 했다.

그리고 그 동료들 말인데, 그들은 라멘 거리라는 장소에서 발견했다.

그들은 어째서인지 점원을 하고 있었다. 여러 가게에서.

…………….

모두, 집합. 그래, 이쪽으로 모여. 점장님, 죄송합니다. 잠깐 빌리겠습니다.

아, 설마 해서 하는 말인데, 무전취식으로 벌을 받은 건가? 아니야? 제자가 되길 희망했다고? 모두? 모두가 말이지. 그렇군.

…………….

미안하군. 잠깐 생각했지만, 이해할 수 없다.

제자가 되겠다고? 어째서? 됐으니까, 닥치고 스승님의 라멘을 먹어보라고? 먹으라고 한다면 먹겠지만…….

잠깐만. 슬쩍 봤는데, 저 사이즈로는 아무리 애써도 두 그릇까지밖에 못 먹는다. 많이 가져와도…… 작은 라멘이 있어? 여러 맛을 즐기고 싶은 사람을 위해 고안되었다고? 친절하군.

알았다. 일단 애써서 전부 먹을 테니…… 먹이는 순서로 다툰다면, 제비를 만들어라, 제비를.

작은 사이즈라고는 해도, 다섯 그릇이나 먹으니 배가 힘들다.

제자로 들어가고 싶다는 마음은 이해했다. 확실히 라멘은 맛있다. 나라도 제자로 들어가고 싶을 정도다.

하지만 받아들일 수 없다.

큰 소리로는 말할 수 없지만, 우리에게는 사명이 있을 터이다! 그것을 잊었나! 특히 네놈, 선인들의 유훈을 지켜 마왕국과의 투쟁을 이어 나가자는 파벌이잖아! 제자가 될 때가…… 간단히 신념을 바꾸지 마! 힘내라! 네놈은 좀 더 고집불통이었잖아! 거기 네놈도! 마왕국과 동맹하면 모든 것이 해결된다는 파벌이라면 마왕국과 관계를 개선할 실마리를 찾는 노력을 해라! 라멘 만들기의 극에 달하면 그것도 가능하다고? 라멘은 맛있지만, 그렇게까지 만능은 아니야! 평범한 요리다!

아, 미안해. 평범한 요리라는 말은 지나쳤다. 응, 미안해. 정말로 미안하다. 라멘, 맛있지. 평범한 요리가 아니지. 아니, 나도 조금 흥분해서…….

아, 흠흠. 다시 말해서.

아무리 그래도 갑자기 그만둔다고 말을 꺼내면 폐를 끼치는 짓이니, 한동안은 눈감아주겠지만…… 10일 후에는 샤샤트로 돌아오도록. 마지못해 대답하지 마!

알겠나. 반드시 지키는 거다. 나와 한 약속이니까. 좋아, 해산해.

응? 뭐야? 어느 라멘이 맛있었냐고?

…………….

그건 대답하면 싸움이 벌어지는 거잖아? 카레로 학습했다. 그러니 침묵한다.

밤.

나는 다섯 마을의 한 술집에 있었다. 단과 믹을 때리러 갔다가 감독이라고 불리는 남자에게 또 저지당하고, 경기 후의 연회에 초대받은 것이다. 그걸로 때리는 것을 용서해 주라는 거겠지. 사람을 잘 챙기는 남자다.

뭐, 패도 내 기분만 풀릴 뿐이고. 두 사람도 반성하고 있는 것 같으니 용서했다.

이런, 연회에 낚인 것은 아니다. 이것도 정보 수집의 일환이다.

하지만 시합을 보지 않았으니 사양하는 것을 잊지 않는다. 연회의 취지는 야구 경기의 승리를 기뻐하는 것이라고 하니까. 나는 회장 구석에서, 남은 음식을 얻어먹기로 한다.

그렇게 생각하고 있는데, 이 연회에는 경기를 보지 않은 자도 다

수 참가하고 있었다. 조로 대장이라든가, 다른 동료도 보인다.

…………….

사양하려는 마음이 작아져 간다.

고기, 맛있다. 술, 맛있다. 어느새 회장 구석에서 중앙 가까운 장소로 와 있었다.

이런, 따라주셔서 감사합니다.

어어…… 먼 곳에서 오신 촌장님? 젊으신데 고생이 많겠네요.

하하하. 아뇨, 저는 야구는 거의…… 야구는 저기 두 사람이 하고 있습니다.

저는 그 두 사람의 동료이고요. 상단에서 일하고 있습니다. 당분간 샤샤트에서 머물 예정입니다만.

그런데 당신이 오자마자 묶여서 끌려간 여성이 있는데…….

어허. 아이의 손이 닿는 곳에 위험물을 놓았다고요? 그러면 안 되죠. 따끔하게 말해줘야 합니다. 하하하하하.

내 이름은 서모스. 서모스 터치혼.

마왕국과의 협상 창구가 될 상대를 찾고 있는 남자. 그리고 아침에 숙취 해소용으로 먹는 라멘의 맛에 감동하는 남자이기도 하다.

2 압박

현재, 저택의 한 방에서 문관낭중 한 명과 베르사가 자부톤에게 잔소리를 듣고 있었다.

아니지. 자부톤은 아무 말도 하지 않으니 잔소리는 아니구나. 딱히 움직이고 있는 것도 아니다.

그저 보고 있다. 가만히 보고 있다.

반대로 문관낭중 한 명과 베르사는 그저 엎드려 있을 뿐.

아니, 베르사가 어떻게든 움직이려고 하지만, 움직이면 자부톤이 다리로 바닥을 두드리고, 베르사는 다시 엎드리는 자세로 돌아간다.

이게 뭐지?

으음. …………압박일까?

그 압박이 장시간 계속되고 있어서, 주위에 영향을 주고 있다.

어떤 영향인가 하면, 우선은 고양이들.

아빠 고양이, 엄마 고양이, 언니 고양이, 동생 고양이, 호랑이 소게츠는 〈큰나무 던전〉으로 피신했다. 소게츠는 그렇다 쳐도, 고양이들은 고양이 같지 않게 통솔력 있는 단체 행동이었다.

다음은 안뜰에 있는 닭들.

닭들은 평소 자유롭게 움직이며 제법 시끄러운데, 오늘은 닭장에 틀어박혀 꼼짝도 하지 않는다. 죽은 척 작전인 모양이다.

피닉스의 병아리 아이기스와 독수리는 이른 아침에 숲으로 사냥을 나갔다.

나간 것은 자부톤이 압박하기 전이었으니, 야생의 감이겠지. 남아 있었나, 야생의 감이. 뭐, 남아 있었다고 해도 독수리 한정이겠지만.

목장 구역에선 소, 말, 염소, 양들이 보이지 않는다. 전부 온천지로 피난했다. 최근에 온 페가수스들만이 남겨져서 당황하고 있다. 데려갈 여유는 없었던 걸까?

온천지에서는 염소들이 사자 가족에게 둘러싸여 아주 얌전히 있다는 보고를 받았다. 다음에 목장 구역으로 사자 가족을 초대해 볼까? 그러면 염소들도 얌전해질지 모른다.

거주 구역의 세계수에 사는 거대 누에들은 세계수를 방패 삼아 저택에서 안 보이는 곳에 숨고, 방어 자세로 한곳에 뭉쳤다.

마찬가지로 과수원 구역의 벌들도 한곳에 모여서 방어 태세.

꽃밭의 요정들은…… 없다. 어딘가에 숨은 걸까?

저수지의 폰드 터틀들은…… 연못 바닥에서 올라오지 않는다.

그뿐만이 아니라 마법으로 저수지를 얼려서 벽을 만들려고 하고 있다. 그건 봐줘. 이 시기에 저수지 물을 쓸 수 없게 되면 여러모로 곤란하다.

이런 느낌의 영향.

여담으로 아이들은 공부 시간인데 급히 예정을 변경해 마을 남쪽에 있는 레이스장에서 마법 실기 연습을 하고 있다. 담당 교사인 구론데의 방어 마법에 보호받으면서.

자부톤이 압박하고 있는 원인은 알고 있다.

문관낭중 한 명이 베르사가 쓴 책을 아이의 손이 닿는 장소에 두었기 때문이다.

뭐, 그거다. 남성끼리의. 위험물.

아이가 손에 넣기 전에 발견되어 회수했지만, 그렇다고 해서 용서받을 일은 아니다. 자부톤이 그것을 알고 화가 나서 책을 두었던 문관낭중의 포박 명령이 내려졌다.

붙잡은 것은 다섯 마을에서 몰래 활동하고 있는 자부톤의 아이. 문관낭중은 마왕에게 뭔가 협상할 일이 있었던 모양으로, 다섯 마을의 〈술과 고기의 니즈〉에 있었다.

아무리 그래도 거기서 자부톤의 아이들이 붙잡으면 문제가 생기니까, 내가 호출받고 내 명령으로 붙잡게 되었다. 〈술과 고기의 니즈〉에서 즐겁게 지내던 마왕 일행에게는 소란을 피워 미안했다. 그 자리에서 상단 사람들과 이야기할 수 있었던 것은 유익했지만.

책을 두었던 문관낭중은 힘내서 버텼지만, 다음 날 아침에는 큰나무 마을로 돌려보내져 자부톤 앞으로 끌려갔다. 베르사는 소동을 알고 그 문관낭중의 감형을 요구하며 함께 압박을 받고 있다.

취미는 영 그렇지만, 동지를 버리지 않는 자세에는 감탄한다.

그리고 아침부터 계속되는 압박은 점심을 지나고 있다. 도스 일행이 슬슬 멈추는 게 어떠냐고 말하지만, 나는 고민하고 있다. 책 내용이 내용이니까 말이지.

읽는 것도 쓰는 것도 규제할 생각은 없지만, 아이 손에 닿기에는 이른 내용이라고 생각한다. 아이 손이 닿는 곳에 위험물을 놓은 것은 잘 반성해 주길 바란다.

결국.

저녁 식사 때, 내가 자부톤에게 부탁해서 끝냈다.

압박이 끝났을 뿐, 자부톤의 분노는 가라앉지 않았다. 큰나무 마을에 있는 베르사의 취미 관련 책이 전부 모아졌다.

소유자는 여러모로 위장해서 책을 보관하고 있었지만, 자부톤의 아이들이 차례차례 간파해서 회수해 갔다. 제법 많네.

베르사는 약속을 지켜 큰나무 마을에서는 취미에 관련된 행동을 하지 않았지만, 모르는 사이에 침투하고 있었다는 건가? 아니야?

성인 남성이 여성에게 흥미를 갖듯이, 성인 여성은 남성끼리의 관계에 흥미를 갖는다고? 베르사가 없어도 자연스럽게 그렇게 된다고? 말도 안 돼.

…………….

말도 안 되는 소리라고 믿고 싶다.

자부톤은 이 대량의 책을 전부 불태울 생각이었지만, 분서는 좋지 않다. 문화의 파괴다.

지켜야 할 가치가 있냐고 물으면 대답하기 곤란하지만, 그것을 판단하는 것은 내가 아니다. 그래서 내가 말렸다.

베르사. 나는 네 취미의 보호자가 될 생각이 없으니까, 치켜세우지 마.

분서를 면한 책은 상자에 담겨 해안의 던전 너머에 있는 베르사의 저택으로 운반되게 되었다. 거기라면 다소 늘어나도 영향은 없겠지. 바다에 컵에 담긴 물을 버리는 것과 같으니까.

베르사의 저택까지 수송하는 일은 시조님에게 부탁하기로 하고, 그때까지는 자부톤의 아이들이 엄중하게 감시하는 가운데 저택의 한 방에 둔다.

이걸로 이번 일은 끝.

자부톤의 압박이 사라지고, 마을은 평소 모습을 되찾아가고 있었다.

…………….

살쪄 있던 여왕벌, 조금 살이 빠졌어? 살이 빠진 게 아니라, 수척해졌다고? 그렇군.

아니, 내게 불평해도…… 알았어, 알았다고.

어어, 자부톤에게 말하는 건 아니지. 자부톤이 화내지 않게, 잘 말할게.

그리고 병정벌. 여왕벌의 다이어트를 위해 자부톤을 데려와 달라고 부탁해도 곤란해.

애초에 너희도 무서워했잖아?

아니야? 그건 상대를 방심시키려고 죽은 척한 거라고?

알았어, 알았다고, 그렇게 알게.

잡담 책을 둔 문관 아가씨

실수했다실수했다실수했다.

내 이름은 라라벨라루. 가문의 이름은 라벨라. 합쳐서 라라벨라루 라벨라.

큰나무 마을에서 문관낭중이라고 불리는 집단의 일원. 그래요. 즉, 마왕국에 속하는 귀족의 딸입니다.

실수했습니다.

네. 실은 베르사 님 취미가 잔뜩 담긴 책을 안이한 장소에 두고, 그것을 회수하기 전에 다른 분들에게 들켜버렸습니다.

큰 실수입니다.

마왕님과 중요한 협상이 있어서 다섯 마을에 있었는데, 촌장께 붙잡혔습니다.

마왕님은 도와주지 않으셨습니다. 너무하다고 생각합니다.

그리고 현재, 자부톤 씨가 제 앞에 있습니다.

안이한 장소…… 아이들 손이 닿는 곳에 둔 것은 정말로 반성합니다. 읽기 전이라고는 해도, 야단맞아도 어쩔 수 없습니다. 반성하고 있습니다.

그래서 저는 자부톤 씨 앞에서 계속 고개를 숙입니다.

제 옆에서는 사정을 알게 된 베르사 님이 마찬가지로 고개를 숙이고 있습니다.

…………죄송한 마음으로 가득합니다.

하지만 변명하게 해주세요. 갑자기 일이 생겼습니다. 그래요, 책을 읽고 있을 때 말이에요. 그래서 저는 책을 두고 일을 우선했을 뿐입니다.

그렇게 외치고 싶지만…… 말할 수 없습니다. 자부톤 씨의 압박이 너무 강합니다.

게다가 생각해 보면, 일하러 가든 말든 책을 정상적인 장소에 두면 되니까요. 아무 데나 둔 제가 잘못한 겁니다. 크게 반성합니다.

용서받은 것은 저녁 식사 때였습니다.

다만 베르사 님 취미의 책은 용서받지 못하고, 저택 안의 책이 전부 모아져 태워질 뻔…………한 것을 촌장께서 막아 주셨습니다. 어떠한 책이라도 불태우는 것은 좋지 않다고 말이죠. 역시 촌장입니다!

베르사 님 취미의 책은 베르사 님의 저택에 놓이게 되었습니다. 천만다행이야.

그리고 동호인들에게 사죄합니다. 죄송합니다. 감시의 눈이 엄격해졌습니다. 다시 한번, 몰래몰래 즐기도록 합시다.

응? 네, 책은 전부 제출했습니다. 촌장께서 내놓으라고 하셨으니까요. 거짓말은 안 합니다. 그런데 어떻게 즐기냐고요? 그야 당연하죠. 창작의 마음은 아무도 막을 수 없습니다.

한가할 때만 하지만요. 바쁠 때는 아무리 그래도 자제합니다.

자자.

본업…… 아니, 본업은 큰나무 마을의 문관이었습니다. 부업으로 마왕국을 위해 정보를 수집하는 일을 합니다.

이런, 오해하지 마세요. 큰나무 마을에 불이익이 되는 일은 절대로 하지 않습니다. 마왕님께 하지 말라고 엄명도 받았고, 촌장께도 전했습니다. 숨어서 행동하는 일 따위는 하지 않습니다.

제가 정보를 수집하는 것은 큰나무 마을에 폐를 끼치지 않기 위해서입니다. 결과적으로 마왕국을 위한 일이 된다는 겁니다.

그런 제가 최근 주로 수집하고 있는 것은 다섯 마을 관계의 정보입니다.

네, 감시해야 할 상대가 너무 많으니까요.

우선은 성녀 세레스 님. 다음으로 검성 피리카 님. 그리고 백은기사, 청동기사, 적철기사. 성기사 슈나이더=첼시 님. 그리고 멸망했다고는 해도 엘프 제국의 황녀 키네스타 님까지 있으니까요. 요주의 인물로 가득합니다.

그래도 그것을 웃도는 요주의 인물, 공명과 악명이 골고루 높은 요우코 님이나 정체불명의 마스코트 캐릭터 파이브 군이 있으니 여러모로 희미해져 버립니다만. 하하하. 파이브 군 안에는 사람이 없습니다.

어? 프라다 님? 프라다 님을 감시하다니, 할 수 있을 리 없잖아요! 베르사 님이라든가, 무리무리. 그분들은 평범한 악마족이 아니라고요. 고대 악마족입니다.

마족과 고대 악마족 사이에는 그야말로 피로 물든 역사가 있지만, 최종적으로 고대 악마족은 떠났기에 역사서에는 마족이 승리했다고 씁니다. 하지만 그것은 마족의 승리가 아닙니다.

솔직히 말하자면 마족은 고대 악마족에게 진지하게 상대받지 못했습니다. 쓸데없이 저항해서 걸리적거리는 존재 정도로 인식했을 겁니다. 개중에는 애쓴 마족도 있습니다. 싸워서 어떻게든 살아남았다든가, 부상으로 끝났다든가. 그런 마족의 혈맥이 현 마왕국의 귀족입니다. 즉, 제 조상님은 대단하다는 거죠.

하지만 그렇다고 해서 제가 고대 악마족에게 싸움을 걸 필요는 눈곱만치도 없다고 생각합니다. 옛날이면 모르겠지만, 지금은 우호적이니까 그걸로 괜찮지 않습니까.

그래서 감시하지 않습니다. 쓸데없는 짓을 해서 화나게 하면 어떡하나요. 마족이 멸망해도 책임질 수 없다고요. 마왕님이라면 고대 악마족이 상대라도 어떻게든 할지도 모르지만…… 몇 번 상상해 봐도 마왕님께서 촌장께 울며 매달리는 모습이 보입니다. 이제는 촌장이 마왕이어도 괜찮지 않을까요? 아니, 대마왕일까?

아무튼, 상대는 골라서 감시하고 있습니다. 저는 우수하니까요. 그리고 이번에는 감시가 아니라 정보 수집.

이번에 제가 정보를 수집하는 상대는, 조로의 상단을 자칭하는 인간 나라에서 온 행상인 집단입니다. 상인이 이끄는 집단이라서 상단이지, 대상(隊商)은 아니니 주의합시다. 상단과 대상의 차이는 잘 모르겠지만요. 상단은 떠돌이 상인을 키운 느낌이네요. 대상도 비슷한 거라고 생각하지만, 상단이라고 자칭하고 있으니 상단이면 되지 않냐고 생각합니다.

그 조로의 상단이 정보 수집 대상이 된 것은 수상해서가 아닙니다. 그 상단은 샤샤트에 도착하기 전에 이미 조사가 끝나 문제없다는 판단을 내렸습니다. 네, 아버지나 오빠에 의한 조사입니다. 괜찮겠죠.

그런데도 제가 다시 조사하는 것은 그 상단에 위험인물과 닮은 자가 있다는 정보를 입수했기 때문입니다.

솔직히 그런 정보는 산더미처럼 들어오니 전부 진지하게 조사하거나 하지는 않습니다만, 이번에는 만약을 우려했습니다.

전설로 남은 자의 칭호, 【병마(病魔)】라는 글자가 있었으니까요. 그냥 닮은 사람이라면 상관없지만, 진짜라면 곤란합니다. 그리고 진짜라면 아버지와 오빠를 욕할 겁니다. 용서하지 않아요.

그 【병마】가 진짜라도, 아무것도 하지 않는다면 괜찮습니다. 제가 싸울 필요도 없습니다. 만약 싸우는 사태가 되면 바로 도망칠 겁니다. 네, 승산이 없으니까요. 다섯 마을이라면 요우코 님 곁까지 도망치면 어떻게든 되겠죠.

큰나무 마을까지 도망치고 싶지만, 【병마】를 큰나무 마을로 끌어들이게 되니 그다지 하고 싶지 않습니다. 그 마을에는, 【병마】보다 무서운 사람들이 있으니까요. 누구라고는 콕 집어 말하지 않겠지만요.

아무튼 조사를 시작……하기 전에, 구찌 님께 보고하고 싶네요.

네, 【병마】는 고대 악마족입니다. 구찌 님께 미리 말하면 진짜라고 해도 어떻게든 해주실 테죠.

하지만…… 구찌 님, 최근에는 큰나무 마을에 모습을 보이지 않습니다.

어쩔 수 없습니다. 연락하기 쉬운 베르사 님께 전하겠습니다. 집필 활동에 방해가 되지 않으면 좋겠는데요……. 진짜 【병마】가 날뛰면 집필 활동에 방해가 될지도 모르니까요. 신중할 줄 아는 저는 우수합니다.

잡담 조로의 상단 〈보너스 3〉

빵 장인의 아침은 일찍 시작된다.

샤샤트 한가운데에 있는 낡은 공방. 최근 증축한 빵 매장이 눈에 잘 띈다. 이곳이 빵 장인의 일터다.

해가 뜨기 전부터 수십 명의 장인이 모여든다. 그중에는 일터에서 잔 사람도 있는 모양이다. 목소리를 내서 하는 인사는 없다. 해가 뜨기 전에는 이웃에게 민폐가 되기 때문이겠지. 손짓으로 인사를 주고받고, 장인의 하루가 시작된다.

그것을 보고 있는 내 이름은 서모스. 서모스 터치혼.

아침에 갓 구운 빵을 사기 위해, 해가 뜨기 전부터 줄을 서 있는 남자다.

빵집에 이렇게까지 일찍 줄 설 필요는 없다고 생각할지도 모르지만, 줄을 서지 않으면 원하는 빵을 손에 넣을 수 없는 것이다.

원하는 빵을 손에 넣고자, 여기 있는 자들은 줄을 서고 있다.

"좋은 아침이야. 일찍 왔네."

단골 신사가 작은 목소리로 인사해서 나도 덩달아 인사한다.

빵을 팔기 시작할 때까지의 말동무로 내가 선택된 거겠지. 나도 한가하니, 이야기에 어울려 주지만…….

실은 이 단골 신사. 나는 조금 전부터 신경 쓰이고 있었다.

마족의 나이는 외모로 가늠하기 어렵지만, 50세 정도. 입고 있는 옷은 최고급이라고 해도 좋을 품질로, 재력을 느끼게 한다. 말투는 온화하고, 인품은 좋아 보인다. 제법 괜찮은 집안의 가장으로 보인다.

그 남성의 무엇이 신경 쓰이는가 하면, 아침에 줄을 서서 빵을 사러 오고 있다는 것이다. 돈이 있다면 빵집에 말해서 가져오게 하면 되고, 정 안 되면 하인에게 시키면 된다. 그러지 않는 이유가 뭐지? 몰락 귀족인가?

이런 궁금증이 자꾸 생겼다.

"사실은 며느리가 여기서 일해. 응원하고 싶어서 빵을 사러 다니는 거야."

그렇군.

그렇다면 자기가 직접 사러 와야 하겠지. 납득했다.

전부터 궁금하던 점을 풀어서 개운해졌다.

그대로 이러쿵저러쿵 이야기하고 있자, 해가 뜨기 시작했다.

그리고 공방 문이 열리며 장인이 밖으로 나와 정렬한다. 판매 전 아침 집회다.

빵집 주인의 딸이 정렬한 장인 앞에서 목소리를 높인다.

"우리는 무엇인가!"

그 목소리에 장인들이 목소리를 맞춰 응답한다.

"""""빵 장인입니다!"""""

"응? 그냥 빵 장인?"

"""""세계 제일, 맛있는 빵을 굽는 장인입니다!"""""

"좋아! 우리의 목적은 무엇인가!"

"""""맛있는 빵을 만드는 겁니다!"""""

"우리의 적은 누구인가!"

"""""빵을 먹지 않는 자들입니다!"""""

"우리는 무엇을 해야 하는가!"

"""""세계에 빵을!"""""

"그렇다! 온 세상 모든 사람들에게 빵을 먹게 하는 것이다!"

"""""빵에 영광 있으라!"""""

"자, 오늘 하루도 힘냅시다! 인사!"

"""""어서 오십시오! 뭘 주문하시겠습니까! 알겠습니다! 여기, 거스름돈입니다! 감사합니다!"""""

여전히 패기가 넘치는 아침 집회다. 하지만 이런 구호가 손님에게 들려도 되는 걸까? 몰래 하는 게 좋다고 생각하는데…….

아차. 줄이 움직이고 있다. 빵 판매가 시작된 모양이다.

내 목표는 간장빵, 된장빵, 그리고 볶음국수빵!

이렇게 세 가지는 인기 빵이지만, 내가 서 있는 위치에서라면 살 수 있겠지.

응, 샀다. 다행이다. 한 사람당, 한 종류에 다섯 개까지 판다는 규칙 덕분이구나. 오오, 단골 신사도 산 모양이네.

그러고 보니 며느리는 봤어? 어? 저 앞에서 구호를 외치던 가게 주인의 딸이야? 아하.

장차 고생할 것 같다는 말은 안 한다. 친딸이 아니어도 듬직한 건 좋은 일이다.

여담으로 아들은 카레를 파는 가게가 있는 빅 루프 샤샤트에서, 비공식으로 경비원을 하고 있다고 한다.

비공식인 것은 단골 신사의 일을 돕는 것이 본업이기 때문이다. 어쩌면 모르는 사이에 얼굴을 봤을지도 모른다.

자, 나는 숙소로 빵을 가져와 아침 끼니로 삼는다.

응, 맛있다. 이 샤샤트에 도착한 후로, 식사 때는 행복하다.

뭐, 반대로 말하면, 식사 빼고는 문제투성이지만.

예를 들면, 다섯 마을로 가서 라멘 가게에 제자로 들어갔던 다섯 명. 약속한 날이 지나도 돌아오지 않고 있다. 대신 은퇴 신고서가

왔다. 때려서라도 데려오려고 생각한다.

동료 대다수가 카레나 라멘 같은 음식으로 격하게 대립 중이다.

정말이지. 음식의 주의, 주장으로 싸우다니…… 이것도 맛있다, 저것도 맛있다 하면 되지 않나.

야구에 푹 빠진 사람이 몇 명.

본업에 지장이 안 생긴다면 해도 상관없다. 정보 수집은 잊지 않았겠지?

이대로 마왕국에 정착하면 되지 않냐고 말하기 시작하는 녀석도 나왔다.

정착할 집을 찾지 마. 그런 건 일단 조국에 돌아가고 나서 해줘. 여기서 빠져나가면 여러모로 곤란해.

그리고 나는 나대로 마왕국과의 협상 창구를 만들지 못하고 있었다.

곤란하다. 곤란하지만…….

실은 새롭고 중요한 문제가, 생겨났다.

다섯 마을에는 영화라고 불리는, 옛날 영상에 음악과 목소리를 입혀 즐기는 구경거리가 있다.

평판이 좋았기에, 이것도 정보 수집이라며 나도 보았다. 진짜 재미있었다. 그래서 세 번 봤다.

세 번을 봐도 정말 재미있었지만, 그래서 깨달아 버렸다. 응, 깨달았다.

영화 영상에 나온 세 개의 도구를, 본 기억이 있다는 것을.

우리 나라 왕가와 두 귀족 가문에 전해지는 3종의 신기다. 두 귀족 가문에 전해지는 신기는 매년 공개되고 있기에 알고 있다.

왕가에 전해지는 신기는 좀처럼 공개되지 않지만, 나는 왕자의 놀이 상대를 했던 적이 있어서 볼 수 있었다.

3종의 신기가 어떤 용도인지는 모르겠지만, 신비로운 빛이 있었다. 거기에 있기만 해도 행복을 느끼게 해주었다.

그 신기가 영화 영상에서는 식기를 씻고 있었다. 그 신기가 영화 영상에서는 요리하고 있었다. 그 신기가 영화 영상에서는 음식물 쓰레기를 처리하고 있었다.

………….

솔직히 두 번째로 봤을 때 깨달았다. 세 번째는 확인 작업이다. 착오이길 바랐다.

하지만 착오가 아니었다. 이걸 어쩐다.

우리 나라 3종의 신기가 저런 물건이었다니.

이 사실을 알려야 할까? 아니다. 그럴 순 없다. 입 다물고 있어야겠지.

특히 왕가에 전해지는 신기가 음식물 쓰레기를 처리하고 있다는 사실은 절대로 전해지면 안 된다. 안 되지만…… 저만큼 재미있는 영화니까. 장차 조국에 전해질 것 같다.

아, 진짜 어떡하지. 잊고 싶다. 빵이라도 먹고………… 이미 전부 먹어버렸다. 큭. 좀 더 맛을 음미하며 먹었어야 했는데.

에잇, 조금 이르지만 카레라도 먹으러 갈까. 단골 신사의 아들을 만날 수 있을지도 모르니.

이름은…… 아마도 길스파크였던가. 그래. 몇 명에게 물어보면 바로 알 수 있겠지.

3 문화 폭탄의 연구 여파

현재 우리가 볼 수 있는 영화에는 두 종류가 있다.

옛날 영상 기록에 목소리를 입히고 있는 영화와 최근에 촬영해서 제작하고 있는 영화다.

영화의 완성도는 옛날 영상 기록이 더 나을 것이다. 최근에 촬영하고 있는 영화는 할 수 있는 것, 해보고 싶은 것을 우선하고 있기 때문이다. 촬영자나 출연자가 즐거운 것을 우선하고 있으며, 관객을 즐겁게 하려는 시점이 부족하다고 할 수 있다.

뭐, 영상을 보여주는 즐거움에 눈뜨면 조금씩 달라질 것 같다.

그건 그렇고, 옛날 영상 기록을 보면 당연히 옛날 생활 양식을 알게 된다.

그 영향이 컸던 것은 요리와 술. 영상에서 맛있어 보이는 요리가 등장하고 그것을 출연자가 맛있게 먹는 것을 보면, 저게 무슨 요리인지, 어떻게 만드는 건지 궁금해하는 사람이 생기는 법이다.

술도 마찬가지. 저건 무슨 술인지, 원료는 뭔지 하고 궁금해하는 사람이 생긴다.

큰나무 마을에서는 귀인족 메이드들과 드워프들이었다.

귀인족 메이드들은 요리 재현에 도전했다. 다행히 대부분의 요리는 눈으로 봐서 재료를 판별하기 쉬웠고, 또한 출연자들의 감상으로 맛의 방향성이 판명되었기에 그럴듯한 요리로 만들 수 있었다. 귀인족 메이드들은 만족했다.

한편, 드워프들은 고전하고 있었다. 겉으로 봐서는 술의 재료를 알 수 없다. 출연자들의 감상으로 힌트를 얻으려고 해도, '술맛이 좋다' 정도밖에 말하지 않는다.

좀 더 이렇게, 무슨 향기가 어떻다든가, 첫 모금에 훅 온다든가 하는 감상이 있으면 좋겠지만, 그런 설명적인 대사가 허용되는 영상은 적었다.

하지만 그렇다고 포기할 드워프들이 아니었다. 영상 구석구석에서 힌트를 긁어모았다.

술이 든 통이나 병의 라벨에 사용된 기호나 문자, 디자인으로 재료를 예상하고, 술을 내놓는 가게의 분위기, 메뉴, 요리의 방향성 등에서, 맛을 특정해 나갔다.

…………….

기록 영상이라면 그것도 효과가 있을지 모르지만, 만들어진 영상이라면 대도구 담당이나 소도구 담당에게 강한 고집이 없으면 헛수고할 거라고 주의하고 싶지만, 할 수 없었다. 즐거워 보였으니까.

아, 잠깐 기다려. 출연자의 '여자 친구에게는 이 술을' 이라는 대사로 알코올 도수가 약하다는 것을 상정하고 있는 것 같지만, 그 반대다. 아마도 달고 마시기 쉽지만 알코올 도수가 높은 술이다.

그렇게 조언했더니, '여자에게 센 술을 마시게 하다니 정말 좋은 녀석이다.' 라고 칭찬했다. 으음, 문화의 차이.

다음으로 영향을 받은 것은 패션.

자부톤과 자부톤의 아이들이 자극을 받아, 엄청나게 옷을 만들고 있었다.

옛날 옷을 그대로 만드는 것이 아니라, 현재에 적합한 형태로 승화한 옷으로 만드는 것이 대단하다. 일상복으로는 입을 수 없을 것 같지만.

…………….

자부톤. 그 옷은 일상복으로는 못 입을 것 같지 않아?

…………알았어. 오늘 하루뿐이야.

하지만 모자나 안경은 그다지 변화가 없구나. 아니지. 사라지지 않고 계승된 걸까?

그리고 마지막으로 마도구.

낯선 마도구에 루, 티아, 플로라, 산 엘프들이 흥분했다.

시조님, 베르사가 알고 있는 물건은 용도나 제조 방법을 설명해 주지만, 두 사람이 모르는 물건은 어쩔 도리가 없다.

그래서 연구가 시작되…… 어라? 루, 티아, 플로라는 아무것도 안 하네? 딱히 원하는 기능이 아니야? 그런가?

원하는 기능이라면 연구하겠지만, 원하지 않는 기능 연구는 하지 않는다. 그리고 과거에 완성되어 있는 물건을 뒤쫓는 것은 연구자로서 의욕이 생기지 않는다고 한다. 그렇군.

하지만 음식물 쓰레기를 분해하는 저 도구는 편리해 보이는데…… 슬라임이 있으니 불필요하다고? 하긴.

여담으로 산 엘프들은 흥미가 있는 물건을 열심히 만들었다.

그렇게 해서 내 눈앞에 있는 것이 전기 면도기…… 아니, 마동 면도기다.

진짜 고생하고, 자금도 많이 투입했는데, 완성한 덕분에 산 엘프들은 만족하고 있다.

…………….

이 마동 면도기는 안전하게 수염을 깎을 수 있는 도구다.

깎을 수염의 길이를 조절할 수 있는 모양이지만, 본질적으로 면도기는 수염을 정돈하는 도구가 아니다. 깎는 도구다.

그리고 이 부근에 살면서 수염을 깎는 사람은 거의 없었다.

드워프, 거인족은 수염은 있을수록 기뻐하는 종족. 천사족, 하이엘프, 리저드맨, 라미아족에게는 수염이 나지 않는다.

수인족, 마족, 인간, 미노타우로스, 켄타우로스, 하피는 대부분 수염을 정돈한다.

수염을 정돈하고 유지하는 것은 재력의 증명이기에, 말끔하게 깎는 자는 거의 없다고 한다.

어떤 나라에는 성인 남성에 대한 벌로 수염을 깎는 것이 있다고 한다. 그 정도로 수염을 잘 깎지 않는다.

…………….

나는 깎고 싶어도, 수염이 아직 나지 않았다.

아이도 태어났고, 위엄을 위해서 수염을 길러도 괜찮다고 생각하는데, 내 몸은 어떻게 된 걸까? 매일 아침 수염을 신경 쓰지 않아도 되는 것은 편리하지만.

어쨌든 마동 면도기는 활약할 장소가 없었다.

수염 깎기에 쓰지 않는다면, 잔털 깎기에는 어떨지 생각했지만,

잔털을 신경 쓰는 문화가 없었다. 끄응.

어딘가에서 문화 개혁이 일어나지 않으면, 마동 면도기가 활약할 장소는 없을 것 같다.

하지만 투입한 자금만큼은 어떻게든 하고 싶다.

산 엘프들은 마동 면도기를 개량, 아니 분해했다. 그리고 마동 털깎이 기계로 만들었다.

내 지식으로는 전동 바리캉이지만…… 산 엘프들 집합. 이거, 마동 면도기를 분해해서 만든 게 아니지? 새로 만들었지?

털깎이 가위를 그냥 마력으로 움직이게 한 거야? 아니, 양이나 염소의 털을 깎는 것이 확실하게 편해지겠지만.

알았다. 인정하마.

다만 이름은 마동 털깎이 기계가 아니라, 마동 바리캉으로. 그리고 양산해. 다른 마을에도 줄 거니까.

그나저나 근본적인 이야기인데, 어째서 산 엘프들은 마동 면도기에 관심을 보였지? 마도구는 다른 것도 잔뜩 있었잖아?

피부를 상하게 하지 않고 수염을 깎는 기능에 감탄했다고? 게다가 손에 잡히는 크기인 것이 좋다는 건가.

그렇군. 알겠다.

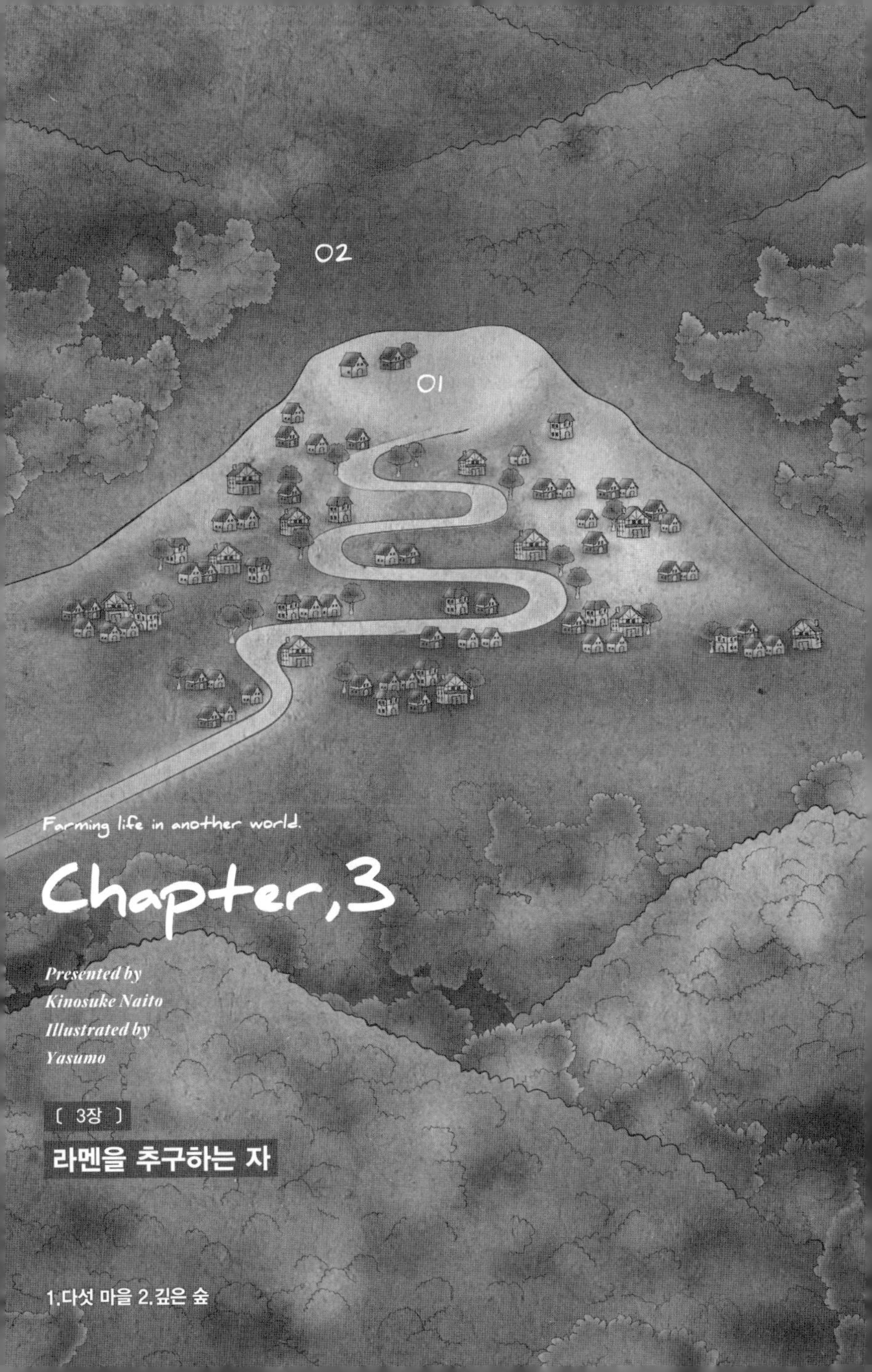

Farming life in another world.

Chapter,3

Presented by
Kinosuke Naito
Illustrated by
Yasumo

〔 3장 〕

라멘을 추구하는 자

1.다섯 마을 2.깊은 숲

잡담 큰나무 마을의 탐색자 나나 포그마

안녕하세요. 제 이름은 나나. 나나 포그마. 태양성을 관리하기 위해 만들어진 머큐리 종족입니다.

현재는 다섯 마을에서 일하고 있습니다. 업무 내용은…… 이것저것 다 한다고 말할 수밖에 없네요.

뭐, 해결사 같은 겁니다. 네, 음지의.

자, 저는 정기적으로 큰나무 마을에 얼굴을 비추고 있습니다. 촌장에게 잊히지 않기 위해서입니다.

아, 연애 감정처럼 마음 설레는 그런 것이 아닙니다. 그저 잊히지 않기 위한 절실한 노력입니다.

저는 빈말로 해도 눈에 띄는 얼굴은 아니고, 복장도 일반적인 마을 처녀처럼 보이도록 신경 쓰고 있습니다. 즉, 기억하기 어려운 겁니다. 자각은 있습니다.

다섯 마을에서도 몇 년이나 함께 일하는 사람에게 처음 보는 사람 취급을 받은 적이 있으니까요.

그것을 보신 요우코 님에게 명찰을 달라는 말을 들었을 때의 제 기분을 상상할 수 있나요? 일에 방해되니까 명찰은 달지 않았지만, 며칠은 명찰을 소지하고 활동했다고요.

그리고 촌장. 촌장은 저를 잘 기억해 주십니다. 역시 촌장입니다.

…………….

그렇다면 저는 왜 촌장에게 잊히지 않도록 정기적으로 얼굴을 비추는 걸까요? 의심하고 싶지는 않지만, 촌장이 저와 만날 때는 반드시 요우코 님이 함께 있는 것이 신경 쓰이기 때문입니다.

그리고 촌장이 저를 보셨을 때 요우코 님께 도움을 청하는 듯한 시선을 보냅니다. 그 시선이 보내지면 요우코 님께서 촌장에게 귓속말하는 겁니다.

무슨 말씀을 하시는지는 모르겠지만, 신경 쓰입니다. 네, 신경 쓰입니다. 촌장을 믿고 있습니다만, 신경 쓰입니다.

다시 한번 말씀드립니다. 촌장을 믿지만, 신경 쓰입니다.

이런 눈빛이 무서웠던 모양입니다. 귀인족 메이드 한 명이 타일렀습니다. 죄송합니다.

자, 마음을 가다듬고 활기차게 촌장에게 인사를 드리려고 하는데………… 촌장은 어디로 가셨을까요? 그리고 저택 여기저기에 엎드려 있는 드워프 여러분은 어떻게 된 걸까요?

영화에서 마시는 술은 술이 아닐 가능성을 깨달았다고요? 하아, 그야 촬영을 생각하면 그런 일도 있지 않을까요? 출연자가 술을 마시고 취하면 안 되니까요.

일단 신경 쓰지 않아도 괜찮다고 하니 신경 쓰지 않고, 촌장을 찾습니다.

커다란 방 한가운데 있는 테이블에 5단으로 쌓인 대형 케이크가 있었습니다.

그 케이크가 있는 테이블 주위를 요정 여왕과 마을 아이들이 무질서하게 춤추고 있습니다.

저건 뭘까요? 5단으로 쌓인 대형 케이크에 대한 기쁨의 춤이라고요?

구론데 씨가 가르쳐 주었습니다. 감사합니다.

그리고 오르트로스 오르 군. 이제 그만 기억해 주지 않을래요? 만날 때마다 수상한 사람을 대하듯 짖어대면 마음이 아픕니다.

구론데 씨는 촌장이 어디 있는지 몰랐습니다.

판명된 것은 저 5단 케이크를 만든 사람이 한가함을 주체하지 못한 촌장이라는 것.

그래요. 촌장은 한가함을 주체하지 못한 겁니까. 그렇다면…….

저택 안에 있는 공방으로 갑니다. 산 엘프들과 이상한 물건을 만들고 있을 것으로 예상하고서.

공방에는 산 엘프들밖에 없었습니다. 아쉽군요.

다만 산 엘프들은 촌장이 어디 있는지 알고 있었습니다. 도움이 됩니다.

그나저나 만들고 있는 것은 마동 바리캉입니까? 다섯 마을에서도 평판이 좋습니다. 조만간 한꺼번에 발주가 들어갈 거니까, 잘 부탁드립니다.

어라? 기뻐할 줄 알았는데, 지친 얼굴입니다. 왜 그럴까요?

아아, 똑같은 것을 양산하는 것은 별로 좋아하지 않는다는 거군요. 과연.

이해는 하지만, 다섯 마을의 발주분까지는 힘내 주세요.

정 뭐하면 제 권한으로 지금 발주하겠습니다. 일단 500개 정도를. 아니, 농담이 아니라. 그 정도의 발주가 갈 겁니다. 힘내세요.

저는 비명을 지르는 산 엘프들을 방치하고 공방을 나왔습니다.

산 엘프들의 정보에 따르면 촌장은 하이엘프들의 집 근처에서 무언가를 만들고 있다고 합니다. 뭘 만들고 있는 걸까요?

쿠로 씨네 아이들이나 자부톤 씨의 아이들에게 인사하면서, 저는 촌장이 있는 곳으로 갑니다.

…………….

촌장 발견.

촌장은 하이엘프 여러분과 함께 풀을 엮고 있었습니다.

제가 촌장에게 다가가려 하자, 하이엘프 여러분께서 무기를 들고 제 앞을 가로막았습니다. 또 그러깁니까. 저예요, 저. 나나입니다. 나나 포그마. 알아본 것 같아 기쁩니다. 하지만 이제 슬슬 기억해 주지 않을래요? 그건 무리? 너무해. 사람을 상처 입히는 말을 태연하게 내뱉다니. 역시 하이엘프입니다. 촌장에게 보고해 두겠습니다. 기억하지 못하는 것은 제 잘못? 잘못을 인정하지 않고, 책임을 남에게 떠넘기다니…… 역시 하이엘프입니다. 촌장에게 보고해서 경고하게 합시다.

촌장, 하이엘프 여러분이 너무해요.

촌장은 하이엘프 여러분의 편이었습니다. 너무해.

어? 촌장도 제 잘못이라고 말씀하시는 건가요?

그야 수수한 건 알지만, 그것을 어떻게든 해보려고 노력하고 있는데………… 그렇지 않다고요? 그러면 무슨 뜻이죠?

………….

네, 확실히 평소에는 치마를 입지만, 오늘은 바지입니다. 움직이기 편하도록요. 요즘 달리거나 뛸 일이 많아서요.

머리 모양도 바지에 맞춰서 바꿨는데…… 설마, 그걸로 저를 판별하지 못하시는 겁니까?

아니, 이걸로 변장이라고 하셔도…… 그냥 멋을 부린 겁니다.

걷는 습관이라든가, 냄새라든가, 심장 리듬 같은 건 바꾸지 않았잖습니까? 심장 리듬을 바꾸는 건 너무 지나치다고요? 그렇지 않습니다. 평상시의 심장 리듬으로 판별하거나 판별당하는 것은 어디서든 평범하게 하고 있습니다. 그래요. 거짓말이 아닙니다. 다섯 마을에 침입하는 밀정 대책으로도 하고 있고요.

바꾸는 방법이요? 긴장 상태 유지로, 바뀝니다. 익숙해지면 자유자재입니다. 아, 아이에게는 가르쳐 주지 마세요. 위험하니까요.

이야기가 샛길로 빠졌습니다.

설마 좀 꾸몄다고 저를 알아보지 못하셨다니. 그러고 보니 다섯 마을에서 촌장과 만날 때도, 촌장과 만나는 거라며 멋을 부렸습니다. 끙. 반성하죠.

평소에는 되도록 같은 복장, 같은 머리 모양으로 있도록 하겠습니다.

그건 그거고, 촌장에게 기억되기 위해 저는 촌장과 행동을 함께

하겠습니다. 무엇을 만들고 계십니까?

갑옷? 풀로 만드는 건가요?

동물의 뼈나 가죽을 졸인 즙을 바르면 제법 단단해져서, 경량 갑옷이 되는 거군요. 과연.

저도 만들어 봐도 되겠습니까? 감사합니다.

시간이 지나서.

촌장 일행에게 변장이 뭔지 가르쳐 주려고 진심으로 변장해서 큰나무 마을로 갔습니다.

전이문을 통과하자마자 아라크네 아라코 씨가 포박했습니다.

……아하, 그렇게 되나요.

잡담 다섯 마을에서 일하는 마을 처녀 나나 포그마

나는 믿지 않는다. 순 거짓말이야. 속을까 보냐. 젠장. 사람을 우습게 보고 말이야.

뭐가 안전한 재료만 쓴다는 거냐. 그럴 리가 없어. 저건 무조건 이상해. 뭔가 들어갔어. 수상한 물질을 사용한 게 분명해.

증거? 그건 내가 체험했기 때문이다.

잊지도 않는다. 10일 전. 나는 배를 채우려고 적당히 가게를 골라 들어갔다. 장소는 라멘 거리. 어느 가게를 골라도, 제법 맛있는 라멘이 나오기에 나는 걱정하지 않았다.

그런 내 눈앞에 나온 것은, 어처구니없게 수북이 쌓인 라멘.

미노타우로스 전용 라멘인가? 아니야? 그렇다면 점원이 사이즈를 착각했다든가? 그것도 아니야? 나는 보통을 시켰을 텐데? 이게 보통이구나, 그런가. 시켰으니, 먹을 수밖에 없었다.

맛은 나쁘지 않다. 자세히는 모르지만, 돼지뼈 간장 라멘이겠지. 솔직히, 내 취향이다.

맛이 진하지만, 대량의 채소가 그것을 중화해 준다. 응, 그 대량의 채소가 힘들다.

에잇, 꾸물거리면 국물에 잠긴 면발이 불어 터진다. 어떻게 해야 하지……? 나는 좌우 손님을 확인한다.

오른쪽 손님은…… 오호라. 면을 건더기 위로 피신시키는 건가. 왼쪽 손님은…… 점원에게 작은 접시를 받아서, 그쪽으로 면을 피신시키고 있다. 그것도 괜찮군.

점원은 신경 쓰지 않을지도 모르지만, 설거지거리는 적은 게 좋겠지. 나는 면을 건더기 위로 피신시키는 작업을 시작했다.

그리고 영원처럼 느껴지는 식사를 마치고, 배가 한계까지 가득 찼다. 가격도 싸다. 만족했다. 하지만 당분간은 먹고 싶지 않다.

그렇게 생각했었다.

그런데 나는 다음 날에도 같은 가게에 와 있었다.

알겠지! 이상하다는 걸! 절대로 무언가 들어갔다고! 틀림없어! 안 그러면 내가 매일 다니지 않으니까! 저 특대 라멘을, 국물까지 다 마시거나 하지 않으니까! 나는 그런 남자가 아니야!

안녕하세요. 제 이름은 나나. 나나 포그마. 태양성을 관리하기 위해 만들어진 머큐리 종족입니다.

방금 피리카 님이 붙잡은 거수자를 넘겨받았습니다. 문을 닫은 가게에 침입하려 했다고 하네요. 시간도 한밤중이고, 저도 수상한 사람이 틀림없다고 생각합니다.

피리카 님이 붙잡았을 때의 대화로 보아, 이 거수자는 라멘 맛의 비밀을 알고 싶었던 모양이네요.

아, 늘었네요. 이런 사람이. 네, 평소대로 며칠은 감옥에 둡니다. 그러고 나서 일정 기간의 노동으로 해방합니다.

어? 이 사람은 꽤 강했으니 경비대로 돌려달라고요? 지금까지 겪은 거수자 중에서 제일 강했단 말이죠? 아하.

알겠습니다. 제가 요우코 님께 전달하겠습니다.

피리카 님의 요청이니 통과될 겁니다. 이 사람이 감옥에서 날뛰지 않으면요.

응? …………저는 밤하늘을 보았습니다. 피리카 님은 이미 달려 나가고 있습니다. 즉, 틀림없는 모양입니다.

새로운 거수자입니다.

새로운 거수자는 3인조인 모양입니다.

작은 산을 덮듯이 구성된 다섯 마을의 정상에서 기슭으로 향하고 있습니다.

정상에 중요한 시설이 있는 것으로 보아, 세 명은 돌아가는 중이라고 예상. 설마 요우코 님의 저택에 들어갔나?

저는 머릿속 의심을 부정합니다. 있을 수 없기 때문입니다.

저곳은 자부톤 씨의 아이들이 지키고 있으니까요.

그건 저라도 돌파할 수 없습니다. 아니, 들어가는 건 가능하겠죠. 나올 수가 없는 겁니다.

자부톤 씨의 아이들을 상대로 저택 내부의 벽이나 천장이 있는 공간에서 빠져나오는 것은 기적에 가까우니까요. 그렇다면 고로운 상회에라도 잠입한 걸까요.

저는 3인조의 목적을 추측하면서 쫓았습니다.

제가 3인조를 따라잡은 것은 다섯 마을에서 조금 떨어진 숲속.

그 3인조가 피리카 님과 대치하고 있었습니다.

아니, 방금 3인조 중에서 두 명이 피리카 님에 의해 쓰러졌습니다. 역시 피리카 님.

남은 것은 한 명인데…… 마법을 쓰는 전사일까요. 검을 휘두르며, 번개를 날렸습니다.

피리카 님은 당황하지 않고, 그 번개를 베……려다가 크게 피했습니다.

응? 번개를 베면서 다가갈 줄 알았는데, 어떻게 된 걸까요?

피리카 님의 그 움직임을 보고, 마법을 쓰는 전사는 번개를 연속으로 날려댔습니다. 피리카 님은 아까와 마찬가지로 번개를 베려다가 크게 피합니다.

피하고 있는 건 번개가 아니네요. 번개 옆을 피하고 있는 것 같습니다. 무언가 있는 걸까요?

"아무것도 없어."

제 의문에 피리카 님이 대답해 주셨습니다. 숨어 있었는데, 들켰습니까.

“땡땡이치지 말고, 상대의 등 뒤로 돌아가 주세요.”

안심하십시오. 거기에는 이미 있습니다. 자부톤 씨의 아이가.

네, 거미줄을 쳐서 수상한 사람의 퇴로를 끊고 있습니다.

그러니 이제는 피리카 님이 힘내면 끝입니다.

“편안하게 말하네요.”

피리카 님이 자세를 잡았습니다. 진심이군요.

마법을 쓰는 전사는…… 피리카 님과 싸울 모양입니다. 긴 영창을 시작했습니다. 각오가 훌륭합니다.

뭐, 피리카 님은 이길 수 없겠지만요.

피리카 님은 움직이지 않고 마법 발동을 기다리고 있습니다. 즐기고 있네요. 상대의 영창이 끝나기 전에 다가가서 베는 것도 가능할 텐데요.

영창이 끝난 모양입니다.

피리카 님의 주위에 번개 구슬이 무수히 생겨났습니다.

그 번개 구슬이 피리카 님을 덮치는데…… 번개 구슬이 이상하게 피리카 님을 피했습니다.

그리고 피리카 님이 아무것도 없는 곳에 검을 휘두르고 있습니다. 뭘 베는 걸까요?

“아까도 말했지만, 아무것도 없어.”

아무것도 없어?

………….

진공입니까.

아하. 피리카 님은 그것을 피하거나 베거나 하고 있었던 거군요.

괴물이네요. 마법을 쓰는 전사도 그걸 이해한 모양으로, 두 손을 들고 항복하고 있습니다.

아, 자부톤 씨의 아이가 거미줄로 묶었습니다. 쓰러져 있는 두 명도. 수고를 끼쳤습니다.

바로 경비대가 올 테니, 그때까지 확보해 주길 바랍니다.

그나저나, 진공입니까.

보기 쉬운 번개는 미끼…… 아니, 진공을 만든 여파로 번개가 생긴 거겠죠. 진공과 번개의 위치가 일정했으니까요. 번개가 없었다면, 아무리 피리카 님이라도 대처하긴 어려웠겠죠.

그나저나 마지막에 가서 번개 구슬이 이상하게 움직였는데요?

"이거."

피리카 님은 몇 개의 쇠못을 보여주었습니다.

"투척용으로 가지고 있었는데, 번개에도 유효하다고 들어서."

그렇군요.

저도 휴대하고 다니죠. 아마도 처음 봤다면 저는 당했을지도 모릅니다.

어? 이 마법을 쓰는 전사보다, 아까 라멘 맛을 훔치려 한 사람이 더 강했다고요?

정말입니까? 하아, 세상 참 넓네요.

경비대가 왔습니다. 저는 숨겠습니다.

아, 피리카 님. 거수자 3인조의 목적과 다른 동료가 없는지 캐내주세요.

그렇게 부탁하려던 참에, 다른 자부톤 씨의 아이가 편지를 등에

짊어지고 왔습니다.

편지는 제 앞으로 온 겁니다. 동료 로쿠가 보낸 거군요.

음. 아하.

거수자 3인조는 원래 12명으로, 9명이 요우코 님의 저택에 침입. 이 세 명은 침입하지 않고, 철수 시의 지원 요원입니까.

요우코 님의 저택에 침입한 9명은 자부톤 씨의 아이가 확보. 사정 청취도 끝났다는 거군요. 알겠습니다.

편지를 운반해 준 자부톤 씨의 아이에게 보답으로 쿠키를 줍니다. 그리고 아까까지 세 명을 거미줄로 묶어주었던 자부톤 씨의 아이에게도 쿠키를 건넵니다.

모두 수고하셨습니다. 또 부탁드립니다. 네. 촌장에게도 활약을 잘 전해두겠습니다. 후후.

이렇게 귀여운데, 무서워하는 사람이 있다는 걸 믿을 수 없네요.

저는 사라지듯 떠나가는 자부톤 씨의 아이들을 배웅하면서, 기합을 넣습니다.

밤은 이제 시작되었을 뿐. 똑바로 일해야 합니다.

라멘 맛을 훔치려 한 사람이 감옥 안에서 날뛰었습니다.

"그 라멘을! 그 라멘을 먹게 해줘어어엇!"

………….

배달해 드릴 테니, 난동을 부리지 마세요.

아, 대금은 꼭 받겠습니다. 압수 중인 소지품의 지갑에서 챙겨도 되죠?

1 수감자

피곤한 기색인 비젤이 마을에 찾아왔다.

손녀 프라시아벨에게 위로받으려고 왔나 싶었는데, 뭔가 내게 할 이야기가 있는 모양이다. 뭘까?

“마왕국에 잠입한 밀정과 관련해 상담할 것이 있어서…….”

…………

어어, 그런 내용이라면, 나는 부적합하다고 생각하는데?

그렇게 말했지만, 내가 아니면 안 되는 모양이다. 알겠다.

이야기는 듣겠지만, 그런 일에 정통한 문관낭중을 동석…… 아, 프라우가 동석해 주는 거구나. 도움이 된다.

비젤의 말로는, 마왕국에 여러 나라에서 밀정을 보내는 모양이다. 판명된 것만으로 13개국, 22개조, 인원은 수백 명을 넘는다.

그렇게 많이 들어와도 괜찮은지 생각하지만, 다소의 정보를 빼앗기는 것은 예상한 바라고 할까, 상대에게 정보를 주는 것도 전략이므로 걱정하지 않아도 괜찮다고 한다.

“유출되어서는 안 되는 정보는 지키고 있고, 파괴 공작을 하는 곳은 궤멸시키고 있으니 안심하십시오.”

그렇군. 그래서, 상담이 뭐야?

“실은 어떤 나라의 밀정이 다섯 마을에서 포박되어, 감옥에 수감

되어 있습니다."

다섯 마을에서? 아아, 요우코 저택을 조사하던 무리 말인가? 조금 전에 붙잡았다고 보고를 받았다. 12명으로 이루어진 큰 집단이었다.

"아닙니다, 그쪽 사람들이 아니라, 다른 사람으로……."

어? 다른 밀정이 있었나?

"이름은 크라우덴입니다."

크라우덴이라고 해도…… 밀정이라면 가명을 쓰지 않아?

"크라우덴이 사용하는 가명은, 본명을 조금 바꾼 정도라고 듣고 있습니다. 크라우조라든가 크라이마스 같은 느낌이지요."

크라우조, 크라이마스…… 아, 그렇게 말하니 그런 느낌의 이름이 한 명 있었던 것 같다.

내가 떠올리려고 애쓰고 있자, 프라우가 도와주었다.

"촌장. 크라탄을 말하는 게 아닐까요. 그 라멘 애호가 말이죠."

그래, 그거다! 그 곱빼기 라멘을 좋아하는 남자가 크라탄이었다.

라멘에 수상한 성분이 들어있다고 강하게 주장하기에, 요우코 쪽에서 혹시 몰라 조사했다는 보고가 있었기에 기억하고 있다.

여담으로 조사 결과는 문제없음. 다만 어떻게 생각해도 곱빼기를 보통이라고 칭하는 것에는 뭐라고 했다. 남기는 것이 문제가 되기 때문이다.

곱빼기에 비슷한 느낌으로 채소를 늘린 라멘을 취급하는 가게는 수량 한정과 면허제로 대책을 세우고 있다. 마찬가지로 면허제로 하라곤 말하지 않겠지만, 음식을 남기는 문제에 관해서는 조금만 더 생각해 주길 바란다.

이야기를 되돌려서.

그가 밀정 크라우덴인가.

…………….

그 사람은 라멘 맛을 훔치려고 한 현행범으로 잡혔다는데? 다른 나라에서 일부러 라멘 맛을 훔치러 온 거야?

내가 비젤에게 묻자, 곤란한 듯 가르쳐 주었다.

"일단 본래 목적은 왕도 조사인 모양입니다."

뭐, 밀정이니까. 그래서? 그 크라우덴을 어떻게 하면 좋지? 마왕국에 넘겨주면 되는 건가?

"아, 과정을 따지면 그렇게 되는데, 그게……."

?

"실은 그 밀정을 보낸 나라와 극비 협상이 있어서 말입니다, 크라우덴을 돌려준다면 적대 자세를 바꾸고, 마왕국과 우호적인 관계를 맺을 준비가 되어 있다고."

……………의외네.

이렇게 말하면 실례지만, 밀정 같은 건 버리는 거라고 생각했었다. 밀정을 소중히 여기는 나라도 있구나.

"그게, 크라우덴은 그 나라 왕의 사생아…… 즉, 왕족의 일원이라서 말입니다……."

왕족이 밀정을 하고 있었어?

"네. 그 위에, 검과 마법은 나라 제일의 실력자라고 해서."

잃으면 속이 쓰리다 이건가.

"마왕국으로서도 다른 나라 왕족을 해치는 것은 쓸데없이 적개심을 부추기니 피하고 싶습니다."

그렇게 되면 감옥에 넣는 것도 문제가 되지 않나?

"아닙니다, 감옥에 넣는 것은 상대 나라에서도 추천했습니다. 방심하면 바로 도망치니, 감시를 게을리하지 말라는 조언과 함께."

어어…….

혹시, 크라우덴은 나라의 방침을 바꿀 정도로, 그 나라에서 미움받고 있는 건가?

"그런 것 같지는 않습니다만…… 그래서 그 크라우덴의 신병을 넘겨주는 것을 부탁할 수 있을지."

죽을죄를 지은 게 아니라면, 문제는 없겠네.

넘겨줘도 괜찮다고 생각하지만…… 그런 내용이라면, 내가 아니라 요우코에게 말하는 게 빠르지 않았을까? 요우코도 감옥에 넣은 자의 신병을 넘기는 데 일부러 내 허가를 받지는 않을 테고.

"실은 요우코 님께는 이미 말했지만, 문제가 있어서 말입니다."

문제?

"크라우덴 본인은 감옥에서 나가고 싶지 않다는 말을 요우코 님에게 들어서……."

…………어?

"억지로 내보내면 되지 않겠냐고 호소했는데, 감옥에 넣은 자에 대한 폭행은 촌장에게서 강하게 금지했다고 요우코 님이 저지했습니다."

확실히 그렇게 지시한 기억이 있다.

이쪽 세계는 감옥에 갇힌 사람을 너무 막 대한단 말이지. 간수에게 맞거나 걷어차이는 것은 당연하고, 멀쩡한 식사를 못 받고, 어떨 때는 수면조차 방해받는다.

그런 취급도 벌의 일부라고 들었지만, 그런 취급을 받지 않으려고 수감된 사람의 친족이 간수에게 뇌물을 주는 것이 관행처럼 됐다고도 들었기에, 금지했다. 모든 뇌물이 악이라고는 생각하지 않지만, 간수의 주머니를 채워주기 위해 붙잡고 있는 것은 아니다.

그런 뇌물을 받지 않아도 괜찮을 만큼 급료를 주고 있을 터이다. 또한 그런 뇌물이 발생하게 되면, 사소한 일로 감옥에 들어가는 사람이 늘어날 위험성이 있다.

금지하는 것이 정답. 의식 개혁에 시간이 걸렸지만. 유지되고 있는 것 같아 정말 다행이다.

하지만 감옥에서 사람을 내보낼 수 없는 건 문제구나. 그런 부분은 유연하게 대응해 주길 바라지만…… 멋대로 느슨하게 푸는 것도 문제다. 다음에 요우코와 상의해 보자.

우선은 크라우텐의 신병을 넘겨야지. 다섯 마을로 가서, 직접 지시하는 것이 빠를까.

나는 다섯 마을의 감옥에 가서 크라우텐과 대면하고, 그를 모국으로 돌려보내겠다고 말했다.

크라우텐은 내 말을 듣고 감옥 쇠창살을 양손으로 꽉 움켜쥐며 미동도 없는 자세로 이렇게 대답했다.

"그 라멘 가게에 취직하는 것이 허락될 때까지, 나는 이 감옥에서 나가지 않겠다!"

………….

그런 요구를 나한테 말해도 곤란해.

2 라멘은 확고부동

크라우덴의 요구는 내가 어떻게 할 수 없었다. 라멘 가게에 부탁할 수밖에.

다섯 마을 촌장으로서 강권을 발동하면 라멘 가게에서 받아들이게 할 수는 있겠지만, 나는 그런 식으로 일을 처리하고 싶지 않았다.

그래서 나는 비젤, 프라우와 함께 해당 라멘 가게로 가기로 했다. 크라우덴이 울음을 터뜨렸기 때문이다.

"나는 이렇게 이상한 요구를 하는 남자가 아니야. 정말이야. 하지만 그 라멘 생각을 하면 이상해져. 난 대체 어떻게 된 거지……."

일단 라멘 가게에 크라우덴의 희망 사항을 최대한 전해 보자고 생각했다.

라멘 가게에 도착했다. 입점 대기열이 길게 늘어선 것을 보니 장사가 잘되는 걸 알 수 있다.

갑자기 본론부터 꺼내기 전에 손님으로 들어간 뒤 이야기해 보자는 프라우의 조언을 실천하기로 했다.

세 명이 줄을 서서, 잠시 후 입점했다. 점원의 안내에 따라 카운터에 나란히 앉았다. 메뉴판의 보통 사이즈 옆에 '양이 많습니다'라고 주의사항이 추가된 것은 지도한 결과일 것이다.

또한 글자를 모르는 사람을 위해 주문할 때마다 점원이 경고한다.

"우리 가게의 보통은 흔한 보통이 아니야. 먹는 양에 자신이 없으면 작은 걸 시키라고."

…………

조금 도발적인 말투는 이 라멘 가게의 개성일까?

그런 도발에 넘어갈 내가 아니다. 비젤, 프라우도 마찬가지일 것이다. 서로 시선을 마주하고 고개를 끄덕인 뒤 주문했다.

"""보통 사이즈 주세요."""

도발에 넘어간 건 아니다. 단순히 배가 고팠을 뿐이다.

맛은 나쁘지 않았지만, 호불호가 갈릴 것이다.

하지만 양이, 역시 양이 문제다.

비젤, 프라우, 괜찮아? 나는 틀렸어. 어딘가 앉아서 진정할 수 있는 장소를 찾아보자.

비젤과 프라우는 반대하지 않았다.

'단맛과 찻집' 인 〈쿠로와 유키〉에서 자리에 앉아 휴식한다.

점장 대리인 키네스타가 우리를 이상한 눈으로 보지만, 아무 말도 못 한다. 우리 모두 주문한 차에 손도 대지 않았으니까. 미안해. 잠시만 쉬게 해줘.

아, 배가 너무 괴롭다.

〈건강한 육체〉는 뭘 하는 거지? 아니다. 알고 있다. 〈건강한 육체〉는 부상이나 질병은 막아 주지만, 이번과 같은 만복감은 막지 않는다.

너무 많이 먹은 내가 잘못이다. 괜한 화풀이를 했다. 반성하자.
돌아가면 신상에 공물을 바치고 용서를 빌자.
비젤, 무리하지 마. 섣불리 움직이면 역류할 거야. 그래. 누워. 내가 허락할게. 누워.
프라우, 고개를 숙이지 마. 위야. 위를 보는 거야! 그리고 아무것도 생각하지 마. 그게 제일이야. 나도 아무것도 생각하고 싶지 않아.

한 시간 정도 휴식하니, 우리 모두 진정되었다.
식은 차는 별로였지만, 이건 우리가 잘못했으니 어쩔 수 없다.
그리고 크라우덴에 관해서는, 희망하는 라멘 가게에 취직할 수 없었다. 일단 다 먹은 다음에 점장에게 물어봤다. 종업원을 모집하고 있느냐고.
안타깝게도 얼마 전에 새로이 몇 명을 고용해서 모집할 예정은 없다고 한다.
확실히 현재 상태로도 일손은 충분하다 못해 과잉인 느낌이었고 말이지. 음. 어쩔까.
곤란해하고 있자, 프라우가 손을 들어 발언을 청했다.
"우리의 바람은 크라우덴 씨를 귀국하게 하는 겁니다. 라멘 가게에 취직하면 오히려 더 곤란해지니, 취직을 거절당한 것은 잘된 일 아닐까요?"
한편, 비젤은.
"그러면 감옥에서 나오지 않고 움직이지 않을 거다. 저래 보여도 나름대로 강한 무인이지. 억지로 감옥에서 내보내려다 저항하면 피해가 생긴다."

"자부톤 님의 아이들에게 맡기면 되지 않나요?"

"그것이 우호적으로 지내려는 나라의 왕족을 대하는 태도일까? 오히려 전쟁을 유발한다."

"음…… 힘으로는 안 된다는 거군요."

비젤도 프라우도 말이 심한걸.

자부톤의 아이들이라면 부드럽게 묶을 텐데. 아마도.

"촌장. 묶는 행위가 안 된다는 겁니다. 크라우덴에게는 자발적으로 행동하게 해야 합니다."

"하지만, 아버님. 그것은 라멘 가게에 취직한다고 해도 마찬가지 아닌가요? 순순히 귀국할 것 같지는 않은데요?"

"이쪽에서 취직이라는 요구를 들어주는 대신, 저쪽에도 하나 요구하는 것이다. 그것이 귀국이다. 일단 돌아가 주기만 하면 그 나라의 의뢰를 완수한 셈이지. 그 뒤로 크라우덴이 어디 갈지는 자유다."

"그렇군요. 그렇다면 취직할 수 있다고 거짓말하는 것은 안 되겠네요."

"속이는 것은 악수겠지."

"성가시네요."

두 사람은 똑같이 한숨을 쉬었다. 진짜 부녀지간이구나.

키네스타에게 대금을 치르고 가게를 나섰다.

좌우지간 세 명이 생각해도 아무것도 떠오르지 않으니 지원군을 요청하자는 결론이 났다.

그래서 요우코 저택으로 가서 누가 없을까 찾다가 붙잡은 것이 나나. 크라우덴에 대해 알고 있으니 마침 잘됐다. 바로 나나에게 상담했다.

"크라우덴 씨의 목적은 취직이 아니라 그 라멘 근처에 있고 싶다는 거니까, 취직에 연연할 필요는 없지 않을까요?"

…………그렇군.

그런데 취직에 연연하지 않는다고 하면, 어떻게 해야 하지?

"촌장이라면 그 라멘을 재현할 수 있지 않나요? 라멘 만드는 법을 크라우덴 씨에게 가르쳐 주겠다고 하면, 감옥에서 나올 것 같은데요."

그럴 수가.

크라우덴이 감옥에서 나왔다.

처음에는 취직을 거절당한 일로 실망하고, 내가 라멘 만드는 법을 가르쳐 주겠다고 해도 들어주지 않았다.

하지만 동행해 준 나나가 내가 포장마차를 내서 라멘을 팔고 있다는 이야기를 하자, 크라우덴의 태도가 바뀌었다.

"스승님이라고 부르겠습니다."

아니, 그렇게 대단한 사람은 아니지만…… 뭐, 감옥에서 나와 준 것은 다행이다. 비젤도 한시름 놓은 모양이다. 곧바로 크라우덴의 귀국 준비를 시작했다.

크라우덴도 라멘 만들기를 어느 정도 마스터하면 귀국하겠다고 약속해 주었으니, 나도 열심히 해야겠다.

수련은 다섯 마을의 산기슭 한쪽에 천막을 치고 진행한다.

비젤과 프라우는 마을로 돌아갔다. 라멘 만들기에는 별로 도움이 될 수 없을 것 같다며.

나나는 천막 설치를 도와주었지만, 설치가 끝나자 일하러 돌아갔다. 미안해, 고마웠어.

그런데 피리카는 왜 있는 거지? 내 호위? 아아, 크라우덴이 나를 해칠 가능성을 대비한 건가. 저 눈을 보면 괜찮을 것 같지만…… 호위는 받아들이자.

비젤의 전이 마법으로 다섯 마을로 이동했기에, 걸프와 다가는 동행시키지 않았다. 나중에 혼나겠는걸. 반성하자.

크라우덴은 2일 만에 좌절했다.

나도 좌절했다. 크라우덴에게 라멘 만드는 법을 가르치는 것은 불가능하다. 크라우덴은 요리 경험이 없을뿐더러, 심지어 손재주도 없었다.

"크…… 하인들에게만 맡기던 생활이, 이런 데서 발목을 잡을 줄이야……."

덧붙여 말하자면, 크라우덴의 어머니는 평민이 아니라 공작가의 영애였다.

그래서 사생아인데도 그만한 대우를 받으며 생활했던 것이다.

………….

그런데도 용케 마왕국에서 밀정 활동을 했네? 단독이었지? 식사는 어떻게 해결했던 거야?

"돈으로 해결했습니다."

그렇군.

하지만 곤란하다. 어쩌지? 이렇게까지 요리 실력이 파멸적인 인물은 처음이다.

아니, 정정하자. 파멸적인 인물은 있었다. 문관낭중.

그 아가씨들은 식재료를 그대로 접시에 올리는 묘기를 부리기도 했었다. 현재는 개선되었다. 귀인족 메이드들이 지도한 성과겠지.

그런가. 귀인족 메이드에게 협력을 구해야 할까?

그렇게 내가 고민하고 있자, 믿음직한 조력자가 찾아왔다.

유리의 친구로, 다섯 마을에서 음악 활동을 하는 여성. 그리고 라멘 애호가. 통칭, 라멘 여왕.

"라멘 관련으로 곤란한 일이 생겼다고 들었습니다. 도와드릴게요."

3 마음속 라멘

내가 크라우덴에 대해 라멘 여왕에게 설명하자, 라멘 여왕은 이상하게 여기는 표정을 지었다.

"먹고 싶은 라멘을 만드는 법을 배운다고 해도, 자기 나라로 돌아가면 도움이 안 돼요. 재료를 구할 수 없으니까요."

…………어? 그래?

내 의문에 답하듯이, 라멘 여왕은 크라우덴에게 질문했다.

"여기에 있는 재료, 당신 나라에서 구할 수 있나요?"

라멘 여왕은 크라우덴이 먹고 싶은 라멘을 재현하기 위해 준비한 재료를 손으로 가리켰다.

…………….

크라우덴이 절망한 표정인 걸 보니, 구할 수 없는 모양이다.

실수했다. 재료의 입수 경로 확보는 기본 중의 기본인데. 깜빡하고 있었다.

그렇다면 어떻게 해야 하지?

"저에게 맡겨 주세요."

라멘 여왕은 그렇게 말하며 미소를 지었다.

3일 뒤.

다섯 마을의 산기슭 한쪽에서, 마주 보고 좌선 자세로 명상하는 라멘 여왕과 크라우덴이 있었다.

…………….

좌선이라는 문화가 있었구나.

그렇게 내가 놀라고 있자, 두 사람이 약속이라도 한 듯이 눈을 떴다. 그리고 일어서서 자세를 잡는 라멘 여왕.

"라멘은 마음!"

그에 맞서 자세를 취하는 크라우덴.

"라멘은 사랑!"

…………….

그대로 두 사람이 움직이지 않아서 무슨 일인지 생각했을 때, 크라우덴이 무릎을 꿇었다.

"크, 저는 아직도 미숙합니다."

"자신의 미숙함을 알아야 비로소 첫걸음을 뗀 거예요. 잘하고 있어요."

"스승님……."

"자, 라멘을 먹읍시다."

"네!"

잘 모르겠다.

잘 모르겠지만, 내가 스승의 칭호를 라멘 여왕에게 빼앗겼다는 것은 알았다.

"아, 대스승님도 같이 드시겠습니까?"

아니었다. 모르는 사이에 대스승으로 승격한 모양이다. 좋은 일인가? 그리고 기껏 말해 줬지만, 라멘을 같이 먹는 것은 사양하고 싶다. 최근 며칠 라멘만 먹었으니까. 다른 걸 먹고 싶다.

…………….

내가 그런 얼굴을 할 정도로 이상한 소리를 했나?

라멘 여왕이 크라우덴에게 가르치고 있는 것은, 마음속에 라멘을 존재하게 하는 것.

응, 괜찮아. 나도 이해하지 못하고 있다.

라멘 여왕에게 다섯 번 정도 설명을 들었지만, 소용없었다.

"대스승님께서는 이미 라멘과 하나가 되셨기에, 경지가 다른 것이 아닐까요?"

"과연, 역시 대단하십니다."

뭐가 대단하다는 걸까?

아니지, 추궁하지 말자. 이상한 일에 휘말릴 것 같으니까. 그리고 나를 숭배하지 마. 새로운 종교를 시작하는 것도 안 돼. 간판을 내려. 거봐, 입신 희망자들이 모여들었잖아.

그나저나 하루에 한 번은 라멘을 먹는다는 제법 엄격한 교리가 있는 종교에 입신을 희망하지 마.

내가 입신 희망자들을 쫓아내려 했지만, 몇몇은 열의로써 라멘 여왕을 설득해 크라우덴과 같은 가르침을 받게 되었다.

…………….

나는 상관없지? 이 정도면 라멘 여왕이 교주여도 괜찮지 않아?

"라멘을 탄생시켰으니, 신입니다."

저기, 내가 탄생시킨 게 아니라 고향의 요리를 재현했을 뿐인데………… 틀렸다. 사람 말을 들어주지 않는다.

아, 아무튼, 종교 이야기는 접어두자. 중요한 건 크라우덴에 관한 일이다.

라멘 여왕이 말하는, 마음속에 라멘을 존재하게 하는 것이 가능해지면, 크라우덴은 자기 나라로 돌아갈까?

"라멘이 늘 마음속에 있을 테니, 먹지 않는 기간이 있어도 견딜 수 있어요."

"네. 이미 그 곱빼기 라멘을 먹지 않아도 버틸 수 있습니다! 나머지 문제는 거리군요……. 라멘 가게에서 떨어져도 견딜 수 있을지……."

"마음속에 라멘이 있다면, 거리는 무(無)와 같습니다."

"정진하겠습니다."

잘 모르겠지만, 나는 라멘 여왕과 크라우덴을 믿기로 했다.

그러니까 비젤. 조금만 더 시간을 줄 수 있을까?
마음속에 라멘이 존재할 수 있게 되면, 꼭 돌아가겠다고 약속했으니까. 응, 느긋하게 기다리는 것이 정답이라고 생각해.
응? 앞으로 5일 정도 안에 어떻게든 한다고?
라멘 여왕의 듬직한 말을 믿어 보자.

5일 뒤.
샤샤트의 항구에 나와 라멘 여왕, 크라우덴, 비젤이 있었다.
"스승님, 대스승님. 신세 많이 졌습니다."
"참지 못할 때는 명상하는 거예요. 라멘은 당신 곁에 있습니다."
"네!"
크라우덴은 2일 전에, 약 1일 라멘 끊기에 성공했다.
그리고 어제는 아침, 점심, 저녁으로 라멘 삼매경이었다. 그래서인지 상당히 개운한 얼굴을 하고 있었다.
"조국으로 돌아가면 아버지께 마왕국과의 교역에 힘쓰도록 전하겠습니다. 그때 스승님의 이름을 사용해도 괜찮을까요?"
"나라 간의 교역이라면, 제 힘만으로는 역부족이에요. 대스승님 선에서 어떻게 안 될까요?"
나한테 말해도 곤란하다.
비젤에게 시선을 돌리자, 비젤은 어쩔 수 없다는 듯 크라우덴에게 나무로 된 패를 주었다.
"제가 신세를 지고 있는 상회의 이름과 장소가 적혀 있습니다. 그곳에서 크롬 가문의 이름을 대면 이야기는 들어줄 겁니다. 악용 방지를 위해 암호를 정해둘까요?"

"그렇다면 '라멘' 으로 하겠습니다."

"가능하다면, 덜 사용될 것 같은 말로 부탁드립니다."

"【야채 곱빼기】."

"잘 모르겠지만, 라멘 관련 단어 아닙니까? 라멘에서 좀 벗어나주면 안 됩니까?"

"라멘에서 벗어난다……."

크라우덴이 오랫동안 생각에 잠겼다.

비젤, 라멘 관련 단어를 암호로 하면 안 되는 거야?

"안 될 것은 없지만, 그렇다면 조금 더 길어야 합니다. 단어라면 모르는 사이에 사용될 수도 있으니까요."

그렇군.

그렇다면 크라우덴이 쓰던 가명을 넣어서…… 이런 느낌으로 어떨까? 내가 조언했더니 채택되었다.

"암호는 '크라탄에게 곱빼기 라멘 한 그릇' . 외웠습니다. 절대로 잊지 않겠습니다."

크라우덴은 우리에게 그렇게 말하고 배에 탔다.

비젤이 전이 마법으로 보내면 빠르겠지만, 전이 마법의 유용성을 과시하는 것은 상책이 아니라며 마왕에게 전이로 보내주지 말라는 말을 들은 듯하다.

당연히 상대가 경계하겠지. 자칫 잘못하면 저쪽에서 유괴 사건이라도 일어났을 때 비젤에게 혐의가 갈 수도 있다. 보내주지 않는 것이 정답이다.

크라우덴이 탄 배가 항구에서 멀어지는 것을 확인하고, 이번 일은 종료.

어깨에서 무거운 짐을 내려놓은 기분이다.

"대스승님. 안심하시는 것 같지만, 크라우덴 씨는 반년쯤 뒤에 돌아올 거예요."

어? 그래?

"수련 기간이 짧으니까요. 마음속 라멘만으로는 반년이 한계입니다."

이동 시간을 생각하면…… 크라우덴은 자기 나라에서 석 달 정도는 버틸 수 있을까?

"그리고 이것은 크라우덴 씨가 드리는 위자료입니다."

라멘 여왕은 양피지 뭉치를 나에게 주었다.

이건?

"크라우덴 씨가 조사한 다섯 마을, 샤샤트에 잠복 중인 밀정들의 정보입니다. 도움이 되길 바랍니다."

…………….

나는 그 양피지 뭉치를 비젤에게 주려고 했지만, 거절당했다. 귀찮은 일의 예감이 든다고 한다. 기막힌 우연이 다 있네. 나도 그렇다.

"촌장. 마을 문관 아가씨들에게 주시죠. 그들이 관리하고 있을 거니까요."

그런가? 아, 그러고 보니 예전에 그런 이야기를 했던 것 같기도 하다.

"제게는 그 문관들에게 보고를 받는 형태로 부탁드립니다."

알았어.

아무튼 여러모로 피곤하니 마을로 돌아가자. 아, 라멘 여왕. 이번에는 고마웠어. 알았어. 보상으로 내가 라멘 포장마차를 낼 때 연락할게.

"감사합니다. 또 라멘 관련으로 곤란한 일이 생길 때는 불러 주세요."

나는 마을로 돌아가서 느긋하게 지냈다.

수확하려면 아직 조금 더 남았으니까. 그렇지 않았다면 크라우덴의 일에 이렇게 관여하지 않았을 테지만.

요새는 한동안 라멘만 먹었으니 다른 것을 먹고 싶다. 그렇다면 피자를 만들자.

요정 여왕, 디저트 피자가 먹고 싶은 건 알겠지만, 굽기 전의 피자 도우에 생크림을 올리진 마.

아니, 구운 크림도 나쁘지는 않지만…… 아마도, 요정 여왕이 기대하는 맛은 아닐 거야.

4 참마와 매실 무침

가을의 어느 날.

하늘을 나는 양탄자를 찾아봤는데, 보이질 않는다. 어디로 간 거지?

그렇게 생각하며 저택 안을 어슬렁거리다가 발견했다. 아이들의 낮잠 침대 역할을 하고 있었다. 짐꾼을 부탁하려고 했는데, 아무래도 어려울 것 같다.

어쩔 수 없지. 몇 명에게 말을 걸어보니…… 자부톤의 아이들이 다리를 들었다.

조금 먼 곳인데, 괜찮겠어? 괜찮다고? 좋아. 그러면 부탁할게. 아, 물론 나도 같이 갈 거야.

목적지는 큰나무 마을을 나와 서쪽에 있는 숲.

강까지는 가지 않는다. 도중에 있는 새우 양식지 근처다. 산책하는 기분으로 나아간다.

동행자인 자부톤의 아이들은 내 주위를 경계하듯이 흩어져 있다.

흩어져 있지만, 숫자가 꽤 많아서 나를 중심으로 검은 물체가 이동하는 것처럼 보이기도 한다. 뭐, 그렇게 보일 뿐이지만…….

자부톤의 아이들보다 더 바깥쪽을 쿠로네 아이들이 어느새 경호하고 있었다. 쿠로4의 파트너인 에리스와 눈이 마주치자, 두고 가지 말라며 혼났다.

아니, 같이 가자고 하려고는 했어. 하지만 너희는 마침 귀인족 메이드들한테 엄청나게 큰 꽁치 대가리를 받아서 기쁜 듯이 씹고 있었으니까, 방해하면 안 될 것 같아서…… 변명이네. 미안해. 다음부터는 빼먹지 않고 부를게.

내 사과에 에리스는 만족한 것인지, 몇몇을 이끌고 앞서 나갔다. 내 옆으로 올 줄 알았는데…… 자부톤의 아이들에게 양보해 준 건가? 신경 쓰게 해버렸다. 다음에 뭔가 보답하자.

그런데 에리스는 내 목적지를 알고 있는 걸까? 뭐, 앞으로 쭉 가기만 하면 되니까 괜찮겠지.

마음을 다잡고, 나는 자부톤의 아이들과 함께 걸었다.

앞서 나간 에리스 등이 대기하고 있는 새우 양식지 근처에 도착했다.

아무것도 없는 것처럼 보이겠지만, 잘 관찰해 보면 주위 나무에 넝쿨이 휘감긴 것을 알 수 있다. 참마의 넝쿨이다.

내 목적은 이 참마.

당연히 자연적으로 자란 것은 아니다. 〈만능 농기구〉가 힘내 주었다.

〈만능 농기구〉로 키울 거면 마을 밭에서 키워도 되지 않냐는 의견도 있다. 나도 그렇게 생각한다.

하지만 여기서 참마를 떠올렸다. 그 이후로 이곳이 참마 생산지가 됐다.

수확하려고 숲에 들어가야 하는 것은 불편하지만, 나름대로 기분 전환이 되고 있다.

자, 자부톤의 아이들에게 운반하게 하려면 참마를 파내야 한다.

참마를 부러뜨려도 된다면 별로 어렵지는 않다. 하지만 부러뜨리지 않고 파내는 건 좀처럼 쉽지 않다. 체력과 끈기가 필요하다. 참마 한 뿌리를 파내는 데 몇 시간이 걸리는 일도 드물지 않다고 한다.

나는 〈만능 농기구〉를 사용해서 파내니까 그렇게까지 고생하지는 않는다. 그리고 요리할 때는 자르니까 수확할 때 참마가 부러져도 괜찮다고 생각하는 편이다.

하지만 문관낭중은 참마를 판매할 때를 생각해서 겉보기를 신경 쓰고, 하이엘프, 산 엘프, 귀인족 메이드들은 왠지 부러지지 않은 참마를 기뻐하므로, 부러지지 않게 하려고 조심하고 있다.

자부톤의 아이들을 기다리게 하는 것도 미안해서, 후다닥 50개 정도 파낸다.

자부톤의 아이들은 내가 수확한 참마를 거미줄로 묶어 정리해 준다. 크기가 작은 참마는 먹어도 돼. 그 말을 전하자, 작은 참마에 자부톤의 아이들이 몰려들었다. 순식간에 사라진다. 수확을 조금 더 열심히 해야 할까.

호위해 주는 에리스와 쿠로네 아이들도 나눠주고 싶으니까…… 어라, 에리스, 그 크기는 가져가고 싶어. 조금만 기다려. 이 근처의 참마가 작을 것 같으니.

넝쿨의 성장 상태로 대충 알 수 있겠지? 파 보니…… 어라? 제법 길다.

…………

알았어. 이건 너희가 먹어도 돼.

파낸 참마를 자부톤의 아이들이 짊어지기 전에, 나는 잠시 샛길로 빠질 것을 부탁했다.

새우 양식지가 아니라, 반대 방향. 조금 더 가면 평평하고 커다란 바위가 있는데, 그 바위를 지붕 삼아 지하실을 팠어.

사실은 그곳에 내가 개인적으로 소장한 술이나 발효 식품의 일부를 숨겨두고 있다. 마을에 두면 어느새 사라져 버리니까.

특히 술.

범인은 술 슬라임으로 판명되었다. 가끔 대금으로 보상 메달을 두고 가니까. 그만한 지능이 있으면서 술을 훔치는 것은 술 슬라임 정도이다.

술을 훔쳐 마시는 것은 딱히 상관없다고 할 수도 있는데, 술을 마시고 싶을 때 없으면 괴롭다. 그리고 숙성시키고 싶은 술이 사라져 버리는 것도 괴롭다.

그래서 있는 것이 마을 밖의 지하실, 보관고이다.

마을 밖은 마물과 마수에 의해 훼손될 가능성도 있지만, 큰나무 마을과 하나 마을, 둘 마을, 셋 마을에 둘러싸인 장소인 데다 새우 양식지가 가까워서 그런지 현재까지는 피해를 보지 않았다. 쿠로네 아이들 경계망에 걸리는 거겠지.

이번에 내가 보관고에서 꺼내고 싶은 것은 매실장아찌. 참마로 매실 과육을 무쳐서 먹고 싶다.

마을에도 매실장아찌는 있지만, 얼마 전 라멘 만들기 때 사용해 버렸다. 소금 라멘에 매실이 잘 어울리는 것이 문제다. 사용한 만큼 보충해야겠지.

참마는 여기에 두고…… 불안해? 가져갈까? 그렇구나. 미안해. 별로 멀지 않으니까 용서해 줘.

봐, 저기에 평평하고 커다란 바위가…… 어라? 평평하고 커다란 바위는 있었다. 평소와 다름없는 모습으로. 하지만 그 바위 옆에 낯선 물건이 있었다.

천장과 기둥은 있지만, 벽이 없는 건물. 언뜻 보기엔 버스 정류장 같지만, 그건 아니다.

지붕 아래에 있는 것은 버스를 기다리는 손님이 앉으라고 놓은 벤치가 아니라, 바 카운터이기 때문이다.

지붕, 기둥, 그리고 바 카운터의 청결함을 보니 무척 최근에 만들어진 것임을 알 수 있다.

방금 만든 거구나. 아하.

내 의문에 대답한 것은 바 카운터에 숨어 있던 드워프 세 명. 왜 이런 데 바 카운터를? 아니다. 이건 대답을 듣지 않아도 안다. 멋대로 보관고에서 술을 꺼내지 않은 양심을 칭찬해 주고 싶다.

그리고 내가 숲에 들어가는 것을 보고, 목재를 안고서 여기에 바 카운터를 만든 그들의 노고에 졌다.

나는 바위 아래 보관고에서 꽤 오래 숙성한 매실주가 담긴 항아리를 꺼내 드워프들에게 건넸다. 숲속이니까, 고주망태가 될 정도로 마시진 마. 스트레이트로 마시는 건…… 아, 희석할 것도 잘 준비했구나. 안주도.

함께하고 싶지만, 자부톤의 아이들을 기다리게 할 순 없으니까.

나는 본래 목적이었던 매실장아찌 항아리를 보관고에서 꺼냈다.

………….

드워프들에게 참마와 매실장아찌를 조금 나눠주었다.

나는 자부톤의 아이들과 쿠로네 아이들에게 말을 걸어 마을로 돌아간다. 오늘 저녁 식사로 나올 참마와 매실 무침이 기대된다.

5 수박과 단밤

나는 밭을 둘러본다.

〈만능 농기구〉로 키운 점이 크지만, 잘 여물었다. 만족스럽다.

하지만 반성할 점도 있다.

밀밭 한가운데에 통통하게 잘 자란 수박이 있다. 세 통 정도.

이유는 알고 있다. 〈만능 농기구〉로 밀밭을 만들 때, 수박 생각을 했기 때문이다.

집중력이 부족하다.

그래서 이런 일이 1년에 한 번…… 아니 두 번…… 아니 열 번 정도는 있는 것 같다. 반성하자.

그리고 이 때아닌 철에 자란 수박. 여름 밭이라면 문제없지만, 가을 밭이므로 출하 예정은 없다.

그렇다면 마을에서 소비해야 하는데, 양이 적으니 어떻게 나눌지가…… 어라? 통통하게 잘 자란 수박 옆에 요정 여왕의 이름이 적힌 팻말이 꽂혀 있었다.

…………

밭을 지키고 있는 자부톤의 아이에게 물어보니, 요정 여왕은 수박이 열리기 전에 발견해서 물을 주는 등 보살폈다고 한다.

그랬군. 그렇다면 한마디 말해 주면 좋았을 텐데…… 뭐, 보살펴 주었다고 하니, 괜찮겠지. 이 수박은 요정 여왕에게 주자.

다만 아이들에게 자랑하지 않도록 당부해야겠지. 여름과 달리 수박을 추가할 수 없으니까.

내가 그렇게 생각하던 참에 요정 여왕이 나타났다. 아이들을 많이 데리고서.

…………

아이들은 나를 보고 요정 여왕을 방패로 삼았다. 훌륭한 일체감이다. 요정 여왕은 쩔쩔매고 있지만.

아, 몇몇은 내 아이도 있는데…… 숨을 필요는 없잖아. 밭에도 아직 들어가지 않은 것 같고. 아니면 꾸중 들을 짓을 한 건가?

밭에 들어간 요정 여왕을 못 본 척했다고……? 그건 확실히 안 되지만, 그 요정 여왕은 너희 방패가 되려고 애쓰고 있으니까, 배신하는 건 좋지 않아.

뭐, 공격할 마음은 없으니 방패는 필요 없겠지만.

나는 요정 여왕과 아이들에게 수박을 건네주었다.

하지만 아무리 생각해도 아이들에 비해 수박이 적다. 어쩌려는 거지? 잘라서 나눈다고 해도, 아주 소량이 될 텐데.

나는 걱정했지만, 요정 여왕과 아이들은 잘 생각하고 있었던 모양이다.

수박 세 통은 그대로 먹는 것이 아니라, 가공하여 시럽으로 만들었다. 그리고 그것을 빙수에 뿌린다. 그렇군. 그렇다면 양은 문제 없겠네.

문제는…… 계절이다. 가을 밭의 수확이 가깝다는 것은, 겨울이 머지않았다는 뜻. 낮에는 아직 따뜻하지만, 방심은 금물이다. 빙수를 너무 많이 먹어서 몸을 차갑게 만들지 마.

참고로 빙수는 산 엘프가 만든 기계를 써서 내가 만들고 있다.

진짜로 너무 많이 먹지 않게 조심해. 내가 혼나니까.

요정 여왕과 아이들에게 빙수를 다 주고, 나는 저택으로 돌아간다.

수박 이외의 수확은 아주 조금만 더 기다려야 한다. 빙수 기계를 정해진 장소에 두고, 남은 수박 시럽은 주방에 있는 귀인족 메이드들에게 전달한다.

억지 부탁일지도 모르지만, 요리에라도 써주면 좋겠다. 안 된다면 안 되는 대로, 설탕 대신으로 쓰면 되니까.

…………잠깐만. 내 도전이나 과제가 아니야. 그렇게 진지하게 받아들이지 마. 진정해. 부담 없이. 그래, 부담 없이 생각해 주면 되니까.

아아, 너희한테 도전할 거라면, 훨씬 더 많은 양을 준비했을 거야. 버리긴 아까우니까, 어떻게든 쓸 수 없을지 생각했을 뿐이야. 그게 다니까.

귀인족 메이드들에게 수박 시럽을 떠넘기고, 나는 주방에서 벗어났다.

저택 응접실로 가니, 기라루와 구론데가 탁자난로 안에 들어가 있었다.

벌써 탁자난로를 꺼냈어? 딱히 상관없지만.

구론데는, 탁자난로 안에 들어가면서 단밤을 까고 있었다. 그리고, 깐 밤은 옆에서 기다리는 오르트로스 오르의 왼쪽이나 오른쪽 입 중 한쪽에 던져지고 있다.

오르는 기쁜 듯이 꼬리를 흔들며, 다음 단밤을 기대하고 있다.

단밤. 작은 밤으로, 천진감율(天津甘栗)이라는 상품명으로 자주 팔리는 밤을 말한다. 감율(=단밤)이라는 이름인 만큼 달고 맛있다.

…………….

처음, 내가 키운 밤은 큼직한 밤이었다. 그것은 그것대로, 식탁을 풍요롭게 해 주었다. 밤밥은 맛있었다.

하지만 어느 날 깨달았다. 작은 밤은 어디에 있는 거지? 하고.

솔직히 말하겠다. 단밤은 큰 밤이 다 자라기 전의 밤이라고 생각했었다.

설마, 밤 종류가 달랐을 줄이야. 그것을 깨달은 나는 단밤을 바라면서 〈만능 농기구〉를 휘두른 덕분에 단밤과 만날 수 있었다. 하지만 용케 깨달았네. 나 자신을 칭찬해 주고 싶다.

단밤을 수확한 후, 조리에서 애를 먹었다.

큰 밤 조리에서 배운 게 있어서 밤을 터뜨리지는 않았지만, 작아서 평범하게 굽거나 찌는 것이 어려웠던 것이다.

단밤이 어떤 식으로 조리되었는지를 어떻게든 떠올려, 달군 돌로 볶는 방법에 도달했다.

그때 설탕을 넣을지 말지로 고민했다. 설탕을 넣는 이유는 향이나 윤기를 위해서. 맛이 목적은 아니다. 그랬을 것이다. 그러니, 설탕을 넣을 필요는 없다. 그런데 설탕은 마을에서 만들고 있다.

아낄 필요는 없다고 생각해 투입했다.

그렇게 볶아진 단밤은 맛있었다. 다만, 볶은 후의 보관 기간이나 까는 데 요령이 필요해서, 마을에서의 유행은 별로다.

맛있는데.

구론데는 마을 주민 중에서 단밤을 까는 것이 능숙하다. 힘 조절이 절묘한 거겠지. 게다가 성격적인 면도 있을지도 모른다. 깨끗하게 까지 않은 속껍질을 정성껏 제거하고 있다.

하쿠렌이나 라스티는 단밤을 손가락으로 으깨버렸고, 루나 티아는 속껍질에 짜증을 냈다.

단밤 까는 데 능숙한 다른 사람은…… 프라우일까. 까지 못하는 사람들에게 부탁을 받아 고생하고 있지만.

현재 하이엘프들이 엄지손가락에 장착하는 암기를 개조해 단밤을 까는…… 아니, 깨는 도구 개발을 진행하고 있다. 그것이 완성되면 마을에서도 단밤이 더 유행할지도 모른다. 기대된다.

산 엘프들은 이미 단밤 전용 자동 조리기구를 완성했으므로, 마을 밖에 내다 파는 것도 검토하고 있다.

그나저나 구론데.

오르 옆에서 똑같이 입을 벌리고 기다리는 기라루가 있는데, 그쪽에는 단밤을 던져주지 않는 거야? 아아, 싸우는 중이구나.

원인은…… 그라루와 히이치로의 관계에 대한 견해 차이 때문이라고?

…………빨리 화해하도록 해.

그리고 오르. 단밤을 먹을 때마다 기라루에게 자랑하는 건 그만 두렴. 쓸데없는 싸움을 만든다.

그 후 이래저래 마을을 둘러보다가 저녁때가 되어 저택 식당으로 향했다.

저녁 식사는 군만두였다. 커다란 접시에, 군만두가 깔끔하게 놓여 있었다.

처음에는 내가 만들었지만, 귀인족 메이드들의 연구가 진행되어 내가 만든 군만두보다 압도적으로 맛있어졌다.

분하기는 하지만, 식사는 맛있는 게 좋다.

…………어라?

어? 설마……

주방에 있는 귀인족 메이드, 집합!

만두 안에 수박 시럽이 들어간 것이 있는데, 어찌 된 일일까?

여흥? 그것도 중요하지만, 도박 요소는 필요 없어. 반성하도록. 그리고, 수박 시럽을 몇 개나 넣어두었지?

열 개?…………꽤 많은걸.

그날 저녁은 조금 소란스러웠다.

짧은 이야기 : 인페르노 울프의 서열

쿠로의 종족인 인페르노 울프에게는 서열이 있다. 기본적으로 그 서열은 수컷에게만 있다. 암컷은 파트너인 수컷 다음이다. 그래서 현재 상황은 위에서부터, 쿠로, 유키, 쿠로1, 아리스, 쿠로2, 이리스, 우노, 쿠로3, 쿠로4, 에리스가 된다.

이 서열은 절대적이지만, 무너지지 않는 것은 아니다. 하위 수컷이 상위 수컷에게 결투를 청해 이기거나, 무리에 크게 공헌하거나 하면 서열이 변동한다. 하지만 거의 고정이다.

결투를 시도하는 것은 대부분 태어난 지 1년 이내의 어린 개체이며, 도전을 받는 것은 거의 같은 시기에 태어난 개체들이다. 즉, 젊은 세대의 서열 형성에서만 행해진다.

그 밖에는 무리 밖에서 온 개체의 서열 형성으로 싸울 때도 있지만, 대체로 하위에서의 다툼으로 마무리되고 있다.

무리에 공헌하는 수단은 많지만, 원래가 서열에 따른 임무가 주어지기 때문에, 엄청난 이변이 없으면 평가받을 정도로 공헌할 수 없다.

그러니까 쿠로의 지위는 변하지 않는다. 등을 바닥에 대고 누워 있어도 안심이다.

…………

하극상은 안 당할까?

쿠로1, 쿠로2, 쿠로4는 직계 자식이니 그런 일은 생각하지 않는다고 해도…… 나는 근처에 있던 우노를 힐끗 보았다. 열심히 머리를 옆으로 흔들었다. 절대로 싫다는 의사 표시. 쿠로의 지위는 역시 안정적인 모양이다.

그건 그거대로 괜찮지만, 향상심이 없는 것도 문제 아닐까? 그렇게 생각했더니, 우노에게 '향상심 운운이 아니라, 역할 분담입니다' 라는 말을 들었다. 그런 거야?

나는 다시 한번, 기분 좋게 드러누워 있는 쿠로를 보았다.

………….

무엇을 분담하고 있는 걸까?

그렇게 생각하고 며칠 후.

저택의 한쪽 구석에서, 유키, 아리스, 이리스, 쿠로3, 에리스가 다투고 있었다.

사건의 발단은 오늘 아침.

올해 태어난 쿠로네 아이가 몰래 저택 외벽에 오줌을 싼 것이 발각되었다. 배설은 정해진 장소에서 한다는 규칙이 철저히 지켜지지 않은 것이다.

이에 유키가 화를 내며, 아이들 교육이 어떻게 된 것이냐며 아리스, 이리스, 쿠로3, 에리스를 꾸짖고 있다. 하지만 혼나는 당사자들에게도 할 말이 있기에 다투고 있는 것이다.

그런 식구들에게 평소보다 늠름한 표정을 한 쿠로가 다가와 한 번 짖었다. 내용적으로는 '다들 뭘 말하고 싶은진 알겠지만, 우선 머리를 식혀라.' …… 같은 느낌일까?

그것을 듣고, 다른 식구들은 서로 얼굴을 마주 본 뒤 해산했다. 과연, 쿠로도 할 일은 잘하고 있는 거구나.

어디에 숨어 있었는지, 쿠로1, 쿠로2, 우노, 쿠로4가 다가와 쿠로를 칭찬하고 있다. 쿠로도 만족스러운 표정이다.

응? 뭐지? 그대로 쿠로를 유도해서…… 복도로 나가고…… 조금 더 가더니…… 방으로 들어가네?

………….

그 방에는 덜덜 떨면서 얌전히 앉아 있는 쿠로네 아이와 노기를 뿜어내는 앤이 있었다.

상황으로 보니, 저 떨고 있는 쿠로네 아이가 저택 외벽에 오줌을 눈 것일까? 쿠로1네 모습으로 봐서는 그런 것 같다.

그리고, 쿠로1네는 쿠로네 아이를 돕기 위해서인지, 앤의 비위를 맞추기 위해서인지, 쿠로를 앤에게 가도록 하고 있다.

역시 그 자리에 가는 것은 싫었던 쿠로는 문 근처 바닥에 엎드려 단호히 거부하는 자세. 그런 쿠로를 쿠로1네가 코로 민다.

쿠로는 바닥에 발톱을 세워 저항하고 싶지만, 그런 짓을 했다간 앤에게 눈총을 살 것을 알고 있기에 할 수 없다. 바닥에 엎드린 채 질질 끌려 앤의 앞까지 옮겨지고 말았다. 그것을 앤이 보고 있다.

어떻게 할까? 쿠로는 엎드린 자세로 앤의 눈치를 살폈지만, 곧바로 앉는 자세를 취했다. 포기한 거겠지. 뒤에 있는 쿠로1네도 마찬가지로 앉는 자세.

그리고 평소보다 1.5배는 진지한 얼굴로, 쿠로가 죄송하다며 고개를 숙였다. 앤은 움직이지 않았지만, 쿠로네도 움직이지 않았다.

긴 시간이 흘렀다.

아니, 실제로는 30초 정도지만. 먼저 움직인 것은 앤이었다.

“쿠로 씨. 이 아이는 쿠로 씨의 직계 아이가 아니겠지만, 무리의 우두머리로서 규칙을 철저히 지키게 해 주세요.”

알겠다며 쿠로가 다시 고개를 숙인다.

“그러면 뒷일은 쿠로 씨에게 맡기겠습니다.”

앤은 그렇게 말하고 방에서 나갔다. 그래도 쿠로네는 고개를 숙인 자세로 움직이지 않는다. 앤이 돌아올지도 모르기 때문이다. 그러니 흐트러진 모습은 보이지 않는다. 지금까지의 경험이 그렇게 만든 듯하다.

쿠로네가 움직이기 시작한 것은 5분 정도 지나서였다. 쿠로가 떨고 있던 아이를 향해 가볍게 한 번 짖었다. 규칙을 잘 지키라는 느낌일까.

떨고 있던 쿠로네 아이는 힘없이 고개를 숙이고, 방에서 나갔다. 몹시 반성하고 있는 모양이다.

그리고 쿠로는 쿠로1네를 향해 강하게 한 번 짖었다. 이럴 때만 의지하지 말라는 느낌일까.

하지만 쿠로1네는 신경 쓰지 않는 듯, 떨고 있던 쿠로네 아이를 쫓아 방에서 나갔다. 그런 쿠로1네를 보고 쿠로는 크게 한숨을 쉬고…… 나를 발견했다.

쿠로는 화난 것처럼 내게로 왔다. 미안해. 보고 있지만 말고, 도와주어야 했을까.

하지만 화가 난 앤을 상대로 훌륭했다. 응? 발을 보라고?……떨고 있네. 그랬군. 무섭지 않았던 건 아니었구나. 그래, 착하지.

나는 쿠로의 머리를 쓰다듬어 주었다. 그리고 앤을 옹호해 주었다. 앤도 나름대로 저택을 생각해서 그런 거야. 너희한테 원한이 있어서 꾸짖은 건 아니니까.

알겠지? 그렇다면 앤에게 들은 대로 규칙을 철저히 지키자.

참지 못했을지도 모르지만, 하다못해 외벽은 그만두었으면 좋겠다. 썩으니까.

그런 식으로 쿠로를 위로하고 있자, 유키가 다가와 쿠로를 밀쳐냈다. 쿠로는 불만을 말하고 싶은 눈치였지만, 유키가 노려보는 바람에 그대로 유키에게 양보했다.

아, 아리스네와의 말다툼에서 유키 편을 들지 않은 것에 화가 났구나. 쿠로는 '어쩔 수 없잖아' 같은 느낌으로 유키에게 애교를 부리지만, 유키는 찰싹 때린다. 사이좋은 모습이다.

…………….

그나저나 서열이란 대체 뭘까? 나는 유키의 머리를 쓰다듬으면서 그렇게 생각했다.

6 별채

마을 거주 구역에 있는 세계수의 뿌리 부근에서, 피닉스의 병아리 아이기스가 무언가를 하고 있었다.

…………….

어디서 구했는지 모를 대량의 목재를 톱으로 자르고 크기를 맞추며, 대패로 다듬고, 끌로 가공하고 있는 듯하다.

가공 상태를 보니 다섯 마을에서 난 목재일까? 완성되어 가는 목재를 보니…… 집의 부품을 만들고 있는 듯하다.

이곳으로 이사하게? 아닌가? 이것은 독수리를 위한 집?

독수리의 집이라고 할까…… 독수리 둥지는 세계수 위에 있지 않아? 무슨 일이라도 있었어?

너무 개방적이라서, 만들어 주려고 한다고? 그렇군.

그러고 보니 나도 본 적은 없지만, 독수리 둥지는 일반적인 새 둥지일 것이다. 그래서 새로 만들어 준다니, 아이기스도 참 상냥하네.

하지만 부품을 보니 평범한 단독 주택 느낌이 될 것 같은데? 문도 있지? 독수리가 사용할 수 있을까?

내가 그 말을 아이기스에게 전하려고 하자, 독수리에게 저지당했다.

아이기스의 마음을 헛되이 하지 않겠다. 어떤 집이라도 잘 쓸 거니까 말리지 말라고?

그 마음은 인정하지만, 신체 구조를 생각해서 무리한 짓은 하지 마. 아이기스는…… 그게, 여러모로 특별하니까.

하체에 힘을 주고 훌륭하게 대패질하는 아이기스를 보며, 나는 그렇게 생각했다.

자.

나는 세계수에서 조금 떨어진 곳에 있는 하이엘프의 집 화단을 들여다보았다. 목적은 꽃이 아니라, 화단에 숨은 산 엘프.

너희지? 아이기스용 목공 도구를 준비한 건.

그 산 엘프 옆에서, '내가 키웠습니다' 같은 얼굴인 하이엘프들은 건축 기술 지도자인가.

아니, 딱히 상관없지만. 나쁜 일은 아니니까. 아이기스만이 아니라, 아이들에게도 꼭 가르쳐 주면 좋겠다.

아, 가장 이해력과 소질이 좋았던 것이 아이기스였나. 그랬구나. 힘내라 아이들아.

그나저나 한가하면, 잠시 어울려 줄 수 있을까? 그래. 아이기스가 만드는 걸 보니 자극받았어. 저택 안뜰에 별채를 지을 거니까, 도와주길 바란다.

별채라고는 해도, 내가 생각하고 있는 것은 일본풍 사랑채 한 칸.

현관을 겸한 마루와 다다미를 깐 방 하나 정도의 이미지. 방 벽의 한 면은 장지가 이상적. 지붕은 띠풀로 엮고…… 아, 툇마루가 있으면 좋겠다.

이 별채의 목적은…… 으음…… 뭘까?

신경 쓰지 말자. 짓는 것이 목적이다. 그러니 완성하고 나서 생각하자.

안뜰에서 햇볕이 잘 드는 곳에…… 닭들이 점령하고 있어서 이동하게 한 뒤, 여기에 짓기로 결정한다.

밧줄을 쳐서 대략적인 크기를 확인하고, 하이엘프들과 상담하여 목재를 조달. 단층집이라서 그다지 필요 없을 줄 알았는데, 집 한 채 분량이 되니 역시 제법 많다.

그 목재를 가공하는 것은 조금 힘들겠다고 생각하는데, 도와주는 하이엘프와 산 엘프가 늘어나 있었다. 수인족 아가씨들과 자부톤의 아이들도 있다. 고마워. 이러면 금방 완성될 것 같다.

아, 쿠로네 아이들도 있구나. 저기, 무리하지 마. 응원으로 괜찮아. 응, 응원이 든든해.

우여곡절 끝에 별채는 3일 만에 완성되었다. 음, 인해전술의 훌륭함.

방에 깔린 다다미는 완성된 방에서 역산하여 만든 특별 제작품. 그래서 다다미 넉 장 반이 되었지만, 실제의 다다미 넉 장 반과는 다르다.

이 부분의 규격화는 나중에 하자. 지금은 신경 쓰지 않는다. 이 별채의 방은 다다미 넉 장 반이라고 밀어붙인다.

장지도 특별 제작품. 이것은 산 엘프들이 장지의 틀 안쪽에 나무를 붙여 세공하고 종이를 붙여 만들었다.

내가 생각했던 장지보다 고급스러운 느낌이 든다. 대단하다, 산 엘프들!

초가지붕도 잘 만들었다. 이것은 하이엘프들이 담당.

내가 요청했다고 할까, 초가지붕을 대충 설명하기만 했는데, 번듯한 초가지붕이 되었다.

사실은 띠풀이 아니라 용도에 맞게 잘 견딜 것 같은 풀이라고 하지만…… 신경 쓰지 않는다. 나도 띠가 어떤 풀인지 모르고. 애초에 여러 가지 풀의 총칭이었던가?

자세한 것은 그냥 넘어가자. 어쨌든 완성한 것이다.

…………

다시 완성된 별채를 보고, 내가 상상한 것은…… 다실. 응, 다실이네.

다다미 일부를 걷어내고, 화로를 놓을 장소라도 만들까. 사용할 일이 있을까?

나는 다다미방에서 벌렁 옆으로 눕는다. 으음.

…………….

역시 다다미 냄새라고 할까, 골풀 냄새가 좋다.

다섯 마을의 요우코 저택에도 다다미방을 만들었지만, 거긴 요우코에게 빼앗겼으니까. 여기는 사수하고 싶다.

좋아, 일단 완성된 것을 축하하며 바비큐라도 할까. 도와준 사람들에게 보답해야지.

바비큐는 되도록 별채…… 다실이라고 할까.

다실 근처에서 바비큐를 하고 싶지만, 불을 가까이 두는 건 좀 무섭다. 완성 직후에 불이 나서 전소라도 되면, 며칠 동안은 회복하지 못할 것 같다.

그러니 떨어진 장소에서 바비큐. 아아, 도와준 사람에게 감사를 표하는 바비큐지만, 도와주지 않은 사람도 참가해도 돼. 다른 일을 하고 있었을 테니까. 다실 만들기는 굳이 따지자면 놀고 있던 거나 마찬가지니까.

무투대회 연습을 하고 있었다고? 그래도 상관없어. 계속 구울 거니까, 든든하게 먹어 줘.

다음 날.

아이기스는 어떻게 됐나 하고 보러 갔더니, 완성된 집을 세계수

위로 운반하고 있는 참이었다.

집을 운반하고 있는 것은 세계수에 사는 거대 누에들. 누에실로 집을 끌어올리고 있다. 아아, 몇몇 자부톤의 아이들도 협력하고 있는 모양이다.

나도 거들고…… 싶었지만, 도울 일이 없을 것 같아서 지켜본다.

그나저나 완성된 집은…… 문이 있는데, 독수리가 열 수 있을까? 창문을 열어두고 그곳으로 드나드는 거야? 게다가 아이기스는 아직 뭔가 더 만들고 있는 모양인데…… 침대와 테이블과 의자인가.

훌륭한 물건이 될 것 같지만, 사용하는 독수리도 생각해 주렴. 응, 의자의 등받이를 없애거나 하는 그런 것이 아니라…… 아니야. 응, 힘내.

독수리가 째려보니 쓸데없는 말은 하지 않는다.

나는 아이기스가 있는 곳에서 벗어나, 다실로 향한다.

목적은 없지만, 그곳에서 느긋하게 지내는 것도 좋을 것이다.

…………………

다실은 닭들에게 점령당했다. 다실 안도 지붕 위도.

………….

여러 가지를 포기했다.

음, 그러니 다다미와 장지를 회수해도 될까? 아, 다다미는 이미 너덜너덜해졌구나. 유감이다.

게다가 장지는…… 이제부터 추워질 텐데, 장지를 걷어내면 어떻겠냐고? 아니, 이미 구멍투성이가 되었지만…… 으음, 그러면 그대로 두자.

다실은 새로운 닭장이 된 모양이다.

그날, 마을에 새로운 밭이 늘었다.

가을 수확 전이지만, 새로운 밭이다. 몸을 움직이고 싶었다.

피곤하진 않지만, 개운했다.

아아, 밭만 갈아 놓았다. 곧 겨울이니까. 뭔가 키우는 것은 봄이 된 후에 하자.

잡담 라멘 가게 주인장의 이야기

나는 어떤 마을에서 농사를 짓고 살았다. 하지만 농사만으로 먹고살 만큼 마을은 부유하지 못했고, 마을 남자들은 정기적으로 산적이 되었다.

통행하는 상인들을 위협하고, 통행료를 갈취하는 것이다.

죽이거나 상품을 전부 빼앗거나 하지는 않는다. 그런 짓을 했다간 군대가 움직일 가능성이 커지니까.

끔찍한 이야기지만, 이런 일은 여기저기서 벌어지고 있다. 우리만 나쁜 것이 아니다.

하지만 현실은 부조리했다.

우리를 토벌하기 위해 모험가가 고용되었다. 너무 지나쳤던 걸까? 상인에게 중요한 물건을 빼앗았나? 통행료로 빼앗는 상품은 상인이 고르도록 했다. 고가품을 빼앗거나 하지는…… 마을 남자 중 한 명의 행동이 이상했다.

일부 사람이 멋대로 산적 행위를 하고 있었다고 했다. 게다가 꽤 대대적으로. 이 바보가!

모험가들은 우리를 차례로 붙잡아 감옥에 처넣었다.

감옥에 들어가면 이제 죽을 때까지 일만 할 뿐이다. 즉, 끝장이다. 아아, 끝장이어도 상관없다. 하지만 제멋대로 군 자들만은 용서할 수 없다.

나는 제멋대로 군 자들이 도망치려는 것을 붙잡아 모험가들에게 넘겼다.

그것이 좋았는지, 모험가는 나를 붙잡지 않고 풀어주었다. 고마운 이야기다.

하지만 풀려나도 별수 없다는 생각도 든다.

무엇보다 마을 남자들은 대부분 붙잡혔다. 남은 일부 남자와 많은 여자, 그리고 아이들만으로는 마을을 유지할 수 없다. 아니다. 산적 행위가 필요해진 시점에서 유지되고 있지 않았던 건가.

그들은 마을을 버리고 멀리 있는 지인을 의지할 거라고 한다. 가까운 지인들은 이번 산적 토벌로 똑같이 당했으니까.

내게는 지켜야 할 아내도 자식도 없었기에 그들과 함께 행동하지 않고 혼자 살아가는 길을 선택했다.

그래서 문제없이 살 수 있었다면 산적질 따위는 하지 않았을 테고…… 금방 궁지에 몰렸다.

하지만 행운이 내게 미소를 지었다.

도적단에 거둬진 것이다. 게다가 그 도적단은 백 명이 넘는 대규모 조직. 하지만 잔혹한 행위는 하지 않는다. 우리가 하던 산적질과 마찬가지로 통행료를 갈취하는 방식. 넓은 구역을 차지하고, 그럭저럭 생활할 수 있었다.

나는 이 도적단의 일원이 된 것을 기뻐했다.

하지만, 현실은 부조리했다.

내가 도적단에 몸을 의탁하고 몇 년 뒤, 한 악마족이 도적단을 습격했다. 그리고 위협당했다. 무언가 찾는 물건이 있는 듯했다.

알아서 찾으라고 말하고 싶었지만, 거역할 상대가 아니다. 우리는 그 악마족이 찾는 물건을 찾아 행동을 개시했다.

구역이 아닌 곳까지 손길을 뻗은 것이 문제였을 것이다. 우리는 마을 사람들과 경비병들에게 붙잡혔다.

그리고 기다리고 있는 것은 강제 노동.

결국 산적 행위를 했을 때 그냥 넘어가 주지 않았더라도 같은 최후였던 건가. 하하하. 게다가 그 강제 노동의 감독이 우리를 위협한 악마족 프라다라니! 끔찍한 농담이다. 이 악마족 때문에 우리는 붙잡힐 짓을 하게 된 것이다! 그게 감독이라니! 장난치지 마라!

그렇게 소리친 것은 처음뿐이었다.

붙잡힌 곳에서 준비된 것은 제대로 된 숙소. 한 방에 여러 명이 들어갔지만, 이전 생활을 생각하면 충분했다.

게다가 선택지는 적어도 어디서 일할지 고를 수 있었다.

우선 크게 모험가 그룹과 노동자 그룹을 선택하게 된다.

모험가 그룹에 소속된 자는 모험가로서 활동한다. 마수나 마물 퇴치, 분실물 찾기, 약초 채집 등 몸을 써서 일하고 돈을 벌라는 것 같았다.

노동자 그룹에 소속된 자는 목수 일 돕기나, 음식점 점원 일을 하며 돈을 번다.

어느 쪽을 선택하든 하루하루의 식사가 곤란할 일은 없었다.

그리고 죄에 상응하는 금액을 납부함으로써, 강제 노동은 종료. 해방된다.

이것들은 이 마을의…… 아니, 촌장의 대행인 요우코 님의 재량이라고 들었다. 악마족 프라다도 순순히 따르고 있으니, 혹시 여신님인 걸까?

뭐가 어찌 되었든, 나는 노동자 그룹에 소속되었다. 이유는 일할 곳을 고를 수 있고, 게다가 음식점에서 일하면 식사를 주기 때문이었다. 끼니 걱정을 하지 않는 것은 고마운 일이다.

나는 열심히 일했다. 내게는 요리사의 재능이 있었던 모양이다. 어느새 점장에게도 의지를 받으며 충실한 나날을 보냈다.

해방은 순식간이었다.

감독인 프라다도 우리를 빨리 해방하고 싶었던 것 같다. 딱히 툴툴대지 않았다. 아니, 먼저 해방되어서 부럽다는 눈으로 보기는 했지만.

일하는 동안의 임금을 전부 납부한 건 아니었다. 그랬다간 해방된 순간 소지금이 없어 생활하기 어려워진다. 그래서 어느 정도의 돈이 수중에 있었다.

하지만 나는 해방된 후에도 전에 일했던 가게 점장에게 부탁했다. 이대로 계속 일하게 해 달라고.

이 가게에서 일하는 것에 나는 행복을 느낀 것이다. 산적질이나 강도짓을 했을 때와는 다른 충실감을.

그러나 점장은 거절했다.

"이 바보야. 네 요리 실력은 충분하다. 작은 내 가게에서 일하고 있을 때가 아닐 텐데."

네?

"네 가게를 차리라는 말이다. 재료를 조달하는 곳은 소개해 줄 거고, 자금 원조도 해주마."

점장님…….

"너라면 할 수 있어. 아니, 해내라."

네, 해내겠습니다! 감사합니다!

나는 그렇게 대답하고 가게를 갖게 되었다. 내 가게를. 점장의 자금 원조만으로는 부족했지만, 이 마을에 있는 상점 원조 제도를 이용해서 자금을 빌릴 수 있었기에 어떻게든 되었다.

소개하겠다.

내 가게는 라멘 가게라고 불리며, 다섯 마을에서 유행 중인 요리를 내는 가게다.

찾아온 손님을 배불리 채운다는 목적으로 양을 조금 많이 담고 있다. 조금…… 뭐, 다른 가게의 곱빼기…… 아니, 산더미 같은 양이지만, 우리 가게에서는 이것이 보통이다!

물론 남기지 않고 다 먹을 수 있도록 연구를 거듭하고 있다. 면발이 불지 않도록 굵게 하고, 단단하게 내놓는다. 잘은 모르겠지만 채소를 많이 먹으면 건강에 좋다고 하기에, 채소도 잔뜩 추가했다! 마늘이 많은 것은 내 개인적 취향이다!

처음에는 불안했지만, 꾸준히 와주는 단골손님도 생겼고, 다섯 마을에서 유명한 라멘 여왕도 가게를 방문해 주었다. 내 라멘 맛을 훔치러 오는 불한당도 있었지만, 내 가게에서 일하고 싶다는 고마운 녀석들도 찾아왔다.

뭐, 남기는 손님이 어느 정도 있어서 식재료를 낭비하지 않기 위해 면허제 도입이나 보통 사이즈 표기 변경 지도를 받기도 했지만, 어떻게든 해나가고 있다.

응? 지도 후에는 어떻게 했냐고?

"우리 가게의 보통은 흔한 보통이 아니야. 먹는 양에 자신이 없으면 작은 걸 시키라고."

작은 사이즈를 준비하고, 주문 전에 이렇게 경고하기로 했다. 내가 생각해도 좋은 아이디어 같다. 작은 사이즈를 시키는 손님이 아직 찾아오지 않는 것은 다소 유감이지만.

아무튼 나는 이 가게를 지키고, 키워나갈 것이다! 반드시!

어이쿠, 프라다 님. 오랜만입니다. 네, 잘하고 있습니다.

식사 전이라면 대접하겠습니다, 라멘.

네? 아아, 강제 노동의 일터로 저희 가게를? 저도 신세를 졌으니까요. 물론 기꺼이 맡겠습니다.

이쪽에서 바라는 점이요? 그렇군요…… 저희 가게 라멘 맛을 알고, 그래도 문제없다는 분이 좋겠네요.

잘 부탁합니다.

잡담 크라우덴의 귀국

내 이름은 크라우덴. 마음속에 라멘을 품은 남자다.

다섯 마을에 뼈를 묻고 싶었지만, 조국으로 돌아가게 된 서글픈 남자이기도 하다.

내가 태어난 왕국의 왕도, 그 중앙에 있는 왕성에서 나는 국왕인 아버지와 면회했다. 알현실이기는 하지만, 아버지와 단둘이어서 비공식으로 말이다.

"이 바보 자식! 뭘 하고 온 것이냐! 네가 마음대로 하게 놔둔 것은 나라에 피해를 주지 않고 정보를 가져오기 때문이었다. 그런데 마왕국에서 붙잡히다니…… 한심하구나."

흠, 그건 뭐라고 드릴 말씀이 없습니다. 그럼 국외 추방이라도 해주십시오.

"그렇게 해주고 싶지만, 그건 너를 기쁘게 할 뿐이야. 벌이 되지 않아. 그리고 너를 추방하면 네 어미가 화낼 것이다."

그러시겠죠. 그렇다면 어떻게 하시겠습니까?

"아무것도 안 한다. 지금까지 하던 그대로다."

그것으로 괜찮으십니까?

"네 일로 마왕국과 협상이 진전되었다. 그 점은 도움이 되었다."

그렇다면 성으로 불러 호통칠 필요도 없지 않았습니까?

"흥, 붙잡힌 것에는 화가 난다. 일부러 그런 것이냐? 아니면 방심한 것이냐?"

둘 다 아닙니다. 진심으로 임한 결과입니다.

"네가 붙잡힐 정도로 만만찮은 곳이냐?"

다섯 마을은 그렇습니다. 검성이 있으니까요.

"뭐라고……?"

검성 피리카 님입니다. 저는 그분에게 붙잡혔으니까요.

"그건 또…… 무사해서 다행이라고 해야 할지, 아니면 배신했다고 규탄해야 할지."

모르는 척하는 것이 최선일 듯합니다.

"그렇겠지. 모처럼 정리한 마왕국과의 협상이 엎어지기라도 하면 곤란하다."

그리고 또 하나.

"아직 뭔가 더 있느냐?"

예, 성녀도 그곳에 있었습니다.

"…………성녀라고 하면 몇 년 전의 그? 너는?"

들키지 않았으니 괜찮을 거라고 생각합니다. 쟁탈전 때는 얼굴을 감췄으니, 들켜도 문제없다고 생각합니다만.

"성녀를 적으로 만드는 것만은 피해라. 신을 적으로 만들 생각은 없다."

알고 있습니다. 그래서 이쪽에서 접근하지도 않았습니다.

"잘했다. 하지만 갈수록 마왕국에는 이길 수 없게 되는군."

마왕은 검성도 성녀도 이용할 생각은 없어 보입니다.

"그렇다고 해도 말이다. 어째서 저울이 이토록 기울기 전에 깨닫지 못했을까……"

그러게요. 저를 포함해서이지만, 어디선가 저주라도 걸려 있었던 게 아닐까요.

"누군가에 의해 인간과 마족이 다투도록 저주가 걸렸다는 이야기인가. 웃을 수 없군."

저는 상당히 신빙성 있는 이야기라고 생각합니다만. 게다가 저주를 건 누군가가 궁금합니다.

"흥. 저주가 진실이라면 마신이 원흉일 것이다."

마신은 마족의 수호신 아닙니까? 저주로 마왕국도 피폐해졌는데요?

"지상에 내려온 마신의 최후는, 신에 의한 봉인이다. 그때 세상을 원망했다는 이야기가 있다. 인간도 마족도 관계없을 것이다."

그렇군요.

"뭐, 전설 속 이야기다. 진실인지 아닌지는 모르고, 저주가 사실인지 아닌지도 모른다."

그렇겠죠.

"그것보다 다른 나라들은 어떻지? 마왕국에서 보았느냐?"

다른 나라들 말입니까? 아, 물론 우리 왕국과 마찬가지로 움직이기 시작했습니다. 다만 발을 맞추지 못하는 곳이 많더군요.

"그러냐. 방해는 했느냐?"

저는 하지 않았습니다. 다만 마왕국과 다툴 것 같은 곳의 정보는 마왕국에 흘렸습니다만.

"그것이 너였나. 잇달아 붙잡히고 있다는 보고는 받고 있다."

소식이 빠르군요.

"주변 나라들이 소란을 피우고 있으니 말이다. 알기 싫어도 귀에 들어온다."

아, 정보의 보수는 이미 제가 개인적으로 받았습니다. 마왕국에 더 요구하지는 마십시오. 비웃음을 살 테니.

"그럴 리가 없지 않느냐. 그런 짓을 했다간 주변 나라들이 적이 될 것이다."

현명한 왕을 모실 수 있어서 행복합니다.

"흥. 그래서 어떠냐? 그 이야기는 생각해 보았느냐?"

……제가 다음 왕이 되는 이야기 말입니까? 형님이나 동생들이 화낼 겁니다.

"가장 강하고, 우수한 자가 잇는 것이 왕국을 위한 일이다."

형님도 동생도 무능하지는 않습니다.

"유능하지도 않다. 적당한 귀족의 꼭두각시일 뿐이지. 네가 내 자식이라는 것은 다 아는 사실이다. 거기에 공작가의 딸과 결혼 이야기를 추진하면, 네가 왕이 되어도 이상할 건 없다."

제가 사생아라는 사실을 감추지 않았으니까 말이죠. 이웃 나라에서도 저는 왕자 취급이었습니다.

"네 어미가 애썼으니까 말이다."

어머니께는 감사하고 있습니다. 하지만 왕이 되라는 이야기는 거절하겠습니다.

"괜찮겠느냐? 야심은 있지 않았느냐?"

야심 말입니까. 뭐, 확실히 있었죠. 나라의 왕이 되어 저를 사생아라며 얕보던 자들에게 보란 듯이 복수해 주겠다는 야심이.

모두 시시한 과거입니다. 아무래도 좋습니다.
"거짓말 같지는 않구나. 무엇이 너를 그토록 바꾸었느냐?"
라멘입니다.
"뭐라고……?"
라멘입니다.

한 달 뒤.
왕국과 마왕국의 교역량을 늘리는 데 성공했다. 왕국의 상인들은 기뻐했다. 동시에 형과 동생에게 눈총을 샀다. 왕위는 노리지 않는다고요. 마음대로 하세요.
게다가 나는 라멘에 관한 책을 완성했다.

두 달 뒤.
주변에 읽어 주는 방식으로 라멘 홍보 활동을 하는 단체를 설립했다.
라멘은 마음!
라멘을 아는 상인과 의기투합했다. 라멘 이야기로 밤늦도록 분위기가 고조되었다.
라멘은 사랑!

석 달 뒤.
마음속의 라멘만으로는 만족할 수 없게 되었다. 나는 아직도 미숙하다!

스승님, 대스승님! 죄송합니다! 이 미숙한 크라우덴을 비웃어 주십시오!

나는 조국에서 도망쳤다.

목적지는 다섯 마을! 평범한 사내가 된 크라우덴이 지금 돌아갑니다!

Farming life in another world.

Final chapter

Presented by
Kinosuke Naito
Illustrated by
Yasumo

〔 종장 〕

마을 밖 소동

잡담 곤경에 처한 마을

내 이름은 골. 수인족 남자다.

직업은 마왕국 귀족학교의 교사지만, 학교에는 거의 머물지 않는다.

이래도 되는 걸까? 안 될 것 같은데? 아니, 그렇지 않다. 응, 그렇지 않다.

내가 학교에 없는 이유는 마왕국에서 의뢰가 들어와서 그렇다.

지방에서 곤경에 처한 마을이 있는데, 그 해결을 부탁하고 싶다는 내용.

왜 그런 이야기를 나한테 하는지 생각했는데, 얼마 전에 있었던 지방 반란 진압 때 알게 된 지방 관리가 나라면 어떻게든 해줄 것이라고 강하게 요청한 모양이다. 내 뭘 보고 그렇게 생각했는지는 모르겠지만, 곤란한 사람이 있다면 해결해 주고 싶다. 나는 그 의뢰를 받아들였다.

일단 신혼인 아내들과 상의한 다음에. 무슨 일이든 상의하는 게 중요하다. 내 마음대로 결정하면 다툼이 생긴다. 장인어른들이 이상하게 힘껏 조언한 것이 인상적이었다. 뭐, 그런 조언이 없어도 상의는 하겠지만.

그리고 지금 나는 두 아내와 함께 마왕국의 지방에 와 있다.

…………….

바람을 피울 거라고 의심한 걸까? 아니다. 실(아내가 9명)의 사례가 있어서 걱정한 걸지도 모른다. 조심하자.

지방에서 곤경에 처한 곳은 180명쯤 되는 고블린 종족이 사는, 제법 큰 마을이었다.

고블린은 마왕국의 주요 구성 종족 중 하나이지만, 독자적인 문화가 강하고 다른 종족과 교류하면 다투기 쉬워서 마을이나 부락 단위로 독립해서 생활하는 경우가 많다.

그렇다 보니 본래라면 고블린 마을에 문제가 생겨도 고블린끼리 알아서 해결하지만, 도저히 감당할 수 없어서 마왕국에 지원을 요청한 모양이다.

"일단은 이 근방 영주가 자체적으로 해결하려고 했던 거죠?"

내 아내 중 한 명인 엔데리가 마을 모습을 보며 나한테 물어보지만, 대답한 것은 다른 아내인 키리사나.

"이 근방의 영주…… 기마 남작의 힘으로는 감당할 수 없었다고 하네요."

아내들은 예전부터 아는 사이인 듯하고, 사이도 나쁘지 않다. 두 사람의 부모는 정치적 경쟁자 관계이지만, 본인들은 신경 쓰지 않으니 아무 문제도 없다.

"마을의 방비는 충분해 보이니, 내정 관계의 문제일까요?"

"그랬다면 기마 남작이 어떻게든 했을 겁니다. 일부러 왕도에 지원 이야기가 올라올 정도이니, 외적 문제일 것 같은데요……."

"기마 남작에게 이야기를 듣고 싶었는데 말이죠."

그렇긴 하지만, 비젤 아저씨가 우리를 갑자기 현지에 내던졌으니 어쩔 수 없다. 고블린 마을이 곤경에 처했다는 수준의 정보밖에 없다.

하지만 엔데리와 키리사나의 지적대로, 마을의 방비는 잘 갖춰져 있다. 큰 파손도 없는 듯하다. 고블린의 인구를 생각해도 마을에 문제는 없는 것처럼 보이는데…….

"머, 멀리서 와 주셔서, 감사합니다. 기다리고 있었습니다."

나와 아내들은 마을 대표라고 밝힌 고블린에게 인사를 받았다.

………….

이 대표는 나보다 덩치가 큰데도 패기가 없다. 아니, 상당히 피로한 기색이다.

대표 뒤에 있는 고블린들도 마찬가지로 피로한 기색인 것으로 보아, 뭔가 문제가 있는 것은 틀림없는 듯하다.

자, 어떤 문제일까……?

우리는 대표를 따라서 마을 주위에 있는 밭 근처로 이동했다.

"깨끗하게 수확되었죠?"

응, 그렇다. 마을을 방문하기 전에도 보았지만, 감탄할 정도로 깨끗하게 수확되었다.

"이건 우리가 수확한 게 아닙니다."

어?

"저놈들이 수확한 겁니다."

대표는 근처 숲을 손으로 가리켰다.

그곳에서 몇 개의 눈이 보인다. 저건…… 원숭이?

"그렇습니다, 원숭이입니다. 저놈들이 멋대로 수확해서 가져가

버린 겁니다."

………………어? 원숭이가 이렇게 깔끔하게 수확했어?

"네. 올해 수확은 전멸입니다. 영주님께 부탁해서, 군대를 보냈지만, 원숭이 상대로는 어쩌질 못해서……."

"기마 남작, 군대를 보냈었구나."

"그리고, 졌다는 거네……."

엔데리와 키리사나가 놀라고 있지만, 잠시 기다려 주길 바란다.

아무리 그래도 군대를 보내서 원숭이를 퇴치하지 못한 건 이상하다. 원숭이 말고 뭔가 다른 원인이 있는 것 아닐까?

"아뇨, 원숭이밖에 없습니다. 서른 마리 정도의 무리입니다."

기마 남작은 몇 명의 병사를 보냈지?

"스무 명 정도의 병사를 보내주셨는데, 숲에 진을 친 원숭이를 쫓아내지 못한 채 부상자만 늘어나서……."

철수했다는 거군.

상대가 서른 마리라고 해도, 스무 명의 병사로 지는 건가?

쫓아내는 것 정도는 할 수 있을 거라고 생각하는데…….

"실은 그게…… 저희가 부탁한 것이 있어서 말입니다……."

부탁?

"네. 저희에게는 죽이면 먹는다는 규칙이 있습니다. 먹지 않는다면 죽이지 않죠. 그래서 말입니다, 원숭이를 죽이면 먹어 달라고 부탁했는데……."

………………….

원숭이를 먹어?

나는 잠시 생각하고, 엔데리와 키리사나를 봤다. 둘 다 고개를 가로저었다. 확실히 원숭이는 먹고 싶지 않을지도 모르겠다.

기마 남작의 병사들도 똑같이 생각하고, 죽이지 않으려고 하다가 졌다는 건가.

“그리고, 쫓아내는 것은 좀…….”

쫓아내면 안 되는 거야?

“쫓아내면 저희 마을은 살겠지만, 다른 마을에 폐를 끼치게 될 테니까요.”

끙. 확실히 그렇다.

“마지막으로, 이 근방에서 마법 사용은 좀…….”

마법을 쓰면 안 되는 거야?

“숲 너머에 있는 산이 보이십니까?”

어? 아아, 확실히 산이 있네.

“저기엔 이 근방의 질서를 지키는 강한 드래곤이 살고 있어서, 만약 마법이 적대 행위로 여겨지면…….”

아…… 납득했다.

저 산은, 남방 대륙 중앙에 펼쳐진 천칭산뢰(天秤山牢)의 일부. 라이메이렌 씨의 둥지다.

그렇다면 저 원숭이들을 어떻게 해야 하지?

“마을 작물에 손대지 않게끔 길들여 주십사 합니다.”

…………………….

예상보다 어려운 문제였다.

잡담 생각하는 골

내 이름은 골. 어렵고 힘든 문제를 들이대도 웃는 얼굴로 대답하는 남자……가 되고 싶다고 생각하는 요즘이다. 현실은 진짜 어려운 모양이다.

쓴웃음으로 반응하고 말았다.

당황해서는 안 된다. 냉정하게 사고를 진행한다.

………….

원숭이는 언제부터 이 근방에 있었지?

"몇 년 전부터 숲에서 보이기는 했습니다. 다만 밭에 손을 댄 것은 올해부터입니다."

그렇군. 올해 수확이 엉망이 되었다고 했는데, 마을은 괜찮아?

"사냥과 숲에서 하는 채집으로 어떻게든 먹고 살 수 있을 정도는 됩니다."

사냥과 숲에서 하는 채집…… 그게 원숭이들의 생활을 압박했을 가능성은?

"그렇진 않을 겁니다. 마을 근처에도 그럭저럭 채집할 수 있는 장소가 있고, 저희가 사냥에서 노리는 먹잇감은 원숭이들에게 적일 테니까요……."

오히려 원숭이들의 생활에 여유가 생겼을 가능성이 더 크다. 생활에 여유가 생기고 아이들이 많이 생기는 바람에 식량이 부족해져서 밭에 손을 댔다? 아니지. 그러면 마을 근처에 채집할 수 있는 장소가 남아 있는 것이 이상하다.

밭에 손대기 전에, 이쪽에서 원숭이들에게 뭔가를 했다거나?

"밭이나 마을에 가까이 오면 위협 정도는 했지만, 저희가 먼저 공격하는 일은 없었습니다."

그렇겠지.

음. 아무튼 원숭이들의 상황을 한번 볼까. 상당히 영리한 것 같으니, 적의를 보이지 않으면 먼저 공격하지는 않을 것 같다.

그렇게 판단한 나는 엔데리와 키리사나를 마을에 두고 숲으로 들어갔다.

원숭이들의 밀집대형이 우리를 맞이했다.

…………철수.

원숭이가 무장했어!

"영주님의 병사들에게서 빼앗은 것 같군요."

그렇겠지! 그리고 그런 정보는 미리 주면 안 될까!

"죄, 죄송합니다."

다음부터는 정신 똑바로 차려!

…………휴, 냉정해지자.

음. 원숭이들의 갑옷은 몸에 맞지 않았고, 방패와 창은 부족했지만, 제대로 된 밀집대형이었다.

기마 남작의 병사들에게서 배운 걸까? 흉내라고 해도 대단하다.

그리고 협상의 여지가 없어 보였다고 할까, 없다.

내가 숲에 들어갔는데 저런 환영이라니. 원숭이 상대로 협상이 뭐냐고 생각할지도 모르지만, 촌장은 어떠한 동물이 상대라도 정중하게 대하여 따르게 하고 있다.

지능이 높은 원숭이라면, 협상할 수 있을지도 모른다고 생각했는데…… 으음.

"골 님, 슬슬 해가 집니다. 숙박 준비를 해야죠."

"마을에서 잘 곳을 마련해 준다고 하네요."

나는 엔데리와 키리사나의 제안에 고개를 끄덕였다. 마을에서 정보를 수집하자.

대표가 거짓말한 것 같진 않지만, 시점을 바꾸면 의견이 달라질지도 모른다.

아, 그 전에.

"대표, 마을 안에 원숭이가 들어온 적은 있어?"

"몇 번 들어오려고는 했지만, 아직 침입당한 적은 없습니다."

그건 다행이다. 잔자는 것을 방해받을 일은 없을 것 같다.

밤.

"골 님, 어떠셨나요?"

"뭔가 새로운 정보는 있었나요?"

우리를 위해 마련된 오두막 안에서, 엔데리와 키리사나가 내게 묻는다.

"새로운 정보는 없었어. 역시 내일도 숲에 들어가서 원숭이들을 관찰해야 할 것 같아."

"관찰하나요?"

"응. 길들이라고는 하지만, 우선 대상인 원숭이들의 생태를 알아야지."

"확실히 그렇겠네요."

밭에 손을 댄 이유도 조사하지 않으면, 이번 원숭이 무리를 어떻게 잘 처리한다고 해도 다른 원숭이 무리가 찾아와 밭에 손을 댈지도 모른다.

"어쨌든, 쉽게 끝날 것 같지는 않네요."

"그렇다면 주의해야 할 것은 우리의 식량이에요."

지원을 요청한 마을에 식량을 달라고 말하기는 어려워서 지참하고 왔지만, 세 명이 5일 먹을 것밖에 없다. 뭐, 비젤 아저씨가 3일 뒤에 상황을 보러 오기로 했으니, 괜찮겠지만…….

비젤 아저씨가 늦을 수도 있다는 것을 생각해 두어야 한다. 나는 원숭이 관찰에 전념하고, 엔데리와 키리사나에게는 숲에서 채집할 것을 부탁할까.

두 사람은 나와 함께 행동하면서 평소의 귀족 아가씨 같은 복장이 아니라 바지 차림의 모험가 복장이다. 두 사람 모두 머리 모양은 평소의 금발 돌돌 머리지만.

"좌우지간 골 님. 며칠은 맡기겠지만 너무 진전이 없을 때는 추가 지원군을 요청하는 것도 고려해 주세요."

나는 엔데리의 말에 고개를 끄덕인다. 혼자서 해결하는 것이 최선이지만, 무리는 하지 않는다. 응, 알고 있다.

다만 누구에게 지원군을 요청할 것인가가 문제다. 원숭이가 상대니까.

가장 먼저 떠오르는 것은 촌장. 하지만 지금은 가을 수확과 무투 대회 준비로 바쁜 시기. 부탁할 수 없다.

실과 브론은 촌장을 통해 받은 정보의 확인과 교섭으로 바쁘다. 이쪽에 올 여유가 있다면 같이 왔겠지.

알프레드 님, 티젤 님은…… 적임자가 아닐 것 같다. 우르자라면 어떻게든 할 것 같지만, 왕도에서 알프레드 님, 티젤 님을 감시하게 해야 한다.

그렇다면 마왕 아저씨?

마왕 아저씨가 올 수 있다면 내가 여기에 파견되지는 않았을 것이다.

마을에서 쿠로네 아이를 빌릴 수 있다면…… 안 된다. 괜히 소동만 더 키울 것 같다.

라이메이렌 님의 둥지가 근처에 있다는 점에서, 라이메이렌 님에게 부탁하는 것도 생각해 볼 수 있지만, 이것도 안 된다.

그분은 이러니저러니 해도 하쿠렌 선생님의 어머니. 귀찮은 일은 다 뭉개는 성격.

그러니 원숭이뿐만 아니라 고블린 마을까지 통째로 멸망시킬 가능성이 있다.

히이치로 님에게 부탁하면 되겠지만, 히이치로 님을 이용한 것에 라이메이렌 님이 화낼 것이다. 최악 중의 최악.

하쿠렌 선생님에게 부탁하는 것도 가능하겠지만, 하쿠렌 선생님은 태어난 아이를 돌보느라 바쁠 테니 폐를 끼치고 싶지 않다. 하쿠렌 선생님이 오는 것도 당연히 안 된다.

그렇다면…… 또 누가 있지? 라스티 씨도 아이를 낳은 지 얼마 안 되었다. 드라임 씨도 그 아이에게 푹 빠져 있다는 연락을 촌장님에게서 받았다. 안 된다.

요우코 씨는 다섯 마을에서 움직일 수 없을 테고…… 큰나무 마을 관계자가 아니라 샤샤트 쪽으로 생각해야 할까?

"저기, 골 님?"

키리사나가, 걱정스러운 얼굴로 이쪽을 보고 있었다.

아아, 미안해, 누구에게 지원군을 요청할지 생각하고 있었어.

"그러셨군요. 갑자기 말이 없으셔서 걱정했어요."

"미안해."

"아니에요. 지원군이라면, 여기 남방 대륙의 귀족에게 부탁하면 어떻게든 되지 않을까요? 골 님에게는 그만한 권한이 있으니까요."

여기로 전이하기 전에 그만한 권한을 받긴 했다. 하지만 잘못 사용하지 않도록 하라는 말도 들었다.

특히 남방 대륙에서는 거물인 기리지 후작과는 싸운 과거가 있으니까.

"오히려 이럴 때 의지함으로써, 기리지 후작과의 앙금을 해소할 수 있을지도 몰라요."

엔데리가 그렇게 말하며, 식사를 내주었다.

고마워. 식사하고, 내일을 준비하자.

"네."

한밤중.

원숭이가 마을 안에 침입한 적은 없다고 했지만, 만약을 대비해서 2교대로 망을 보기로 했다.

그렇다고는 해도 밖을 감시하는 것이 아니라 실내에서 안 자는 거지만.

먼저 내가 자고 엔데리와 키리사나에게 깨어 있으라고 한다. 나를 신경 써서 조용히 있으라고는 하지 않는다. 다만 밤도 늦었으니, 작은 목소리로.

이렇게 망을 보는 것만이라도 모험가를 고용할 걸 그랬다고 반성하면서, 나는 잠들었다.

그리고 깨워졌다. 키리사나의 목소리로.

"엔데리가 원숭이들에게 납치당했어요!"

…………….

뭐?

잡담 원숭이들의 사정

냉정하게 있자. 그렇다. 냉정하게. 냉정하게 원숭이들을 짓밟아야 한다.

한 마리도 남김없이, 이 숲에서 사라지도록.

고블린 여러분. 한밤중에 깨워서 미안하다. 긴급 사태다.

최대한 무기를 들고, 집결해 주길 바란다. 그래, 원숭이 놈들을 구축한다.

봐주는 것은 끝이다. 너희 규칙은 존중하고 싶지만, 저쪽은 선을 넘었다.

규칙이니 뭐니 말하고 있을 때가 아니다. 협력해 주길 바란다.

대표, 미안한데 불빛을 준비해 주길 바란다. 키리사나, 지휘를 맡긴다. 할 수 있겠지? 나는 먼저 나간다. 좋다.

나는 숲으로 들어갔다. 야간 시력에는 나름대로 자신이 있다. 문제없다.

원숭이 무리가 이동한 흔적도 발견할 수 있었다. 엔데리가 저항했는지, 흔적이 흐트러진 곳이 있다. 이거라면 바로 따라잡는다. 고블린에게 지시하지 말고, 바로 쫓아갔어야 했나.

아니다. 뭐가 기다리고 있을지 모른다. 전력은 필요하다.

아아, 실수했다. 마을을 나가기 전에 비젤 아저씨에게 편지를 써야 했다. 냉정하지 못하네. 상대가 함정을 설치했다면 걸릴지도 모른다.

…………….

아무렴 어때. 전부 짓밟아 주겠어.

원숭이는 숲속 깊은 곳으로 이동하고 있었다. 바로 따라잡을 줄 알았지만, 너무 안이하게 생각했나? 이젠 따라잡았다. 원숭이 무리 발견.

커다란 나무 밑동에 모여 있다. 엔데리는 보이지 않는다. 어디지? 밑동 뒤인가?

그나저나 원숭이가 많다. 30마리 넘게 있다. 50마리, 아니 60마리 정도인가.

다른 무리와 합류라도 했나? 아니면 나와 고블린들에게 보여준 것이 30마리뿐이라는 건가? 진짜 영리하다. 감탄한다. 하지만 죽어줘야겠다.

노리는 것은 우두머리 원숭이.

우두머리 원숭이를 쓰러뜨리면 무리는 통솔력을 잃겠지. 다음은 하나씩 짓밟을 뿐이다. 우두머리 원숭이는 알기 쉽게 눈에 띄는 위치에 있다. 풍격으로 보아 틀림없겠지.

나는 근처에 있는 나무에 올라가 원숭이들이 있는 커다란 나무로 이동했다.

아아, 나무 위에도 망보는 원숭이를 빠짐없이 배치한 것은 대단하다. 울음소리를 냈다. 원숭이들이 일제히 나를 보지만, 상관없다.

나는 검을 뽑고, 단숨에 우두머리를 노리고 낙하했다. 그대로 우두머리 원숭이를 베어버린다.

내 검이 멈췄다.

창끝이 검을 막고 있다. 말 그대로 칼끝이 옆구리에서 찔렸다고 웃어넘길 수가 없다.

나는 창을 검으로 쳐내고 우두머리 원숭이를 노리지만, 창을 든 자가 허락하지 않는다. 시간을 잡아먹혔다.

우두머리 원숭이와의 사이에 방패를 든 원숭이들이 들어왔다. 기습은 실패했다. 철수할까?

아니다, 장소를 휘저어 혼란시킨다.

"잠깐잠깐잠깐! 싸울 필요는 없으니까!"

창을 든 자가, 내게 정전을 신청한다.

이제 와서 무슨 소리를.

…………어라?

창을 들고 있던 것은 니즈 씨였다.

"오랜만입니다, 골 씨."

니즈 씨가 내게 고개를 숙인다.

니즈 씨는 다섯 마을에 있는 술집 겸 고깃집 〈술과 고기의 니즈〉의 점장님. 다섯 마을에서 야구 경기를 한 다음 뒤풀이에서 몇 번이고 만났다.

"점장이 아니라, 점장 대리입니다. 원숭이들이 소란을 피워 죄송합니다. 엔데리 씨는 저쪽에 있습니다."

니즈 씨가 가리키는 나무 밑동을 보자, 엔데리가 있었다. 무사한 모양이다.

응? 어? 뭐야 저거?

엔데리는, 생후…… 3개월? 정도의 아기를 안고 있었다.

니즈 씨에게 사정을 들었다.

듣기로 원숭이들은 1년 정도 전에 숲에 들어온 마족 여성을 동료로 삼았다고 한다.

동료라고 해도 공생 관계 같은 느낌으로, 마족 여성과 원숭이가 서로 서투른 분야를 보완하면서 생활해 나갈 뿐, 과도하게 간섭하진 않았다.

하지만 마족 여성이 몇 달 전에 쓰러졌다. 숲에 오기 전에 임신하고 있었던 모양으로, 출산이었다.

아이는 무사히 태어났지만, 마족 여성은 몸 상태를 회복하지 못해 쓰러져 앓아누웠다.

곤란해진 것은 원숭이들. 어떻게든 마족 여성과 태어난 아이를 도우려고 가능한 범위에서 애썼다.

일단 태어난 아이는 어떻게든 된다. 원숭이 젖으로 살아남을 수 있다.

그러니 마족 여성의 몸을 회복시키는 것이 중요했다. 그래서 숲 밖의 식량을 원했다.

마족 여성이 건강을 해친 것은 숲 생활이 몸에 맞지 않았다고 생각했기 때문이다.

원숭이들이 생각하는 가운데, 숲과 숲 밖의 생활에서 가장 다른 것은 식사. 밭에서 나는 음식을 먹으면, 마족 여성의 몸 상태가 회복될 거라고 생각했다고 한다.

그것이 고블린 마을의 밭에 손을 댄 이유.

그 대가로 그때까지는 원숭이들이 먹었던 고블린 마을 주위의 산나물이나 과일에는 손대지 않았다고 하지만………… 전해지지 않았겠지.

그렇게 마족 여성을 돌봤지만, 몸은 회복되지 않고 악화. 게다가 태어난 아이도 건강이 나빠졌다.

곤란해진 원숭이들은 원숭이 신의 사도인 성원(聖猿)에게 도움을 청했다. 도움을 요청받은 성원도 솔직히 말해서 전문 분야가 아니다. 뭘 어떻게 하면 좋을지 몰라서 원숭이 신에게 도움을 청했다.

그 원숭이 신에서 뱀의 신에게 이야기가 가고, 뱀의 신에서 뱀 신의 사도인 니즈 씨에게 이야기가 전해졌다.

그것이 니즈 씨가 여기에 있는 이유.

어? 니즈 씨는, 뱀 신의 사도인가요?

"몇 번인가 다섯 마을에서 제사를 지냈고, 가게 안에도 뱀의 신님을 모시는 것을 봤지요?"

봤지만, 뱀을 좋아하는구나 하는 정도로.

"큭. 홍보 활동에 더 힘을 써야겠네요."

그나저나 왜 엔데리를 납치한 거죠? 저로서는 꼭 물어봐야 할 점인데.

"말했잖아요? 아이의 몸 상태가 나빠졌다고."

엔데리는 치유 마법 사용자가 아닌데요?

"아이 엄마 역할을 원했던 겁니다."

아이 엄마 역할…….

아이를 안고 있는 엔데리를 본다. 아이의 기분은 좋아 보인다.

…………어라? 몸 상태가 나빠졌던 것 아닌가?

"그건 제가 왔으니까요. 촌장에게 부탁해서, 잎을 몇 장 가져왔어요."

니즈 씨는 그렇게 말하면서 세계수의 잎을 보여준다.

"아이 어머니도 무사해요. 오랫동안 몸 상태가 나빴으니 재우고 있어요."

그렇습니까.

"고블린 마을에 피해를 끼친 것과 엔데리 씨를 억지로 데려온 건 사과할 테니, 이번 일은 이쯤에서 수습해 주지 않겠어요?"

뭐, 이쪽으로서는 고블린 마을의 밭에 손대지 않으면 문제없지만, 그 이야기는 고블린 대표와 해주면 좋겠다.

엔데리의 일은 그렇다 쳐도, 밭에 관해서는 내 마음대로 정해도 될 일이 아니다.

"확실히, 그렇네요. 날이 밝으면 제가 이야기하러 가겠습니다."

그렇게 해주세요.

아아, 이쪽으로 오고 있는 키리사나와 고블린들을 멈춰야겠네. 하아.

점심.

고블린 마을에서, 니즈 씨와 고블린 대표의 회의가 있었다.

마족 여성도 니즈 씨와 동행하여 아이를 안고 원숭이 측으로서 참가하고 있다.

마족 여성은 1년 전 반란에 휘말렸던 귀족의 아내. 반란군에 의해 영지가 함락되기 직전 도망쳤다고 한다.

다만 숲으로 도망쳤기 때문에, 반란이나 영지가 어떻게 되었는지 정보가 전해지지 않은 채로 숲에서 생활하다가 아이를 낳은 모양이다.

귀족 부인이 혼자 숲에 있었던 것이 신기했지만, 시종이나 시녀가 몇 명인가 있었다고 한다. 다만 도중에 헤어져 버렸다고 한다.

흠, 도망쳤나.

그 뒤로 원숭이와 협력하면서 생활을 계속할 수 있었던 것은 대단하다.

"원숭이 씨들이 식량을 가져오고, 제가 요리하는 관계라……."

그랬군.

나와 엔데리, 키리사나가 아는 선에서 남방 대륙의 최신 현황을 전하고, 앞으로 어떻게 할지는 맡겼다.

남편이 무사한지는 조사해 봐야 안다. 그 부분은 비젤 아저씨가 온 다음에 한다.

니즈 씨와 고블린 대표의 회의는 끝났다.

앞으로 원숭이들은 밭 수확을 돕는 것으로 밭에서 난 작물을 얻을 수 있는 모양이다. 고블린 측은 이번 소동의 처벌을 요구하지 않았다.

"아기가 있다면, 어쩔 수 없습니다."

너희는 진짜 사람이 좋잖아. 그리고 기마 남작에게도 사과해야 하는데…… 이쪽 일도 비젤 아저씨가 온 다음에 해야겠군. 좋아, 전부 떠넘기자.

하지만 니즈 씨의 창술은 대단했다. 다음에 지도를 받아 볼까?

"저보다 피리카 씨에게 배우는 것이 실력이 늘 겁니다."

어라? 피리카 씨, 창을 써?

"창을 쓰는 상대에게 대처하려면 실제로 창을 다루는 것이 제일이라고 해서요."

그래서 창 쓰는 실력이 늘었다고 하니 피리카 씨도 대단하다. 그러고 보니 작년 무투대회에서 피리카 씨는 마왕 아저씨와 좋은 승부를 펼쳤다고 들었다. 으음. 나도 힘내야지.

내가 그렇게 결의하고 있을 때, 키리사나가 찾아왔다. 내가 아니라 니즈 씨에게 묻고 싶은 것이 있는 모양이다.

"제가 아니라, 엔데리가 납치당한 것에는 이유가 있나요?"

"어? 음………… 없네요. 그냥 적당히 골랐던 게 아닐까요?"

니즈 씨는 그렇게 답하고 웃고 있었다.

하지만 나는 보았다. 니즈 씨가 대답하기 전에 키리사나의 가슴을 본 것을.

엔데리와 키리사나 두 사람은 바지 차림이지만, 가슴은 확실히 강조되어 있다. 그리고 가슴 크기는 엔데리 쪽이 더 어머니답다………… 어흠어흠. 생각을 멈추자.

응, 우연이야. 적당히 고른 거겠지. 아마도.

잡담 신의 사도 니즈

제 이름은 니즈. 다섯 마을에서 일하면서, 뱀 신의 사도를 하고 있습니다.

최근 힘을 쏟는 비율은 노동이 9이고 뱀 신의 사도가 1입니다. 하지만 신의 사도를 소홀히 하는 것은 아닙니다. 매일 아침 기도는 빠뜨리지 않고 꼬박꼬박 하고 있습니다.

다만 다른 사람들처럼 생활하려면 어느 정도 돈이 필요하니까요. 열심히 벌어야 합니다. 오늘도 힘냅시다.

아차, 그 전에. 응, 아침부터 마시는 술은 맛있어.

그런 느낌으로 매일을 구가하고 있을 때, 신탁이 내려왔습니다.

신께서 연락한 겁니다. 거부할 수는 없습니다. 일방적으로 도착할 뿐이니까요.

그리고 그 신탁이 어떤 내용인가 하고 곰곰이 생각하자…… 뭐? 어? 뭐야 이거? 원숭이를 도우라고요? 농담하지 마세요. 저는 뱀신의 사도입니다. 뱀을 위해서라면 몰라도, 원숭이를 위해 일할 이유가 없습니다. 거부입니다, 거부! 절대로 맡지 않겠습니다.

…………….

명색이 신이면서 무언의 신탁을 무수히 보내도 되는 걸까요? 무언이라도 신탁을 받을 때마다 뭔가 확 오니까 제법 괴로운데요.

알겠습니다……. 알았으니까 멈춰 주세요. 네네, 잘해 보겠습니다. 잘해 보겠다고요.

하지만 원숭이들이 보호하고 있는 것은 마족 여성이군요? 제 치유 마법은 뱀한테만 통하는데요? 세계수의 잎을 쓰라고요? 제 물건이 아닙니다만? 아니, 교섭하라고 해도 대가가 없습니다.

…………후불? 원숭이 신이나 그 사도가 어떻게든 한다고요?

일단 교섭해 보겠지만, 안 될 때는 안 되는 거니까요. 그런데도 무리한 말씀을 하신다면 저 말고 더 윗선에 있는 신께 말씀해 주세요. 여우 신의 부하(=요우코 씨)를 어떻게든 끌어들이라고요? 무리한 말씀을 하시네요.

촌장과의 교섭을 마치고, 저는 세계수의 잎을 다섯 장 손에 넣었습니다.

…………….

제가 지적하긴 뭐하지만, 너무 쉽게 내주시는 거 아닐까요? 아뇨, 인명이 중요하다는 건 알지만…… 좀 더 아까워하는 게, 아, 그래요. 바로 가겠습니다. 그렇죠. 손쓸 수 없게 되어서는 안 되니까요. 무투대회 준비 중에 실례했습니다. 가게는 성기사 첼시 씨에게 제 대리를 부탁했으니까요. 네, 뱀의 신께서 성녀에게도 연락한 모양이라…… 번거롭게 해서 죄송합니다.

네, 첼시 씨에게는 지금까지 몇 번인가 도움을 받았습니다만, 다른 점원들에게도 도움을 부탁하고 있으니까요.

네, 최대한 서둘러 돌아오겠습니다.

저는 남방 대륙으로 이동했습니다.

이동 방법은 비밀이라고 말하고 싶지만, 가볍게 설명하죠. 신의 힘입니다.

농담이 아닙니다. 신의 힘으로 유지되는 통로를 사용해서 먼 곳으로 이동할 수 있는 겁니다. 본래는 간단히 사용할 수 있는 것이 아니지만, 이번에는 사용 허가를 받았습니다.

하지만 이 통로. 자유롭게 출입구를 설치할 수 있는 것이 아니라, 정해진 장소에서 정해진 장소로 이동할 수 있을 뿐입니다.

그래서 여기서 목적지까지 제법 이동해야 합니다. 그래요. 힘내겠습니다.

그러니 무언의 신탁은 멈춰 주시…… 어? 일이 진짜 귀찮아질 테니 서둘러라? …………저는 목적지를 향해 온 힘을 다해 이동하기 시작했습니다.

목적지에 도착한 것은 밤이었습니다.

원숭이들이 마중을 나와 줬는데, 말을 알아들을 수 없습니다. 그렇죠. 저는 뱀과는 대화할 수 있지만, 원숭이와는 대화할 수 없습니다. 깜빡했습니다.

…………!

뱀 신이여. 갑자기 『원숭이 신의 가호』를 내려도 곤란합니다. 아니, 대화할 수 있게 됐지만요.

아아, 『원숭이 신의 가호』를 내린 것은 원숭이 신입니까. 그렇죠. 뱀 신께서, 『원숭이 신의 가호』를 어떻게든 할 수 있는 것은 이상하니까요. 감사합니다.

하지만 이번 일이 끝나면 『원숭이 신의 가호』는 반납하겠습니다. 가지고 있다가 원숭이 관련의 일로 편리하게 써먹힐 것 같으니까요. 저는 원숭이 신의 사도가 아니라, 뱀 신의 사도이니까요.

뱀 신이여, 기쁜 것은 알겠는데요. 『뱀 신의 가호』를 겹쳐서 내리지 마세요. 인간의 형상을 유지하는 것이 어려워집니다.

아차. 원숭이들을 상대해야지. 그래요. 몸이 불편해진 분은 어디 있죠? 잘 듣는 약을 가져왔으니, 바로 나을 겁니다.

아아, 이 여성이군요. …………네, 이걸로 괜찮습니다. 잠시 재워두세요.

그리고 아이도 몸이 아프죠? 그쪽은? 아아, 이 아이군요. 네, 이걸로 괜찮습니다.

…………….

그런데, 아이를 안고 있는 아가씨. 어디서 만난 적 없습니까? 그 금발 돌돌머리를 본 기억이 있는데요…… 엔데리? 아아, 골 씨의 부인. 이야, 기막힌 우연이네요. 이런 장소에서 만나다니. 어쩌다가 여기에?

원숭이들에게 끌려왔다고요? 아하. 아이를 위해 어머니 역할이 필요하다고. 그랬군요.

그나저나 확인하겠는데, 평화적으로 온 겁니까? 아아, 역시 억지로. 하하하하하. 원숭이 이놈들!

그렇게 외치려던 순간, 나무 위에서 경계하는 목소리가 들렸습니다. 그리고 검을 들고 뛰어내리는 골 씨. 목표는 우두머리 원숭이인 모양입니다.

아아, 진짜!

저는 창을 들고, 우두머리 원숭이를 도우러 뛰쳐나갔습니다.

위험할 뻔했지만, 어떻게든 잘 넘겼습니다. 여기서 우두머리 원숭이, 아니 원숭이가 죽으면 원숭이 신께서 무슨 짓을 할지 모릅니다.

인간의 시점에서 생각한다면 화내는 골 씨 쪽이 옳겠지만, 원숭이 신은 원숭이 신의 사고방식으로 움직입니다. 방법에 문제가 있긴 하지만, 마족 여성과 아이를 보호하고 있었더니 공격당한 겁니다.

최악의 경우, 온 세상의 원숭이가 마족이나 수인족을 적대합니다. 보호하는 방법에 문제가 있는 것이 문제지만요. 골 씨가 냉정해서 다행이었습니다.

아아, 사정을 설명하기 전에 원숭이들에게서 사정을 들을 시간을 주십시오. 사실은 저도 방금 도착해서요.

네네, 사정을 아는 원숭이 씨, 잠깐 와서 설명해 줄래? 아, 너구나. 잘 부탁해. 바로 물어보겠는데, 저 작물은? 마족 여성을 위한 음식? 근처에 있는 고블린 마을의 밭에서 가져왔다고?

밭에서 나는 먹을 것이 필요하다고 생각한 것은 알겠지만, 조금 양이 많지 않나요? 마족 여성에게 식량을 가져가면 맛있어지긴 해도 양이 줄어드니까, 이 정도는 있어야 한다고 생각했다고? 맛있어진다…… 아아, 요리 말이군요.

그렇군요. 그래서? 그 창이나 방패는? 쳐들어와서 빼앗았다? 그렇군요. 그들에게 마족 여성을 맡기려고는 생각하지 않았나요? 마족 여성이 싫어해서? 그분에게도 사정이 있는 것 같네요.

낮에 골 씨가 숲에 왔다고? 싫어하는 개 냄새가 나서 밀집대형으로 맞이했다?

아아, 골 씨는 개 계열 수인족이었지요. 저에게서도 싫은 냄새가 난다고요? 아아, 큰나무 마을에 갔을 때의 냄새군요. 며칠 전인데 아직 냄새가 납니까. 네, 늑대입니다. 그러니 거역하지 마세요.

힘들다. 지친다. 죽겠다.

어째서 뱀 신의 사도인 제가, 원숭이를 위해서. 설명이나 사죄를 해야 할 상대가 너무 많아서 울 것 같습니다.

고블린이 온화해서 다행이었습니다. 기마 남작은…… 원숭이에게 패배한 사실은 없었던 것으로 결판을 냈습니다. 물론 뒤에서 금품이 오갔습니다.

원숭이 신의 사도가 이번 일의 비용과 보상을 보낼 예정인데, 아마 물품이겠죠. 저는 그 물품을 매각해서 금품으로 만들어 줘야 합니다. 돈으로 줄 때까지 기다려 줘서 다행입니다.

어? 기다리는 대신, 기마 남작의 윗분인 기리지 후작에게 잘 이야기해 달라고요?

그건 제가 할 일입니까? 아뇨, 아, 알겠습니다. 잘하겠습니다.

골 씨에게는 그때 싸움을 수습해 주신 것에 대한 감사와 엔데리 씨를 납치한 것에 대한 사죄를 해야 합니다.

엔데리 씨가 골 씨를 달랜 덕분에 비싸게 먹히진 않겠지만…… 성의는 보여야겠죠. 뭐, 곤란해지는 건 원숭이 신의 사도입니다.

…………….

그는 진귀한 선구나 신구를 여러 개 가지고 있습니다. 설마 그걸 보내지는 않겠죠? 그것들은 금품으로 바꾸는 것이 불가능하다고 할까, 아무도 사들이지 못합니다.

게다가 시중에 유통해도 되는 물건도 아니고…… 아, 촌장이라면 괜찮겠지. 응, 촌장에게 주고 저는 돈을 받는다. 그 돈으로 보상금을 낸다. 이래도 될까요? 좋아요. 만약 그런 것이 도착하면 그렇게 합시다.

매각하기 편한 보석류가 오는 것이 이상적이지만. 최악의 사태를 상정하면 어떻게든 되는 법입니다.

…………….

원숭이 신의 사도를 의심하는 건 아니지만, 보상은 똑바로 치르겠죠? 불이행은 전쟁입니다. 진심으로 전력을 갖춰서 쳐들어갈 거니까요.

원숭이 신이여. 신탁으로 사죄할 필요는 없습니다. 그러니 사도에게 잘 당부해 주세요. 잘 부탁드립니다.

그리고…… 원숭이가 마족 여성과 아이를 도우려 한 것은 훌륭합니다. 방법이 나빴지만요.

기왕이면 주위와 마찰을 빚지 않는 방법을 교육하는 것이…… 제게 일을 떠넘기지 마세요. 저는 뱀 신의 사도입니다. 네, 저는 돌아가야만 하니까. 힘내세요.

…………힘들다. 지친다. 죽겠다.

아, 빨리 다섯 마을로 돌아가서 술 마시고 싶어.

잡담 일하는 요우코

내 이름은 요우코. 구미호 요우코라고 자칭하면, 제법 두려움을 받는 존재……였다고 해야 할까.

"요우코 님! 이쪽 안건, 오늘까지 결재입니다! 서둘러 부탁드립니다!"

"요우코 님! 이거, 사흘 전 마감이었던 거 아닙니까! 뭐 하시는 겁니까!"

"요우코 님! 오늘의 노동이, 내일의 안녕으로 이어지는 겁니다! 힘내십시오!"

최근에는 '요우코 님, 요우코 님' 하고 스스럼없이 불리고 있다. 이것도 다섯 마을의 촌장 대행 같은 짓을 하고 있기 때문이겠지.

옛날에는 내 이름을 부르는 것도 기피했는데…… 이것도 이것대로 나쁘지는 않다.

"요우코 님, 생각하시는 것은 상관없는데요, 손을 움직이면서 해주실 수 없겠습니까?"

그, 그래. 힘내마.

가을은 밭 수확 시기인 데다, 겨울 준비로 이래저래 세금이 움직인다.

다섯 마을 주민 대부분이 세금을 내는 것에 저항이 없는 점은 편하지만, 이쪽이 요구하는 이상으로 내는 것은 조금 곤란하다.

창고에도 허용량이라는 것이 있어서…… 아아, 이건 안 되겠다. 창고를 새로 지어야 한다.

어디에 지을까? 생각할 필요도 없다. 산기슭 말고는 빈 장소가 없다.

목수는…… 아아, 손이 빈 목수는 없는가. 그럼, 당분간은 천막이라도 치게 해서 버티게 하자.

천막은 어디서 조달할까? 고로운 상회는…… 지하 상점가에서 돈을 벌게 해주었다. 거기만 의지하면 다른 상회가 시끄럽다. 하지만 대량의 천막을 준비할 수 있는 곳이…….

그러고 보니 티젤이 소개했었지. 달폰 상회 계열의 베이커마카 상회. 규모도 충분하다. 천막도 1개 군을 수용할 수 있을 정도는 보유하고 있는가. 음.

줘서 얻을 이익은 적지만, 신용 조사를 겸해서 이번에는 맡겨보자. 나는 근처에 대기하고 있는 부하 한 명에게 방침을 적은 나무패를 건넨다. 부하는 그 나무패를 담당자에게 전하겠지.

부하들은 잘하고 있다. 하지만 그것은 주어진 권한 내에서다.

권한 밖을 의식하고 일할 수 있는 문관은 내 부하 중에서도 손에 꼽을 정도라고 할까, 넷 마을에서 문관으로 파견된 로쿠뿐이다. 이래서는 안 되지만, 문관은 금방 육성되지 않는다.

그래서 다섯 마을 내부를 몰래 감시하는 나나와 전이문 관리자 후타를 동원해서 어떻게든 운영하고 있는 상황. 으음. 촌장과 상의해 봐야겠군.

그리고 티젤이 학교를 졸업하면 다섯 마을에서 일하도록 요청하자. 안 된다면 샤샤트에 있는 미요를.

이렇듯 내가 제법 바쁘게 일하고 있는 참에 훼방꾼이 나타났다.

"도와줘."

뱀 신의 사도 니즈다. 눈물을 글썽이는 것으로 봐서 신이 내린 안건이겠지. 나는 온 힘을 다해 도망치고 싶었지만, 주위에 있는 부하에게 저지당해 버렸다. 너희도 참. 신의 안건에 관여하는 것이 시간이 더 오래 걸릴 것이야.

뭐, 좋다. 이야기만은 듣지.

응? 사람을 치우라고? 아아, 그렇군. 듣게 할 수는 없지.

그렇다면 옆방에서……는 무리인 것 같으니, 잠시 나와 니즈만 있게 해줄 수 있겠나? 괜찮다. 도망치지 않는다. 점심 유부초밥을 걸어도 좋다.

…………….

너희도 참, 그걸로 신용해도 되는 것이냐? 아니, 도망치지 않는다. 도망치지 않지만…… 알았다. 재빨리 끝내겠다.

사정을 들었다. 머리가 지끈거린다.

원숭이 관련이다. 원숭이는 성가시다. 그렇다고 해서 방치할 수도 없나.

세계수의 잎은 이 다섯 마을에서 열 장을 보관하고 있지만, 넘겨줄 수 없다. 이것은 다섯 마을을 위해 써야만 한다.

고품질 치유약이라면 준비할 수 있지만…… 상태를 모르니. 촌장에게 말해서, 세계수의 잎을 몇 장인가 받는 게 좋겠지. 나는 이 자리에서 떠날 수 없다. 알아서…… 이런, 후타를 여기에 불러서 전이문을 닫아두었다. 에잇, 후타를 전이문으로 돌려보낸다. 큰나무 마을에 다녀와라. 내가 할 수 있는 일은 여기까지다.

후타, 니즈가 돌아오면 미안하지만 바로 돌아와 주길 바란다. 부탁한다. 반드시, 반드시다.

밤.

겨우 직무와 부하로부터 해방된 나는 큰나무 마을로 돌아왔다.

저녁 식사 중에 촌장에게 위로의 말을 들으면서, 술잔을 받는다.

촌장도 가을 수확이나 무투대회 준비로 바쁘게 지낸다. 나만 그런 게 아니다. 불평하진 않는다. 나도 촌장의 잔에 술을 따른다.

내가 바쁜 것은 지금뿐이다. 겨울이 되면 일도 편해진다. 그것을 희망 삼아 힘내지 않겠는가.

"그런데 요우코, 니즈의 일로 물어봐도 될까?"

응?

"니즈는 제법 당황했던 모양이라 자세히 묻진 않았는데…… 원숭이 관련의 다툼이 니즈가 불려 나갈 일인가?"

아, 음. 본래라면 불릴 리가 없다. 니즈는 뱀 신의 사도니까. 뱀과 관련이 있는 일이 아니면 움직이지 않는다.

하지만 원숭이 신이 뱀의 신에게 부탁했기에, 움직이지 않을 수 없게 되었다.

"부탁한 것만으로?"

신의 사정은 모르지만, 부탁받을 만한 대가가 오간 거겠지. 여우 신에게 물으면 자세히 알 수 있을지도 모르지만, 굳이 그러려고 연락하지는 않는다. 귀찮은 일이 늘어난다.

그 점에서 니즈는 성실하다. 그 점은 감탄한다. 본받고 싶다고는 생각하지 않지만.

"하지만 원숭이 신의 사도는 있는 거잖아?"

그렇지.

그건…… 있다고 하면 있고, 없다고 하면 없는 상황이라서.

"무슨 뜻이야?"

원숭이 성수 세이텐 이야기를 했었지?

"아아, 신의 경지에 가까워진 짐승 말이지?"

그래.

성수가 진화하여, 신의 사도가 된다.

원숭이 성수라면, 원숭이 신의 사도가 된다.

현재, 원숭이 성수와 원숭이 신의 사도는 동일하다.

"무슨 뜻이야……?"

즉, 원숭이 성수와 원숭이 신의 사도를 겸임 중인 것이다.

"그게 무슨 문제가 있는 건가?"

큰 문제다.

원숭이에 국한되지 않고, 성수는 사람의 말을 이해하고, 인간의 삶을 알고, 다른 생물의 이치를 배운다. 강하거나, 똑똑하다고 해서 성수가 되는 것이 아니라, 자기 종족과 다른 종족을 깊이 이해할 수 있는 것이 성수다.

그렇게 자기 종족과 다른 종족을 깊이 이해하고, 신을 향한 신앙을 지니며, 성수는 사도로…… 즉, 신의 심부름꾼이 된다. 하지만 원숭이 신은 미숙한 원숭이 성수를 사도로 삼았다.

"왜 또?"

사도가 있고 없고로 신의 영향력이 달라진다. 원숭이 신은 어떻게든 영향력을 강화하고 싶었다.

"그건 또, 어째서인데?"

신의 영역 다툼이지.

"어?"

얼마 전까지 여우 신이 위세를 떨치고 있었는데, 그 여우 신의 사도가 도망쳐서 힘을 잃었다. 여우 신을 곱게 생각하지 않았던 원숭이 신은, 대두할 기회라며 미숙한 성수를 사도로 승격시킨 것이다.

하지만 미숙하기에 사도의 역할을 만족스럽게 수행하지 못하고, 아직 성수로서 수행 중. 원숭이 성수는 나쁜 원숭이가 아니지만, 환경에 휘둘리고 있다.

"아하."

참고로 그 도망친 여우 신의 사도가 이 몸인데.

"알고 있어. 얼마 전이라니, 몇백 년 전 이야기잖아."

~~후후후후후후~~.

“웃고 있지만, 니즈는 괜찮은 거야?”

니즈는 올바르게 사도에 이른 인재. 아무 문제도 없다.

뱀 신의 사도를 그만둔다면 언제든지 부하로 맞이하고 싶을 정도다.

“요우코의 부하? 〈술과 고기의 니즈〉의 점장을 그만두게 되는 것은 곤란한데. 부총지배인 같은 것도 맡고 있고.”

후후후후. 그 걱정은 필요 없을 것이다. 그 니즈가 뱀 신의 사도를 그만둘 거라고는 생각되지 않는다. 게다가 내 부하로는 니즈가 싫어할 것이다.

촌장이 거부하지 않는 한, 니즈는 〈술과 고기의 니즈〉의 점장……점장 대리였지. 떠넘기는 것은 칭찬할 수 없군.

“반성할게.”

반성하고 있다면 조화를 깨뜨리는 원숭이 신에게 천벌이 내리도록……은, 조금 불쌍한가. 원숭이 신도 나름대로 이번 일이 무사히 수습되도록 움직이고 있는 것 같으니.

이번 일로 뱀 신이 원숭이 신 위에 서면, 니즈도 조금은 편해질지도 모른다.

아아, 편해진다고 하니 생각났다. 촌장. 다섯 마을 건으로 몇 가지 상의할 것이…….

잡담 왕성에 있는 티젤

나는 티젤. 아버님을 제일로 생각하는 천사족 여자애.

오늘도 힘내자고 기합을 넣으면서 아침밥을 먹는다. 응, 맛있다.

"티젤, 또 골 형을 부려먹었지? 아직 신혼이니까, 조금은 배려해 줘야지."

나와 함께 아침 식사 중인, 자상해 보이는 이 남자는 알프레드 오라버니. 나는 알 오빠라고 부른다.

알 오빠는 내가 걱정되는 건지, 내 방과 화장실 말고는 나를 혼자 두지 않는다. 항상 누군가와 함께 있기를 요구한다. 조금 과보호 아닐까.

"골 오빠만이 아니야. 실 오빠, 브론 오빠도 뭔가 시키고 있지?"

마찬가지로 함께 아침 식사 중인, 카리스마 넘치는 이 여자는 우르자 언니. 나는 우르 언니라고 부른다.

우르 언니도 내가 걱정되는지 나를 혼자 두지 않는다. 두 사람의 사랑이 느껴진다. 허리에 묶인 끈에 의해 물리적으로……. 사랑이란, 물리적으로 느끼는 거던가? 뭐랄까, 좀 더 정신적인 거라고 생각하는데?

여담으로 이 끈은 마왕 아저씨와 연결되어 있다.

"아, 알프레드, 우르자. 티젤이 그들을 쓰는 것은 내가 부탁했기 때문이기도 하다. 너그럽게 봐주지 않겠나."

역시 알 오빠도 우르 언니도, 마왕 아저씨가 말하면 어쩔 수 없다며 더는 아무 말도 하지 않는다.

…………어라? 알 오빠도 우르 언니도, 나와 마왕 아저씨를 연결하는 끈을 가만히 보고 있네. 내가 끈을 당겨서 마왕 아저씨에게 도와달라는 신호를 보낸 것이 들킨 걸까? 아, 동시에 한숨을 크게 쉬고 있어. 아무래도 들킨 모양이다.

역시 알 오빠와 우르 언니다. 훌륭한 관찰력이라고 칭찬해 두자.

하지만 들켜도 알 오빠와 우르 언니가 아무 말도 안 하는 것은, 이 아침 식사 자리에 마왕 아저씨의 부인인 교장이 있기 때문이다. 마왕 아저씨가, 자기 아내를 내버려두고 나처럼 귀여운 여자애와 대화도 없이 의사소통하는 사이라는 걸 말할 순 없겠지.

"알프레드 씨, 우르자 씨. 저는 신경 쓰지 마시고, 야단치셔도 괜찮습니다."

어라? 교장한테도 들켰어? 그리고 마왕 아저씨, 교장이 무섭다고 해서 끈을 당겨 나한테 도움을 청하지 마세요.

으음. 오랫동안 야단맞아 버렸다.

좀 더 능숙하게 처리해야겠어. 힘내자고 생각한다.

"티젤, 슬슬 갈까."

마왕 아저씨가 일어서면서 그렇게 말했다. 아침 식사는 모두가 다 먹었다. 야단치면서, 야단맞으면서도 먹고 있었으니까.

나는 마왕 아저씨의 어깨에 올라타 왕성으로 향한다. 마왕 아저씨의 일을 돕기 위해서다.

알 오빠, 우르 언니, 교장은 학교 건물로 이동한다. 알 오빠, 우르 언니는 교장의 일을 돕는 것이 아니라, 학교에 다니는 다른 학생들과의 교류회가 중심. 장래를 생각하면 지금의 교류는 중요하다. 잘해주길 바란다.

"안녕하십니까."

왕성 정문을 지키는 위병들의 인사를 받으며, 나와 마왕 아저씨는 입성.

4명의 호위와 8명의 문관이 나타나 그대로 하나의 집단이 되어 집무실로 향하는데, 이때부터 마왕 아저씨의 일이 시작된다.

마왕 아저씨는 문관의 보고에 귀를 기울이며, 간결하게 지시해 나간다. 여기에서 말하는 내용은 아무나 들어도 문제없는 것들뿐.

나와 마왕 아저씨가 집무실에 들어가지만, 함께 있던 호위와 문관은 입구까지. 집무실에서는 3명의 문관과 1명의 장군이 기다리고 있다.

랭던 아저씨(내무), 비젤 아저씨(외무), 레그 언니(재무), 글라츠 아저씨(군무)가 파견한 문관과 장군. 즉, 사천왕의 대리인들. 마왕 아저씨라도 방심할 수 없는 상대다.

…………….

응, 어째서 네 사람 모두 마왕 아저씨가 아니라, 내게 보고하고 있는 걸까? 마왕 아저씨는 창밖이나 보지 말고 잘 들어요.

그야 내가 발안한 내용밖에 없지만, 그렇다고 해서 전부 떠넘기는 것은 문제가 아닐까……? 아니, 당신들도 나한테 말하는 게 빠르다고 할 때가 아니라고.

일단 화급한 내용은 재빨리 처리했다. 여유가 있는 것은 마왕 아저씨에게 던진다.

"마국팔장? 뭐야, 이건?"

옛날에 있었던 마왕국의 장군 관련 직책. 이것을 다시 살리는 것이 어떠냐는 의견이 있는데?

"팔장이라는 것은, 장군을 여덟 명 고르는 건가?"

여기서 말하는 장(將)이란 군대를 이끄는 장군이 아니라 강한 사람이라는 의미로 괜찮지 않을까? 이 직책을 부활시키고 싶은 사람들은 광대한 마왕국의 영토에 비해 억지력이 될 사람이 적은 것을 문제로 삼고 있는 것 같아.

"각지에는 유력한 귀족이나 대리 통치인이 있지 않나? 그걸로는 안 되는 건가?"

그건 마왕국이 아니라 그 유력 귀족이나 대리 통치인의 권세가 강해져 버리는 게 문제잖아. 어느 정도의 힘은 허용해야 하지만, 중앙을 위협하는 수준은 불필요해.

"하지만 그렇게 말해도…… 이 팔장도 어차피 군 상층부나 귀족들이 돌아가며 자리를 차지할 거 아닌가?"

실력주의 마왕국이라고는 생각할 수 없는 사고방식이네. 목적은 중앙의 위신 유지니까, 군이라든가 귀족이라든가 관계없이 중앙이 선택한 강자면 돼.

"그렇다면, 골, 실, 브론, 알프레드, 우르자. 다음은, 메토라에 아사, 어스인가? 아아, 리그네 공도 있었지. 구장으로 할까."

우리 식구를 자연스럽게 끌어들이지 마세요.

고려할 수 있는 인재라면…… 엘더 드래곤 오제스 씨, 하이프리그타 씨, 키하트로이 씨 정도일까. 세 사람은 인간 모습일 때 약하지만, 드래곤 모습이 되면 꽤 강하다고.

"흠. 하지만 그 힘은 야구에서 써 줘야 하니까. 그러고 보니 각지에 야구장과 구단을 만드는 계획은 어떻게 되고 있나?"

난항 중. 익숙하지 않은 집단 경기를 퍼뜨리긴 어려워.

샤샤트나 다섯 마을로 불러서 실제로 보여주는 것이 제일 아닐까? 혹은 이쪽에서 구단을 두 개 데리고 가서 시범 경기를 보여준다든가.

"으음. 야구 관련은 내 개인 예산으로 하고 있으니까, 두 구단을 이동시키는 것은 좀처럼…… 이동비라든가 숙박비라든가."

어라? 각지에 있는 군 시설을 쓰면, 숙박비는 절약되잖아?

"공사 혼동은 할 수 없겠지."

나라는 왕의 것이다! 같은 느낌으로도 괜찮다고 생각하는데.

"폭군은 좀…… 민중에게 토벌당하는 건 생각하고 싶지 않다."

그렇구나. 그러면 그러기 위해서라도 마왕 아저씨의 대단함을 선전해야겠네.

"요란한 것은 곤란해."

괜찮아, 괜찮아. 나한테 맡겨. 아, 슬슬 실 오빠, 브론 오빠의 보고가 들어오려나. 아버님에게서 온 정보니까 확인 조사는 필요 없을 것 같지만, 일단은 해야겠지.

아, 맞다. 리들리의 베이커마카 상회가 다섯 마을에 진출했는데, 마왕 아저씨 선에서 밀어주고 싶은 상회는 있어? 내 선에서 요우코 씨에게 소개하면 이야기가 빨리 진행될 거야.

"그건 도움이 되지만, 고로운 상회는 괜찮은 건가?"

거기에 무슨 짓을 하면 내가 아버님께 야단맞잖아.

"기왕이면 내가 추천하는 상회도 손대지 않길 바라는데……."

안 댄다고. 저쪽이 멋대로 편의를 봐줄 뿐이야.

"지나친 편의를 제공받으면 랭던이나 호우가 화낼 것이야."

잘 처신할 거니까 괜찮아.

"그런 문제가 아닌데…… 뭐, 좋다. 슬슬, 점심때다. 그 타이밍에 끈을 아사에게 맡기마."

점심 식사 후에 뭔가 있어?

"다른 나라에서 사자가 와 있다. 아무리 그래도 그 자리에 널 내보내면 혼난다."

누가 혼내는데?

"네 어머니(티어)라든가, 네 할머니(루인시아)라든가. 게다가 천사족이 마왕국 측에서 전면에 나서면 문제겠지?"

아, 그런가.

반마왕국 세력인 가레트 왕국에는 천사족 마을이 있고, 천사족은 가레트 왕국의 왕가에 강한 발언력을 가지고 있다.

나는 천사족 마을은커녕 가레트 왕국에도 가본 적이 없으니 관계없다고 생각했지만, 다른 사람들은 그렇게 보지 않는 거네. 응, 패가 한 장 늘었어. 내가 외교 무대에 나설 때는 성대하게 해야지. 후후후.

"듬직한 웃음이지만, 그런 자리에 내보낼 때는 촌장에게 허가를 받아야만 하겠지. 촌장이 반대하면 안 되니까."

어, 왜? 마왕국을 위해 열심히 일하는데.

"큰나무 마을에 악영향이 없는 범위에서, 마왕국을 위해 일하는 거겠지?"

마왕 아저씨와 이해는 일치한다고 생각하는데?

"확실히 그렇지만, 아비의 마음도 이해하니까 말이다. 딸은 언제까지나 집에 있길 바라는 법이다."

으음. 마을에서 사는 것도 나쁘지는 않지만, 거기는 아버님의 힘이 너무 대단해서 활약할 자리가 없어.

"그런가? 비젤의 딸을 돕는다든가, 라스티 님을 돕는다든가, 여러 가지 있을 텐데?"

프라우 어머니에게는 프라시아가 있고, 라스티 어머니는 라나아논이 있으니까. 내가 나서는 것은 문제가 있어.

"나서고 자시고, 프라시아도 라나아논도 아직 어릴 텐데?"

어린아이니까. 장래의 가능성을 내가 짓밟을 수는 없잖아.

"너는 너대로, 여러모로 생각하고 있구나."

당연하지.

뭐, 프라시아나 라나아논에게 도울 생각이 없다면, 내 차례가 되겠지만…… 아직 먼 이야기. 그러니까 나는 이쪽에서 힘낼 거야. 마왕 아저씨도 도움받고 있잖아?

"확실히 그렇군. 가능하면 앞으로 5년은 힘내주었으면 한다."

어째서 5년?

"5년이나 지나면 알프레드와 우르자가 좀 더 자유로워지겠지?"

뭐, 5년이나 지나면…… 그렇게 될까.

"알프레드나 우르자 중 어느 한쪽이 마왕을 목표로 해주면, 나는 편하게 은퇴할 수 있다고 생각한다. 내가 은퇴한 뒤에는 네 마음대로 하면 된다. 당연히 다음 마왕을 보좌하는 것도 자유다."

벌써 은퇴를 생각하고 있는 거야?

"그렇지. 인간의 나라는 엉망진창이 되었으니, 마왕이 되어도 고생은 없다. 너도 알프레드나 우르자 중에서…… 희망을 말하자면 우르자다. 응, 그 아이는 마왕이 되어도 통할 정신력이 있지. 몰래 유도해 주면."

우르 언니가 마왕이라니, 상상하기만 해도 무서운데.

아니, 우르 언니는 좋은 왕이 될 거라고는 생각해. 다만, 우르 언니는 왕보다 전선 지휘관이 어울리니까…… 이렇게 와장창 하고, 인간의 나라를 멸망시키며 진격하는 미래가…….

"아, 나에게도 보였다."

…………….

나와 마왕 아저씨는 생긋 서로 미소 짓고, 이 화제를 종료.

점심 식사를 위해 식당으로 이동했다.

잡담 흔들리는 왕국

나는 어느 나라의 셋째 왕자. 올해로 20세가 된다. 내 입으로 말하기도 뭐하지만, 우수하다. 문무에 뛰어나다. 형들보다도. 그래서 나는 무능한 척하고 있다. 우수한 것이 들키면 왕위를 노리는 거냐고 형들이 경계해서, 최악의 경우에는 목숨을 노릴 테니까.

그 덕분에 나는 이 나이까지 살아남았다고 생각했다. 하지만 그것은 큰 착각이었다.

맏형은 올해로 27세, 둘째 형은 올해로 25세.

두 형은 정말이지 내 형다웠다. 즉, 나와 같은 짓을 하고 있었다.

두 형은 나 못지않게 우수한데도, 맏형은 현재 왕인 아버지가 경계하지 않도록 무능한 척하고 있었다. 둘째 형은 아버지나 맏형이 경계하지 않도록 무능한 척하고 있었다.

나를 포함해서, 대체 무슨 짓을 하는 거냐고 말하고 싶다.

그러다 보니 이 나라의 왕자는 첫째부터 셋째까지 무능하다며 장래를 무척 불안시하고 있다. 어느 정도 불안하게 보냐면…… 우리 형제가 모두 독신이라는 것을 말하면 이해할 수 있을까?

…………….

무능한 연기는 조금 더 자제해야 했을지도 모르겠다.

우리 형제의 무능한 연기가 들킨 것은, 그럴 때가 아니게 되었기 때문이다.

처음에 둘째 형이 유능함을 보였다. 다음에 내가, 마지막으로 맏형이.

뭐, 유능함을 보이고도 아버지나 가신들에게 인정받지 못해 조금 슬픈 일이 됐지만…….

우리 형제는 서로를 인정했다. 왜냐하면 현재 상황을 정확하게 파악하고, 똑같은 걱정을 하고 있었으니까.

그리고 다 같이 이야기했다. 현재 상황을 어떻게 할지.

그렇다. 인간의 나라가 멸망으로 치닫고 있는 현재 상황을.

아아, 인간의 나라라는 이름의 나라가 있는 것은 아니다.
인간의 나라란, 마왕국을 제외한 국가들의 총칭.
즉, 마왕국이 다른 나라들을 멸망시키고 혼자 승리하고 있다는 것이다.
내가 있는 나라도 인간의 나라 중 하나이므로, 그런 현재 상황을 기뻐할 리가 없다.
특히 나는 왕족. 멸망한 나라의 왕족은 어딜 가도 방해물로 여겨진다. 최악의 경우, 살해당한다. 나는 죽고 싶지 않다. 그래서 어떻게든 해야 한다며 발버둥 치는 셈이다.
우리 형제는 먼저 아버지를 설득했다.
"미안하지만, 너희가 무엇을 걱정하는지 나는 이해할 수 없다."
아버지도 무능하지는 않지만, 현재 상황에 대한 인식이 안일했다. 하는 수 없이 하나씩 설명해 나간다.
첫째로, 인간의 나라는 거의 전부가 마왕국에 적대 자세를 보이며 단결하고 있다.
그중에서 중요시되고 있는 곳이 중앙 대륙에서 마왕국과 국경을 접하고 있는 갈바르트 왕국과 풀하르트 왕국, 그리고 천사족을 숭배하며 힘을 키운 가레트 왕국. 세 나라는 역사적으로도 영웅 여왕의 후계국으로서, 마왕국과는 물과 기름 같은 존재다.
다른 인간의 나라는 세 나라를 크든 작든 원조하며 마왕국과의 전선을 지탱하고 있었다.
"음. 아무 문제도 없지 않은가?"
아무 문제도 없다고? 그럴 리가 없다.
갈바르트 왕국, 풀하르트 왕국은 이전부터 식량난에서 벗어나지 못하고, 전선은커녕 군대를 유지하지 못하고 있다. 특히 풀하르트 왕국은 심각하다.

마왕국이 어째서인지 공세에 나서지 않고 전선을 물렸기에 국가 체제를 유지할 수 있을 뿐이다.

"흠. 풀하르트 왕국은 검성 계승으로 다툰 것이 뼈아팠지."

그 검성은 지금 마왕국에 있다.

"어?"

검성 따위는 사소한 문제다. 가레트 왕국에서 천사족이 떠나려 하고 있다. 그것을 가레트 왕국의 왕가가 애걸복걸해서 간신히 붙잡고 있는 상태.

남은 천사족의 요구는 하나. 마왕국과 싸우지 마라.

마왕국에 따를 필요는 없지만, 무력으로 치고받는 것만은 그만두라고 요구하고 있다.

"그럴 수가. 그 나라는 천사족이 있기에 유지되고 있는 거다. 천사족이 떠나면 붕괴한다."

참고로 천사족의 행선지는 마왕국이라는 보고가 들어왔다.

"뭐? 천사족은 마왕국을 격하게 증오하던 게 아니었나?"

증오를 참고 마왕국으로 갈 이유가 생긴 거겠지. 아니다. 정말로 천사족은 마왕국을 증오했을까? 인간의 나라에서 살아가려고 그렇게 말한 것이 아닐까?

좌우지간 가레트 왕국은 군을 움직이지 않고 있다. 완전히 움직임을 멈추고 있다.

즉, 중요 3국은 쓸모없는 상태. 그리고 후방 나라들을 규합했던 골젠 왕국의 붕괴. 마왕국의 목구멍을 노리는 위치에 있었던 엘프 제국의 소멸.

마왕국에 유리한 일은 있어도, 불리한 일이 없다.

"그렇다고 해도 말이다. 우리에게는 용사가 있지 않느냐. 몇 번을 죽어도 다시 살아나는 불사신의 용사가. 용사가 있으면, 마왕국 따위는 두려워할 필요가 없다."

아버지. 언제 적 이야기를 하고 계십니까. 용사는 이미 무용지물이 됐는데.

"용사가? 어째서?"

정말로 모르십니까? 다시 살아나지 않게 되었습니다.

"그럴 수가? 시험해 봤나?"

시험해 보고 되살아나지 않았다. 우리 나라의 용사는 그 이야기를 듣고 도망쳤다.

"어째서 도망치지?"

다시 살아난다고 해서 지금까지 횡포를 부리던 용사는 사람들에게 미움받는 자이기 때문이다. 용사가 되살아나지 않는다는 사실을 알면 지금까지 용사에게 억압받던 자들도 참지 못하고 들고 일어나겠지.

"크……. 그, 그렇다면 성녀다. 신의 목소리를 듣고, 우리를 이끌어주는 성녀가 아직 있다."

아니, 그 성녀도 없다. 성녀 자격을 가진 자를 노리고 각국이 암약한 결과, 행방불명. 새로운 성녀도 발견되지 않았다.

"아들아. 앞으로 우리 나라는 어떻게 되는 것이냐?"

그 이야기를 하고 싶었던 거다. 하지만 그 전에 하나, 확인해도 될까?

"무엇을 말이지?"

지금, 마왕국이 뭡니까?

"무슨 소리를 하는 것이냐. 마왕국은 우리 인간의 나라에 있어서……………… 어라?"

아버지도 깨달은 모양이다.

우리 나라가 마왕국과 적대할 이유가 없다는 것을. 하지만 어째서인지 얼마 전까지는 마왕국은 타도해야만 하는 나라라고 생각했다. 나도 생각했다. 형들도 그렇다.

지금까지의 역사에 의한 선입견이거나, 아니면 악질적인 마법에라도 집단으로 걸려 있었거나…….

옛날 마왕국은 모르지만, 최근 10년 마왕국의 움직임은 이성적이다. 침략할 기미도 보이지 않는다.

엘프 제국의 사건이 있지만, 그것은 드래곤에 의해 멸망당한 엘프 제국 주민을 지키기 위해서다.

사실, 몇몇 나라가 엘프 제국의 사건으로 불평했더니, 영지도 주민도 줄 테니 그쪽에서 가져가라는 답변을 받았다고 한다.

엘프 제국의 기술은 매력적이지만 마왕국과 가까운 장소에 영지를 가지고 싶진 않고, 드래곤에게 공격당한 것도 평가치를 낮춘다. 그 결과 아무도 가져가지 않았기에, 오히려 마왕국으로부터 기대하게 하지 말라며 불평을 들었다.

"싸우지 않고 끝낼 수 있을까?"

아버지의 말에, 우리 형제는 고개를 끄덕였다.

싸우지 않는 것은 가능하다.

"오오."

하지만 문제도 있다.

우리 나라는 마왕국 공격의 명목으로 지원을 계속하고 있다. 이것은 마왕국이 우리 나라를 공격할 대의명분이 되므로 지원을 멈춰야 한다. 하지만 지원을 멈추면 주변국에서 마왕국 편을 드는 거냐며 적대시한다. 그것들을 물리칠 만큼 우리 나라는 강대국이 아니다. 굳이 따지자면 약소국이다.

"어떻게 하면 좋지?"

지원에 관해서는 뭔가 이유를 대서 규모를 축소한다. 축소한 지원도, 무기나 병사를 보내는 것은 멈추고 돈과 식량을 중심으로.

나아가 아무나 마왕국에 가서 우리 나라의 방침을 설명하는 것이 확실하다고 나는 생각한다.

응, 형들도 찬성하는 모양이다.

"누가 가지?"

말을 꺼낸 내가 가야 하겠지.

어? 형들도 가고 싶다고? 그렇다면 셋이 갈까?

아버지가 맏형의 옷자락을 붙잡았다. 맏형은 남는 모양이다. 그러면 둘째 형. 서둘러 준비를…… 둘째 형은 시녀에게 붙잡혔다. 훌륭한 저공 태클이었다.

일단 둘째 형도 왕자인데…… 아아, 남녀 관계구나. 만약을 생각하면 보낼 수 없다 이건가. 그렇군. 나 혼자 가자. 뭐, 호위는 있지만.

나는 샤샤트에 도착했다. 번화하구나.

나는 왕자 신분을 숨기고 일반 여행자로서 입국했다. 들킬 일은 없겠지.

이 도시에 설치된 전이문을 통과하면 바로 마왕국 왕도다. 하지만 그 전에 허기를 채우고 싶다.

사실은 가고 싶은 장소가 있다.

〈마를라〉라는 가게인데, 우리 나라 밀정들에게서 거기서 나오는 요리가 진짜 맛있다는 보고를 받았다. 샤샤트 근방에 있는 다섯 마을에도 다른 맛있는 요리가 있다고 하니 궁금해진다. 그쪽에도 가 봐야 할까? 으음.

이런 식으로 고민하면서 〈마를라〉를 찾고 있자, 수인족 남자가 다가왔다.

"기다리고 있었습니다. 마왕국 왕도로 안내해 드리겠습니다."

…………….

일단, 확인해 보자.

내가 누구인지 알고 있나?

"마왕과의 알현을 원하신다면, 동행하시는 것이 이야기가 빨리 진행될 겁니다."

아, 이건 완전히 내 정체가 들켰다. 덤으로 목적도.

그런데도 혼자 찾아온 상대. 이미 포위당했겠지. 즉, 거역해도 소용없다. 포기하자. 아, 하나만 가르쳐줄 수 있을까?

"무엇을 말입니까?"

어째서 들켰을까?

"당신 나라에서 온 분께 들었으니까요."

그건…… 이쪽에서 보낸 밀정이 붙잡혀서, 정보를 빼냈다는 뜻일까?

"고문은 하지 않았으니, 안심하십시오."

…………그건 다행이다. 당신의 이름을 물어도 괜찮을까?

"실례했군요. 브론입니다. 짧은 사이지만, 잘 부탁드립니다."

나는 브론의 안내에 따라, 마왕국 왕도로 이동했다.

알현 전에 식사가 나왔고, 〈마를라〉에서 나오는 요리가 깔렸다. 끙. 승산이 안 보여.

잡담 오전의 실

내 이름은 실. 아내가 많은, 행복한 수인족 남자다.

…………….

아, 아니야. 괜찮아. 자기 최면이 아니니까. 행복하니까. 응, 걱정할 일은 없어.

불만? 없어. 정말로 없으니까. 걱정해 줘서 고맙다.

아, 그렇지. 굳이 말하자면, 수면 부족일까. 그래, 수면 부족. 하하하, 이유는 물어보지 않는 게 좋아. 응.

뭘 그런 걸 가지고. 촌장에 비하면 나 따위는 한참 멀었어. 좋아, 오늘도 힘내자.

나는 내 저택 집무실에 마련된 자리에 앉는다. 이곳이 내 일터다.

저택은 왕성 근처에 있으며, 원래 이 땅을 다스리던 귀족의 소유였던 모양이다. 즉, 영주관이었던 곳. 그래서 크고 넓다.

왕성이 지어지기 전까지는 마왕 아저씨도 살았던 적이 있는 장소라고 한다.

그런 데서 살아도 되는 건지 생각하지만, 이전 소유주가 내 아내 중 한 명인 호우의 친정인 레그 가문. 그 레그 가문의 높으신 분들이 총출동해서 꼭 가져가 달라고 하는 압박을 못 이겼다. 임대로 하자고 저항했지만, 내 저택이 되었다.

그때는 내가 아직 미숙하다는 것을 재인식했었지. 아내가 많으니 큰 저택이 더 좋다.

아내들이 데려온 메이드나 집사나 호위나 문관이나 상인이나 암살자가 있으니까.

…………….

일일이 신경 쓰면 안 된다. 응, 인재가 풍부한 것은 좋은 일이다.

"주인어른, 오늘 분량입니다."

아내들이 데려온 집사들끼리 다툰 결과로 집사장이 된 나이 지긋한 남자가 내 앞에 종이 몇 장을 놓는다.

원래는 이것의 수백 배는 될 텐데, 아내들이 데려온 문관들이 사전에 훑어보고 처리해 준 덕분에 내 업무량은 이만큼이 되었다.

하지만 고작 몇 장이라고 쉽게 볼 수는 없다. 문관들이 판단할 수 없는 중요한 내용인 것이다. 나는 힘을 주고 읽어 나갔다.

…………….

전부 장인 장모님이 손자, 손녀 이름을 상의하는 내용이었다. 성미도 급하시지.

마음을 가다듬고…… 어라? 다른 일은? 없어? 말도 안 돼. 티젤이 보낸 의뢰가 있었잖아? 아내들이 데려온 자들로 대처하고 있다고? 위험한 밀정은 붙잡아서, 정보를 토해내게 하는 중이야? 고문은 안 되거든? 맛있는 식사를 주기만 해? 첫 번째는 공짜 제공이지만, 두 번째부턴 유익한 정보와 교환한다니……. 그거 진짜 효과가 있는 거야? 있다면 괜찮지만…….

그리고 나한테도 정보를 돌려주면 좋겠는데…… 지금은 정리하는 중이라서 나는 점심 식사 때 들을 수 있다고? 알았어.

어어, 그러면 나는 어떡할까. 수면 부족 해소를 위해, 자두는 게 좋다고?

…………….

그러도록 하지.

점심.

아내와 함께 저택 식당에서, 점심 식사를 한다. 아내들도 각자 일이 있어서, 교대제로 한다. 오늘은 로비아인 모양이다.

아아, 그랬군. 밀정 정보는 로비아가 정리해 주었나. 밀정 관련 정보를 들었다.

"위험한 사상을 가진 밀정은 거의 제거했다고 봐요. 다른 밀정은…… 굳이 말하자면 마왕국과 대화가 가능한 관계를 만들려는 느낌이네요. 물론 수단을 가리지 않는 곳은 붙잡고 있어요."

그렇군.

"일부 나라는 이미 관계 구축에 성공해서 대표가 이쪽으로 오는 곳도 있습니다. 상세 내용은 이쪽에."

종이에 적지 않으면 안 될 정도로 많은 건가?

얼핏 본 느낌으로는, 일곱 곳 정도가 있었다. 소국밖에 없는 것은 밀정의 질 문제일까?

"대국은 대국대로 제약이 많아서 움직일 수 없는 느낌이네요. 얼마 전 골젠 왕국의 왕자가 찾아왔는데, 그건 거의 왕자의 독단이었으니까요……."

게다가 그 골젠 왕국은 멸망해서 다른 나라가 되었다.

"그러고 보니 골젠 왕국의 멸망은 마왕국의 소행이 아닌가 하는 소문이 있다고 하네요."

어? 그랬어?

"왕자가 마왕국에 요청해서 전력을 빌렸다나 뭐라나."

말도 안 되는 소리를 하네. 어떻게 마왕국에서 골젠 왕국으로 전력을 옮기는데? 아무리 생각해도 불가능하겠지. 전이문……? 아무 데나 설치할 만큼 편리한 물건이 아니고, 그것을 사용해서 공격하고 있다면 인간의 나라는 좀 더 붕괴하고 있을 거야.

그야 전이문의 단점을 모른다면 그런 식으로 생각할지도 모르지만…….

"전이문 정보는 각국에 공개하고 있습니다."

단점을 알고 있지만, 믿지 않는다는 걸까?

"각국이 전이문 정보를 전부 민중에게 알려주는 건 아니니까요. 전이문 이야기만 전해지면, 민중은 마왕국이 어디서든 찾아올 거라고 생각하는 셈이라서요."

아아, 그렇군.

그런 불안을 이용해서, 마왕국 증오의 흐름을 만들고 있는 건가.

"각국의 왕도에서는 그렇지만요. 지방은 그런 흐름에 잘 휩쓸리지 않는 모양새라서요."

흐름이 통일되지 않는 것은 마왕국 측에서 보면 좋은 소식이야.

"크롬 백작의 성과일까 합니다."

비젤 아저씨, 애쓰고 있으니까.

"이야기를 밀정으로 되돌려서요. 한 군데, 신경 쓰이는 상단이 있습니다만."

상단?

"네. 조로라고 하는 이름의 인간이 이끄는 상단입니다. 규모도 제법 큰데, 샤샤트에 도착한 언저리부터 갑자기 움직임이 멈춰서요. 다섯 마을에서 보내준 밀정 정보 목록에는 이름이 오르지 않았기에 뒤로 미루고 있습니다만…… 개인적으로는 무척 신경 쓰이는군요."

조로? 들어본 기억이 있네. 어디서 들었더라…………. 아아, 생각났다.

조로의 상단은 괜찮아. 샤샤트의 미요 씨가 체크하고 있다. 평범한 떠돌이 상인이라고 했어.

"그랬습니까."

움직임이 멈춘 것도, 상단 멤버가 샤샤트나 다섯 마을에서 일하기 시작해서 그런 모양이야.

"즉, 〈마를라〉나 라멘 거리가 목적입니까?"

아마도.

그리고 상단 멤버가 마왕 아저씨와 접촉하고 있지만, 아무 행동도 일으키지 않았으니 암살자도 아니야. 평범하게 야구를 즐기고 있었어.

"알겠습니다. 조로의 상단은 문제없는 것으로 알고 진행하겠습니다."

그렇지. 그걸로 잘 부탁해.

…………….

로비아에게는 그렇게 말했지만, 나도 조로의 상단은 수상하다고 생각한다. 마왕 아저씨와 접촉한 속도는 아무리 생각해도 이상하고, 미요 씨가 괜찮다는 메시지를 보낸 것도 이상하다.

다만 이번의 내 일은 정보 목록에 있는 밀정이 정말로 밀정인지 아닌지를 확인하고 붙잡는 것. 목록에 없는 자는 대상이 아니다.

밀정을 싹 쓸어버리고 싶다면 그렇게 명하면 될 텐데, 그러지 않았다. 즉, 조로의 상단은 이미 촌장이나 티젤 님이 엮인 안건에 관여하고 있다.

나는 그렇게 혼자 예상하지만…… 이런 것을 상담할 수 있는 골과 브론이 없다. 아내들에게는 촌장이나 티젤 님에 관해서 아직 전부 이야기하지 않았다.

큰나무 마을로 데려갈 수 있다면, 그런 부분도 제약이 풀리겠지만…… 큰나무 마을로 데려갈 때는 골과 브론의 아내도 같이 가기로 했으니까, 좀처럼 타이밍을 맞출 수 없다.

아내 중에서도 호우에게는 상담은 할 수 있지만, 호우에게만 상담하면 다른 아내가 토라지니까.

게다가 호우는 호우대로 마왕국의 재무로 바쁘다. 쓸데없는 말은 할 수 없다.

뭐, 샤샤트에서 문제를 일으키면 미요 씨가 용서하지 않을 테고,

다섯 마을에는 요우코 씨나 프라다 씨가 있다. 내 예상이 맞든 틀리든 문제는 없겠지.

응. 이 이야기는 여기서 끝. 점심 식사도 끝났고, 열심히 일하자.

로비아가 식당에서 나가는 것을 배웅하고, 나는 집무실로 갔다.

어어, 내 예정은 어떻지? 나는 옆에서 대기하고 있는 집사장에게 물었다.

"점심 식사 후에는, 정원에서 야구 연습이 있습니다. 우리 가문의 참가 희망자들이 준비하고 있습니다."

…………….

"연습 후, 땀을 씻을 수 있도록 뜨거운 물을 준비하겠습니다. 힘내십시오."

아니, 힘내겠지만.

조금 확인해도 괜찮을까? 나를 저택에서 내보내지 않으려고 하고 있지? 어째서일까? 당연히 들키지. 요즘엔 저택 부지 안에만 있잖아.

"아…… 이건 제 혼잣말입니다. 마님들께서는, 더 이상은 먼저 있는 분들이 임신하고 나서 만들길 바란다고 합니다."

더 이상 뭘 만드는데?

"부인을 만드는 것 말입니다."

내가 밖에 나갈 때마다 아내를 늘리고 있는 듯한 평가는 받아들이기 어렵지만, 자각이 없는 것은 아니므로 반론하지 않았다.

좋아. 야구 연습, 힘내자. 마왕 아저씨가 야구를 각지에 전파하고 싶다고 했으니까. 연습은 헛되지 않을 것이다.

잡담 선상의 브론

내 이름은 브론. 주어진 일을 열심히 하는 수인족 남자다.

에? 비주얼은 아직 소년이라고? 이미 결혼했으니, 어른으로 대하길 바랍니다.

자, 나는 샤샤트에 와 있다.

샤샤트에는 항구가 있으니 당연히 바다가 가깝고, 바다 내음이 코를 간질인다. 하지만 그것을 바로 카레 향이 덮어쓴다. 이것이 샤샤트.

이 도시에서 내가 할 일은 손님맞이인데, 아직 오지 않은 모양이다. 손님은 배로 온다고 하는데, 배로 예정에 맞춰 도착하긴 어려우니까. 10일 정도 일정의 여유를 잡아야 하지 않을까.

…………어라? 그렇다면 배가 도착할 때까지 나는 쭉 여기서 기다려야 하는 걸까? 그것도 귀찮은데.

손님도 도착했다고 해서 연락을 주거나 하지는 않을 테고. 어떡하면 좋을까?

고민하지 않는다. 이럴 때 있는 것이 모험가다. 항구를 감시하게 해서, 입항한 선박의 이름을 체크하게 한다.

돈은 들지만, 그걸로 내가 자유롭게 움직일 수 있다고 생각하면 대단한 액수는 아니다.

"저기, 모험가를 고용할 정도라면 이쪽을 의지해 주세요."

모험가 길드로 가려던 참에, 기다리고 있던 미요 씨에게 그렇게 말을 들었다.

미요 씨는 샤샤트 대리 통치인의 비서를 하고 있다. 선박의 입항 정보라면 금방 입수할 수 있겠지.

하지만 미요 씨에게 부탁하긴 어렵다. 왜냐하면…….

"사실은 이쪽에서도, 부탁하고 싶은 것이 있어서요."

이런 점이다.

귀찮은 일은 곤란한데.

"아뇨. 그냥 이 도시에서 열리는 작은 이벤트에 참가해 주길 바라는 겁니다."

작은 이벤트?

"네. 소형선 경주입니다. 여덟 명이 노를 젓는 배를 사용하는데, 이쪽에서 준비한 팀에서 결원이 발생해 그 대타를 부탁하고 싶습니다."

대타? 배에 타는 거야? 나는 배를 타본 적이 거의 없는데, 그래도 괜찮아?

"노 젓는 사람이 여덟 명 모이지 않으면, 출전조차 할 수 없으니까요."

팀워크에 관해서는?

"참가하는 것이 중요하고, 성적은 걱정하지 않아도 됩니다."

뭐, 그렇다면 괜찮을까. 그래서? 그 이벤트는 언제 하는 거야?

"바로 지금입니다."

…………….

"바로 지금이 아니라면, 대타를 부탁하거나 하지 않습니다."

하긴.

나는 미요 씨와 이벤트 회장으로 이동했다.

구경꾼이 많다. 그리고 그 구경꾼을 겨냥한 노점도 많다. 갖가지 맛있는 향기가 난다.

"배고프시다면, 적당히 사서 가져다드릴까요?"

그거 좋은데.

"팀은 이쪽입니다. 샤샤트에서 생활하는 어부의 아이들로 구성되어 있으며, 팀 이름은【피셔맨즈】입니다."

나는 미요 씨에게 이끌려 배로 가서 팀에 인사한다.

브론입니다. 잘 부탁드립니다.

"대타, 고맙네. 잘 부탁해."

저야말로.

미요 씨는 어부의 아이들이라고 말했지만, 보기에는 팀 전원이 나보다 연상. 20대 중반의 베테랑 어부 같은 풍격이 있다.

"아하하하. 아버지가 아직 현역이라서, 아직도 애 취급이야."

"독립해서 자기 배를 가질 수 있다면 모르겠지만."

"결혼하지 않은 탓도 있을지도 몰라."

"이 경주에서 좋은 모습을 보여서, 나는 저 아가씨에게……."

"참고로 너를 부르게 된 원인은 갑자기 결혼한 배신자다."

갑자기?

"어젯밤이다. 용서 못 해."

아니, 축복해 주자고. 그리고 나도 결혼했으니까.

"하아! 미요 씨, 어째서 기혼자를!"

"그런 소리를 하니까, 대타를 못 찾은 거잖아요. 아니면 인원 부족으로 불참하겠어요?"

"크……."

"그리고 기혼자를 적으로 돌리기 전에, 아군으로 삼아 아내의 친구를 소개받는 것이 유익하다고 생각합니다. 그렇게 몇 번인가 조언했지요?"

"정론 따위 듣고 싶지 않아! …………하지만, 불참은 곤란하다. 잘 부탁드립니다."

자, 잘 부탁해.

어째서 나를 택했는지 의문이었지만, 이런 팀이었기 때문인가.

이러쿵저러쿵하는 사이에 경주 시작 시간이 되었다.

우리가 타는 배는 돛이 없는 가늘고 긴 배. 여덟 명이 일렬로 타고, 양손으로 노를 젓는 스타일인데…… 이거, 진심으로 팀워크가 필요한 거잖아? 내가 대타여도 진짜 괜찮은 거야?

그리고 이런 종류의 배는 진행 방향이 앞쪽 아니야? 진행 방향이 등 뒤라니…… 누가 진로를 정하고 있는 거지? 그리고 내 앞에 팀 동료 일곱 명의 등이 보인다는 것은…… 내가 선두? 어? 여기가 가장 위험한 자리 아닐까? 엄청 무서운데.

살짝 패닉에 빠진 내게, 팀 동료가 뒤돌아보며 생긋 웃는다.

…………….

그걸로 끝? 잠깐만!

진짜 농담이었다. 다행이다.

각 배에는, 진로 지도를 담당하는 길잡이가 탄다고 한다.

즉, 하나의 팀은 여덟 명의 노 젓는 사람과 한 명의 길잡이. 길잡이는 경주 시작 신호수로서 올라탄다는 모양이다.

대체 어디서 타는 건지 생각하고 있을 때, 배 근처의 해수면에서 얼굴을 내밀었다. 아하. 왜 그렇게 귀찮은 짓을 하나 생각했더니, 길잡이는 바다 종족인가.

그리고 바다 종족이라면 길잡이 실력은 확실하겠지. 말 그대로 바다가 자기 집이니까. 든든하다.

내가 그렇게 감탄하자, 바다 종족이 차례차례 해수면에서 뛰쳐나와 배에 올라탔다. 우리 배에도 탔다. 날씬한 바다 리저드맨이다. 응, 무게로 봐도 별로 문제없을 것 같다. 잘 부탁해.

그는 고개를 끄덕이고, 이어서 손가락으로 진로를 지시했다.

…………….

말해주지 않으면 따를 수 없잖아? 보이지 않으니까. 당황하고 있는 나를 방치하고, 배는 이동하기 시작했다.

괜찮은 거야? 이걸로 괜찮은 거야? 그야 길잡이가 타면 출발한다고 들었지만. 에, 에라이, 어떻게 되도 나는 몰라.

나는 눈앞의 팀 동료에 맞춰 노를 저었다.

경주 내용은, 해상에 설치된 부표 사이를 통과한 뒤 골인 지점으로 가는 것이다.

부표는 빨강, 검정, 흰색 세 가지 색이 있고, 골은 출발 지점. 즉, 체크포인트 세 곳을 통과해서 출발 지점으로 돌아오면 된다.

다만 진행 방향이 등 뒤라는 것을 무시하더라도, 내게는 부표가 보이지 않는다. 길잡이의 지시를 믿고 나아갈 뿐이다.

그리고 이건 경주이므로, 당연히 비슷하게 움직이고 있는 배가 제법 있다.

눈에 띄는 곳에서는…… 샤샤트 상공회 소속의 젊은 멤버로 구성된 팀 【머니 월드】. 이프루스 학원의 교사와 학생으로 구성된 팀 【이프루스 카레】. 그리고 샤샤트 근교 마을 청년들로 구성된 팀 【슬로 라이프】. 다섯 마을에서 온 팀 【프라다 일행】.

…………….

프라다 일행이라고 하면서 프라다 씨는 안 탔네? 이런, 배끼리 부딪쳐서 전복하고 있다.

같은 체크포인트를 목표로 하고 있으니, 있을 법한 일이다. 전복한 배의 승무원은 바다 종족 구조대가 돕고 있다. 어느 정도 안전은 확보하고 있는 셈이다. 조금 안심했다. 이런, 옆에서 치는 파도가 우리 배를 덮친다.

끄응. 이 좁은 배는 아무리 생각해도 강이나 연못용. 바다의 거친 파도에 저항하기에는 너무 가늘고 길다. 무조건 뒤집힌다. 거봐, 옆에 나란히 있던 배가 뒤집혔잖아. 다음은 이 배 차례다.

그런 생각을 하고 있자, 팀 동료가 말을 걸었다.

"브론. 바다 위에서 가장 하면 안 되는 것은, 약해지는 것이다!"

"그런 마음으로는 어떤 배라도 가라앉는다!"

"가라앉고 싶지 않다면 자신을 믿어라!"

"그리고 이건 쓸데없는 정보일지도 모르지만, 우리는 헤엄칠 줄 모른다."

…………….

어부의 자식이면서? 저기, 헤엄을 못 치니까 아직 애 취급인 거 아닐까!

“에잇, 정론 따위 듣고 싶지 않아! 애초에 바다는 무섭잖아!”

“무서워, 응, 무서워!”

“어째서 바다 따위가 존재하는 걸까. 전부 육지면 괜찮다고 생각하는데?”

“전적으로 동감한다.”

샤샤트 어부의 미래는 어두운 모양이다.

하지만 일단 가라앉고 싶지 않은 마음은 하나인 모양이라, 우리는 열심히 노를 저었다.

우리 순위는 9위였다.

33개 팀이 참가했으니까, 중간보다 위는 그럭저럭 괜찮은 순위겠지. 아니, 완주할 수 있었던 것에 감사한다. 이것도 저것도 길잡이 덕분이다. 인정하고 싶지는 않지만. 말수가 없는 것은 조금 아니라고 생각해. 오늘 처음 만났는데 신뢰 관계 같은 게 생길 리도 없고.

“브론. 수고했어. 이따가 반성회가 있을 예정이니 참가해 주면 좋겠군.”

반성회를 합니까?

“반성회의 이름을 빌린 연회야.”

“연회라고 말하지 마. 상공회에 대항해서, 어부들이 일치단결하는 자리다.”

"하하하. 그런 의미가 없다고는 말하지 않겠지만, 그렇게까지 상공회와는 적대하지 않으니까."

"다치지 않고 끝나서 다행이라는 의미의 연회야. 참가자는 우리와 우리 가족, 친구들이다."

그렇다면, 뭐.

"다행이군. 아아, 맞다. 미요 씨가 전언을 남겼다. 해당 선박을 앞바다에서 확인. 다만 이 이벤트로 선박 입항이 제한되고 있으니, 해당 배가 입항하는 것은 빨라야 이틀 뒤 정도라고 해."

…………….

역시나 미요 씨, 이 정보를 알면서 숨겼구나. 정말이지…… 쓸데없이 햇볕에 타버렸다.

뭐, 제법 즐겁기는 했지만.

여담으로 우승 팀은 떠돌이 상인 유지들로 구성된【힘내라 조로】. 대단한 조정 기술이었다. 본받고 싶은 바이다.

잡담 싸우는 프라다

제 이름은 프라다. 구찌 님의 부하지만, 현재는 다섯 마을에서 일하고 있습니다.

어쩌다가 그렇게 되었는지는…… 뭐, 아무래도 좋지 않습니까. 다섯 마을은 좋은 곳이에요. 무엇보다도 밥이 맛있어요. 제게 허락된 식비로도, 제법 괜찮은 미식을 즐길 수 있으니 기쁘네요.

그리고 오락거리도 많이 있습니다. 특히 산기슭의 이벤트 회장은 좋네요. 시간이 허락한다면 매일 다니고 싶은 곳입니다.

만약 이사할 곳을 생각하고 있다면 다섯 마을을 후보에 넣는 것을 추천합니다.

자, 저는 샤샤트로 이동하게 되었습니다.

샤샤트에서 열리는 이벤트에, 다섯 마을 대표로 참가하기 위해서입니다.

왜 제가 가냐고 생각했는데, 샤샤트 경제에 관해 조언을 원해서 지명되었다고 합니다. 그렇군요. 이래 보여도 저는 경제 쪽으로 강하니까요.

샤샤트에 머무는 동안의 비용은 내주신다고 하니, 거절하거나 하지는 않습니다. 이래저래 한 달 정도 신세를 지려고 생각합니다.

그런 생각을 했던 것이 나빴던 것일까요.

샤샤트에 도착해 마중을 나온 미요 씨와 인사를 나눈 직후였습니다. 묘한 기운을 느꼈습니다. 싫은 느낌입니다. 그리고 저는 그 묘한 기운에 기억이 있었습니다.

눈치채지 못한 척하는 것도 한 방법이지만, 눈치챘는데도 방치한 것이 들키면 야단맞겠죠. 들킬 리 없겠지만, 이런 일은 어째서인지 들키는 법입니다. 저는 학습했습니다. 그래서 대처합니다.

"미요 씨. 긴급 사태입니다. 아쉽지만, 이벤트에 참가할 수 없게 되었습니다."

"네?"

"그나저나 이 도시에서 살해당하면 곤란한 인물은 누가 있죠?"

"하? 갑자기 무슨 말씀이죠? 어떤 인물이라도 곤란합니다."

"아, 그렇다면 죽었을 때 촌장, 혹은 드래곤이 화낼 인물을 가르쳐 주세요."

"저기, 농담……이 아니라?"

"아하하, 농담입니다. 농담. 그래서, 누가 있습니까?"

"촌장 관계라면, 〈마를라〉 종업원과 고로운 상회의 마이클 씨. 조금 있으면 이쪽을 방문할 예정인 브론 씨. 드래곤 관계는 잘 모르겠습니다. 그리고 촌장의 부인 루 님과 관련이 있는 것이 이프루스 학원의 교사나 학생입니다."

"제법 많군요. 하지만 타이밍 좋게 이벤트가 있습니다. 되도록 그 이벤트에 그런 인물들을 모아주세요."

"뭘 어쩌려는 거죠?"

"아무것도 하지 않아요. 다만 무슨 일이 생겼을 때, 찾아다니지 않아도 되잖아요? 그뿐이에요."

"……."

"무서운 눈으로 보지 마세요. 저는 촌장이나 드래곤에게 폐를 끼치고 싶지 않을 뿐이니까요."

"알겠습니다. 이쪽은 이쪽대로 멋대로 경계하겠습니다. 그쪽에 지원군은 필요합니까?"

"최대한 많이 원하지만, 죽을 가능성이 있으니 인선은 신중하게 하세요. 촌장이나 드래곤에게 원망받는 것은 사양하겠어요."

"솔직히, 프라다 씨가 느끼는 위협이 제게는 와닿지 않습니다. 프라다 씨는 어느 정도의 위기감이 있는 걸까요?"

"으음, 잠든 드래곤에게 녹슨 검으로 장난치는 꼬마 모험가를 본 느낌이네요."

"저라면 최선을 다해 그 자리에서 도망치겠어요."

"저도 그렇게 하고 싶은데요. 하지만 차마 그럴 수가 없어서…… 아무 일도 일어나지 않기를 기도해 주세요."

"알겠습니다. 무사하길 빕니다."

"고마워요. 힘내 보겠어요."

저는 묘한 기운의 근원으로 향합니다.

샤샤트의 큰길. 제법 눈에 띄는 장소인데…… 당당하게 있군요.

마법진.

인식 저해 효과도 있어서 잘 모르는 사람에게는 평범한 문양으로 보일까요.

하지만 오래된 양식의 정통 마법진입니다. 이 마법진 위를 통행하는 것만으로, 생명력을 빨립니다.

경계당하지 않으려고 한 건지 흡수량은 적지만, 한 시간이라도 이 자리에 머무르면 쓰러지겠죠. 두 시간이면 죽을까?

저는 마법진 일부를 지워서 무력화합니다. 전부 지울 시간은 없습니다. 제가 감지한 것만으로도 이 도시에 40개 가까운 마법진이 설치되어 있으니까요.

이벤트가 있는 항구 쪽부터 무력화해 갑시다. 이미 몇 가지 수단을 써서 구찌 님에게 연락은 했습니다. 오래 걸리지 않고 병력을 이끌고 와주실 겁니다.

제 역할은 마법진을 무력화하면서 이 마법진을 설치한 자를 탐색하는 것.

전투는 피하고 싶네요. 상대가 상대니까요. 아아, 아직 확정은 아니지만…… 마법진 배치 방식으로 보아, 거의 본인이겠죠.

혹은 그 제자이거나. 제자라면 저라도 어떻게든 될까? 제자면 좋겠네.

이런저런 생각을 하면서, 절반 정도의 마법진을 무력화했을 때였습니다.

…………….

발견. 네, 본인입니다.

마법진이 무력화되고 있는 것을 눈치채고, 상황을 살펴보러 나온 모양입니다. 저를…… 눈치채지 못했다? 그럴 리가 없죠. 네네, 그렇게 쏘아보지 마세요. 저는 싸움에 적합하지 않다고요. 아, 이 자리에서는 좀 그러니까, 이동할까요. 도시 밖이면 더 좋겠네요. 여기서 날뛰면, 여러모로 귀찮으니까.

샤샤트 북서쪽에 있는 초원. 샤샤트가 멀리 보입니다.

사실은 좀 더 멀리 떨어진 장소로 이동하고 싶었는데, 상대가 있으니 어쩔 수 없습니다.

"프라다, 나를 방해할 작정이야?"

"방해하고 자시고, 저런 위험한 마법진을 방치할 순 없잖아요."

제 눈앞에 있는 것은 저와 같은 악마족 여성.

이름은 뷔통. 뷔통 그리 아논. 일찍이 구찌 님과 패권을 다투었던 자입니다.

뭐, 최종적으로는 구찌 님이 이겼지만요. 즉, 구찌 님보다 하수.

예이~ 하수, 하수.

"프라다, 나를 진심으로 만들고 싶은 거야?"

"아뇨. 저는 아무 말도 안 했는데요."

"바보 같은 생각을 했지? 다 안다고."

"어라? 저, 그렇게 알기 쉽습니까?"

"당연하지. 있잖아, 프라다. 날 돕지 않을래?"

"도우라고요?"

"그래. 그렇게 해주면 옛날 일은 잊어줄게."

옛날 일.

뷔통이 구찌 님과 싸우고 있을 때, 제가 옆에서 끼어든 것 말이군요. 그것이 승패를 결정했다고도 할 수 있으니………… 위험하다. 찍혔을 가능성이 큽니다. 지금은 뷔통의 편을 드는 것이 정답일까요?

농담도 참. 도왔다고 해서 뷔통이 옛날 일을 잊을 리가 없잖아요. 집념으로 똘똘 뭉친 듯한 악마니까요.

하지만 지금은 구찌 님의 병력이 올 때까지 시간을 끌기 위해, 동료가 되는 척합시다.

"좋아요. 뭘 하면 되죠?"

"프라다. 장난치는 거야? 알기 쉽다고 말했잖아."

뷔통의 발밑에서 뻗은 그림자가 사라졌는가 싶더니, 제 등 뒤에서 나와 저를 감싸려 합니다. 이건 위험하네요.

뷔통을 유도하려고 이 자리에 왔는데, 뷔통이 미리 마법진을 준비한 장소인 모양입니다. 저는 그런 장소에 태평하게 찾아가서 한가롭게 이야기하려고 한 모양입니다. 자신의 경솔함에 저도 모르게 웃어버립니다. 아하하하하하하.

경솔함의 대가를 치르도록 하죠. 일단 금화 세 닢으로 될까요?

저는 금화를 꺼내 내던집니다.

제가 던진 금화는 빛을 발하며 뷔통의 그림자를 밀어냅니다. 그 사이 저는 안전한 장소로 이동. 자기 할 일을 마친 금화는 진흙으로 변해, 땅에 떨어집니다.

"칫, 언제나 돈이 없다고 칭얼대면서 잘도 내놓네. 좋은 일자리라도 찾았어?"

"아뇨, 싼 급여로 부려먹히고 있는걸요. 하지만 생활비와 전투용은 따로 두니까…… 전투에서 곤란한 일은 없어요."

"어머, 그래? 그러면 얼마나 모아뒀는지 시험해 줄게."

"아하하, 사양하고 싶네요."

발동하기 전의 마법진이라면 은화로 어떻게든 될까나? 하지만 지금 은화를 내놓으면 뷔통에게 비웃음당한다. 체면을 생각해서 금화를 내놓고 자세를 잡읍시다. 응, 체면은 중요해요. 악마족은 체면을 의식하니까요.

남은 금화는 열일곱 닢.

…………생각했던 것보다 적다. 어떡하지. 뷔통을 상대로 얼마나 버틸 수 있을까.

금화가 다 떨어지기 전에, 구찌 님의 병력이 와주면 좋겠는데.

잡담 지원군?

네, 금화가 다 떨어졌습니다. 제가 위기입니다.

제가 누군지 모른다고요? 설마~ 어? 정말로 몰라요? 그럴 수가.

저는 프라다. 도망치고 싶지만 도망치게 해줄 것 같지 않은 상대 앞에서 고군분투 중인 악마족입니다.

으음, 이상하다. 구찌 님의 병력이 오지 않는다.

제가 샤샤트에 도착한 것은 아침. 그 타이밍에 뷔통의 기운을 느끼고 구찌 님에게 연락했습니다.

뷔통과 제가 만나 이 자리로 이동한 시점에서 점심 무렵. 충분한 시간이 지났습니다.

이 자리로 올 수 있도록 표식도 잘 남겼는데, 어째서 오지 않는 것일까요? 이대로는 당합니다. 네, 당해버릴 거예요. 저는 싸우는 타입이 아니에요. 반면 뷔통은 싸우는 타입. 그런데 승부가 될 리 없잖아요.

…………….

어라? 어째서 제가 아직 당하지 않은 것일까요?

생각할 수 있는 것은…… 하나. 뷔통, 약해졌군요! 무슨 일이 있었는지는 모르겠지만, 저를 쓰러뜨릴 수 없을 정도로.

좋아, 광명이 보여. 할 수 있어.

할 수 있어, 할 수 있어, 할 수 있어, 할 수 있어, 할 수…… 있을 리 없잖아요! 뭐야 이거?

생각이 유도당하고 있군요. 뷔통의 주특기였던가요. 위험하다, 위험해.

아니, 어째서 저는 뷔통의 주특기를 지금까지 의식하지 않았던 걸까요.

그것을 깨달으니 이해할 수 있었습니다. 여기는 뷔통의 결계 안입니다. 이 자리에 온 시점에서 이미 뷔통의 계략에 걸렸다는 건가요.

즉, 제가 인식하고 있는 장소가 아닐 가능성이 있습니다. 구찌 님의 병력이 오지 않는 이유가 그거군요. 아, 시간도 현혹되고 있었던 모양입니다.

제가 결계를 의식했기 때문인지 해가 갑자기 졌습니다. 저는 상당히 오랫동안 뷔통과 싸우고 있었던 모양입니다. 크으으.

어쩐지 금화가 빨리 떨어진다 싶었습니다. 당했습니다. 어쩌죠.

제가 아직 건재한 것으로 보아, 뷔통이 약해진 것은 확실합니다. 하지만 제 공격 수단인 금화는 다 떨어졌습니다. 이 상태가 계속되면, 저는 끝장입니다. 큭, 라멘을 더 먹고 싶었는데. 〈마를라〉의 카레도. 큰나무 마을에서 나오는 요리도 앞으로 한 번…… 아니, 열 번 정도. 그리고 미술품이라든가, 많이, 많이, 많이 보고 싶었어. 아. 아무나 도와줘.

"제가 돕겠습니다."

어? 누구?

저와 뷔통의 싸움에 갑자기 끼어든 메이드 차림을 한 악마족 여성. 구찌 님의 병력? 그렇게 생각했는데, 아니었습니다.

그 메이드 의상은 제가 입고 있는 메이드 의상과 다릅니다. 한마디로 말하면, 고풍(클래식). 조금 오래된 타입의 메이드복입니다. 그리고 떠올렸습니다.

이 악마족은 에르메. 베르사 님의 메이드입니다.

베르사 님.

구찌 님보다 오래된 악마라고 하는데, 저는 그 실력을 모릅니다. 하지만 구찌 님이 정중하게 인사했으니, 상당한 실력자이겠죠.

그 베르사 님을 모시는 메이드이니, 역시 상당한 실력자라고 생각해도 될 겁니다. 그래요. 뷔통의 결계 안으로 난입했으니 기대해도 되겠죠.

저는 솔직하게 도움을 청합니다.

"도와줘, 도와줘."

"프라다. 좀 더 자존심을 가지렴."

뷔통이 불평하지만, 무시합니다.

"프라다 씨. 상대가 말한 대로, 좀 더 자존심을 가져도 좋지 않을까요?"

시끄러워요. 목숨의 위기 앞에서 자존심이 무슨 소용이 있다는 겁니까. 됐으니까 도와주세요.

"네네, 알겠습니다. 하지만 사실 저는 싸울 수 없습니다."

…………어? 왜요? 어째서요?

"옛 계약입니다."

그렇게 말하면 뭐든지 얼버무릴 수 있다고 생각하지 마세요!

"그렇게 말씀하셔도, 악마족은 계약에 따르는 법이지요?"

크으으.

"하지만 당신을 도울 수단이 없는 것은 아닙니다."

즉?

"저는 싸울 수 없지만, 싸울 분을 데려올 수는 있습니다."

오오! 그러면 그렇게 해주세요. 근처에 구찌 님의 병력이 있을 테니까, 그분들을!

"아쉽지만, 그건 어렵겠죠."

어째서요?

"샤샤트에 있는 마법진을 처분하고 돌아간 모양이니까요."

…………….

돌아갔다고? 어? 돌아갔다고? 농담이지요?

"농담할 타이밍이 아니죠? 하지만 안심하세요, 저 악마에게 대항할 만한 인물을 데려오겠습니다."

저, 정말이죠?

뷔통에게 대항할 인물을 데려올 수 있다는 거죠?

"맡겨주세요. 뭐, 데려오는 동안, 프라다 씨 혼자서 애써 주셔야 하지만요."

초, 초특급으로 부탁드립니다.

"뭘요. 금방 돼요. 강제로 데려올 거니까요."

에르메 씨는 그렇게 말하고 모습을 감추었다.

"내 결계를 참 간단히 드나들어 주네…… 속이 터지는걸."

뷔통이 화내고 있습니다.

혹시, 저는 화난 뷔통을 상대로 시간을 끌어야 하는 걸까요?

…………그런 모양입니다.

애썼습니다. 전 애썼습니다. 에르메 씨가 뷔통에게 대항할 인물을 데려올 때까지, 도망쳤습니다. 아자, 이겼다.

그렇게 생각했는데…….

에르메 씨가 데려온 인물은…… 저기, 뭐랄까…… 풍채가 좋고, 나이를 먹은 남성?

죄송합니다, 자신을 속였습니다. 뚱뚱한 마족 중년 남성입니다. 좋은 옷을 입고 있으니, 신분은 높아 보이지만요. 누구세요? 엄청 약해 보이는데요? 에르메 씨, 에르메 씨, 다른 사람, 다른 사람을 부탁드립니다!

"그분만으로 괜찮습니다. 보세요."

보라고 말씀하셔도.

아, 저는 아군. 아군입니다. 적은 저쪽. 네, 저쪽입니다.

끌려오기 전에 에르메 씨에게 설명을 들었는지, 뚱뚱한 마족 중년 남성은 허리춤에 찬 검을 뽑아 뷔통을 공격했습니다.

오오, 겉보기와는 달리 제법 날카로운 참격. 뷔통을 상하로 양단합니다.

하지만 안 됩니다. 뷔통에게 검은 통하지 않습니다. 뷔통은 아무 일도 없었다는 듯이 서 있습니다.

"오호라. 진짜 악마족인 모양이군."

뚱뚱한 중년 남성은 뷔통과 조금 거리를 두고 검을 다시 고쳐 잡습니다.

"갑작스러운 기습, 실례했다. 이름을 밝히도록 하지. 내 이름은 와토강! 와토강 푸갤. 마왕국 백작의 지위를 맡고 있는 자다!"

에? 마왕국의 푸갤 백작? 저기, 에르메 씨. 그런 사람을 데려와도 되는 거예요? 나중에 말썽이 생기는 것은 곤란한데요.

제 동요를 아랑곳하지 않고, 뷔통은 푸갤 백작에게 이름을 밝힙니다.

"뷔통 그리 아논이야."

"뷔통……. 역사서에 이름을 남긴 대악마가 상대라니…… 영광이다."

"후후후. 마족이 악마족에게 이길 수 있다고 생각하는 거야?"

"오래된 가치관이군. 이길 수 없는 상대에게 이기기 위한 노력은 하고 살았다. 간다!"

간다뇨. 기다려요.

뷔통에게 검은 통하지 않……. 푸갤 백작은 뷔통에게 다가가는 도중에 검을 버리고, 맨손으로 때렸다.

그것만이 아니다. 때리는 기세로 팔꿈치 치기, 그리고 어깨로 들이받기. 전부 효과가 있다. 뷔통이 놀란 표정을 보이고 있으니 진짜일 터.

"유명한 것도 곤란하군. 【병마】의 뷔통. 병에는 검이 통하지 않는다. 병에 대항할 수 있는 것은 단련된 육체. 치고받는 싸움이라면, 나는 제법 할 수 있다고."

"끙…… 용서하지 않겠습니다."

뷔통의 의식이 완전히 푸갤 백작에게 갔습니다. 좋아, 살았다.

그렇게 기뻐할 수만은 없습니다.

저는 떠올렸습니다. 푸갤 백작은 골 군의 장인입니다. 저로선 아슬아슬하게 지켜야 하는 범위라고 판단합니다.

즉…….

"거기 악마족 메이드. 방어는 맡겼다."

푸갤 백작의 말을 거절할 수 없습니다.

어어, 잠깐, 헉, 내 몸 하나 지키면 됐던 아까보다 귀찮아지지 않았나요, 이거! 아앗, 앞으로 나설 때는 한마디 해줘요.

잡담 한밤중의 브론

내 이름은 브론. 연회에서 장기자랑을 요구하는 것은 악습이라고 생각하기 시작한 수인족 남자다.

뭐, 조금이라면 어울려주기도 하지만.

【피셔맨즈】의 반성회라는 이름의 연회에서 빠져나왔더니, 한밤중이 되어 있었다.

나는 미리 잡아둔 숙소로 발걸음을 향한다. 샤샤트에 설치된 전이문을 사용하면 왕도로 돌아가거나 다섯 마을로 가는 것도 가능하지만, 손님맞이라는 업무 내용을 생각하면 말이지. 되도록 샤샤트에 있는 것이 좋다고 판단했다. 틀리지 않았다고 생각한다.

하지만 나는 곧바로 그것을 후회하게 되었다.

…………….

아니, 후회하지는 않는다. 응. 흐름에 몸을 맡긴 결과다. 받아들이고 있다. 후회는 하지 않는다. 반성하고 있을 뿐이다.

숙소 근처까지 왔을 때, 한밤중인데도 바삐 움직이는 집단을 보았다. 수상하다.

하지만 그 복장은 번듯한 집사복이나 메이드복. 그리고, 무언가를 찾고 있는 모습.

거기서 생각할 수 있는 것은…… 그들의 주인에게 무슨 일이 있었던 것이 아닐까? 쓰러져서 치유 마법사를 찾고 있다? 그렇다기에는 찾고 있는 모습이라고 할까, 장소가 이상하다.

쓰레기통 뚜껑을 열어도 치유 마법사는 찾을 수 없을 것이다. 무슨 소중한 물건을 잘못 버리기라도 한 걸까?

그렇게 생각하고 있자, 집사복 남성이 나를 보고 있었다. 뭘까? 이쪽을 가만히 보고 있다.

"브론 님!"

아, 저쪽은 나를 알고 있는 모양이었다.

어어, 어디서 만났더라? 나는 기억나지 않는데…….

"저희는 푸갤 백작가를 섬기는 자들입니다."

푸갤 백작가? 골의 아내인 엔데리의 친정? 그렇다면 어디선가 만난 적이 있어도 이상하지 않다.

"죄송합니다. 당주님을 보지 못하셨습니까?"

당주님이라니…… 푸갤 백작?

아니, 보지 못했는데…… 설마, 푸갤 백작이 사라진 거야?

"네. 혼자 방에 계셨을 텐데, 홀연히…… 죄송합니다만, 수색을 도와주실 수 없을까요?"

아, 알았어. 이 도시의 대리 통치인에게는 연락했어?

"네. 수색을 도움받고 있습니다. 다만 이벤트가 있다 보니 대대적인 수색은 내일 이후라서요……."

그렇겠지.

하지만 미요 씨 정도는 수색하러 나섰을 것이다. 이 도시의 대리 통치인도 우수하다는 소문을 들었으니까, 가능한 범위에서 애쓰고 있을 것이다.

현재 수색 상황은? 전이문 사용 가능성은 없어?

"전이문은 사용되지 않은 모양입니다. 다만 유괴 가능성을 생각하면 사용하지 않았다고 단정하기는 어렵습니다."

그렇군.

상자에 넣기라도 하면 본인이 사용했는지 아닌지는 알 수 없나. 전이문의 문제점이로군. 나중에 마왕 아저씨에게 보고해 두자.

하지만 유괴는 최악의 경우잖아? 스스로 이동했을 가능성은?

"충분히 있습니다. 당주님께서는 혼자서 행동하시는 것을 좋아하시니까요."

그래?

"네. 업무 관련으로는 특히나."

그렇군.

푸갤 백작이 이 도시에 온 목적은?

"이 도시 근처에서 큰 폭발 사고가 있었다고 해서, 그 조사라고 들었습니다."

어? 저 폭발 사고는 마왕 아저씨가 조사해서 처리했다고 들었는데?

"이건 비밀인데, 듣기론 그 폭발 현장에서 책이 반출됐다고 해서, 당주님께서는 그 책에 관심을 보이셨습니다."

책? 그 이야기는 듣지 못했는데.

"불확실한 소문이 정보의 근원이니, 진위는 모르겠지만……."

흠.

그 정보의 진위는 아무래도 좋다. 알고 싶은 것은 푸갤 백작이 실종된 원인이 될 수 있는지 여부다.

지금 이야기를 생각하면 푸갤 백작은 혼자서 폭발 현장으로 향했을까? 아니겠지.

푸갤 백작이 혼자 있을 때 책의 행방에 관한 정보를 입수했고, 책을 입수하려고 혼자 행동했다.

이거라면 있을 법한가?

백작쯤 되면 혼자 움직인다고 해도 누군가에게 연락할 것 같은데………… 나는 일단 푸갤 백작이 책을 찾고 있다고 가정하고 찾도록 하자.

그렇다고는 해도 한밤중이라 책을 취급하는 가게 대부분은 문을 닫았다. 음지에서 책 거래를 하는 장소에 짚이는 곳은 없다.

수색하고 있는 집사들이 이 도시의 대리 통치인에게 연락했다면, 일이 다소 커져도 상관없는 거겠지. 대응이 늦어서 푸갤 백작에게 무슨 일이 생기는 것이 더 큰 문제고.

…………….

그래도 확인해 두자. 일이 커져도 괜찮을까?

"괜찮습니다. 죄송하지만, 잘 부탁드립니다."

알았어.

나는 다섯 마을의 요우코 씨에게 도움을 요청하는 편지를 썼다.

서두르고 있으니 간결하게.

푸갈 백작이 행방불명. 수색할 인력이 필요하다. 전이문 사용 상황 정보가 필요하다.

이런 느낌으로.

요우코 씨라면 사태의 심각성을 이해하고 바로 인력을 보내줄 것이다.

그나저나 집사 씨.

"무슨 일입니까?"

수색을 위해 확인하고 싶은데…… 푸갈 백작은 쓰레기통 안에 숨는 일이 있어?

"푸갈 가문에서 도주는 부끄러운 일이 아닙니다. 【도망칠 때는 최선을 다해라】가 가훈입니다."

과, 과연……. 즉, 체면을 따지지 않는 경우에는 쓰레기통 안에 도망치는 경우도 있다는 건가.

"당주님께서는 아직 하신 적이 없습니다만, 몇몇 영애는 하신 적이 있습니다."

…………….

엔데리 씨 얘기가 아니길 바란다.

자, 나는 한 가지, 잊고 있었던 것이 있다.

다섯 마을의 촌장 대행은 요우코 씨. 이것은 틀림없다. 하지만, 밤이 되면 요우코 씨는 큰나무 마을로 돌아가 있다.

현재는 밤. 한밤중. 내 편지는 전이문을 사용해서 다섯 마을로,

그리고 다섯 마을에서 큰나무 마을로 이동했다고 한다.

그 결과.

"사람 찾는 특기는 없지만, 이럴 때는 많을수록 좋은 법이야. 힘내자!"

촌장이 나타났다.

"손자랑 증손자에게 좋은 모습을 보여야지."

도스 씨(엠퍼러 드래곤)가 나타났다.

"내가 수확한 무를 맛보게 해주지."

드라임 씨(게이트 드래곤)가 나타났다.

…………….

어째서 이 세 분이? 촌장 뒤에 있는 하이엘프 누나들이나, 리저드맨 형들로 충분한데? 아, 구찌 씨도 있다. 뭐랄까, 머리를 감싸고 있는데?

응? 구찌 씨가 나를 부르고 있어? 뭘까?

"브론 님, 사태는 최악입니다. 하지만 안심하십시오. 촌장은 이 제가 지킵니다. 무슨 일이 있어도 지킵니다."

어…… 드라임 씨나 도스 씨는 괜찮은 걸까?

"저쪽은 내버려둬도 죽지 않습니다. 다만 브론 님께 부탁이 있습니다."

뭘까?

"여기에 있는 것은 제1진입니다. 바로 제2진이 옵니다."

제2진?

"촌장의 부인들입니다. 이렇게 늦은 시간이었기에, 살기가 늘어나 있습니다."

아, 아하. 밤은 촌장과 이야기하는 소중한 시간. 그것을 방해받았으니, 화도 나겠지.

어? 설마, 나더러 그걸 달래라고?

"아닙니다. 일이 수습된 뒤, 어째서인지 제게 책임이 왔을 때 감싸주시면 하는 겁니다."

혹시…… 이 소동은, 구찌 씨 관련?

"제가 아니라, 고대 악마족 관련입니다. 그 부분을 착각해서는 안 됩니다. 아시겠죠?"

아, 네. 어어.

구찌 씨(고대 악마족)가 나타났다.

최선을 다해 자기 안위를 지키고 있는 모양이다.

잡담 쓰러진 와토강

내 이름은 뷔통. 뷔통 그리 아논. 구찌나 프라다와 같은, 오래된 시대를 살았던 악마족입니다.

"좋아, 완성. 간단한 국물 요리라서 미안하지만. 도스는 어때?"

"이쪽도 다 됐다. 촌장, 그렇게 의외라는 눈으로 보지 마라. 이래 보여도 젊었을 때는 직접 요리해서 먹었다. 이 정도는 할 수 있다. 드라임은 어떤가?"

"무에 맛이 더 배는 것을 기다리는 게 좋을까 합니다. 이쪽은 제가 보고 있을 테니, 먼저 드시죠."

"그렇군. 그러면 사발과 접시를 준비해서…… 미안하지만, 저기 상자에 있다. 꺼내줄 수 있을까?"

"젓가락은 쓸 수 있나? 안 되면 포크가 있다."

현재, 저는 낯선 남성들과 함께, 밤의 야외에서 식사 준비를 하고 있습니다.

…………….

어쩌다가 이렇게 됐지? 아, 떡이라는 물건은 맛있을 것 같은 예감이 듭니다. 두 개 주세요. 어? 세 개도 된다고요? 감사합니다. 그러면 세 개 주세요.

응. 역시 떡은 맛있었다. 네 개를 달라고 할 걸, 조금 후회합니다.

…………아니지.

어어, 어째서 저는 낯선 남성들과 함께 식사하고 있는 것일까요? 조금 전까지 프라다와 와토강이라는 마족과 싸우고 있었을 터인데.

그 싸움은 힘들었습니다. 싸움의 기량으로는 제가 두 사람보다 위일 테지요. 하지만 프라다가 방어에 전념하고 와토강이 공격에 전념하는 스타일에 고전했습니다. 솔직히 말해, 패배의 가능성이 머리를 스칠 정도로는.

하지만 지지 않습니다. 질 수는 없는 겁니다.

저는 거리를 벌리고 다시 자세를 잡았습니다. 와토강은 추격하지 않고, 그 자리에서 자세를 잡습니다. 프라다는 그 와토강의 등 뒤에 숨었습니다.

모두가 움직임을 멈추고, 잠시 시간이 흘렀습니다. 제법 긴박한 분위기입니다. 즐겁다고도 할 수 있습니다. 하지만 싸움을 즐길 여유는 제게 없습니다. 시간은 상대의 편이니까요. 제가 먼저 움직이지 않으면 안 되겠죠. 그렇게 생각하고 한 걸음 내디딘 그 순간이었습니다.

와토강이 옆으로 확 날아가고, 구르다가 쓰러졌습니다. 무슨 일이 일어났는지 저는 이해할 수 없었습니다. 와토강의 등 뒤에 숨어 있던 프라다도 마찬가지겠죠.

와토강은 엎드린 채 꼼짝도 하지 않습니다. 프라다가 제가 한 거냐고 몸짓으로 물어봅니다. 저는 고개를 가로젓습니다. 제가 아닙니다. 프라다가 한 짓 아닙니까?

제가 그렇게 몸짓으로 물어봤는데, 프라다는 온몸으로 부정했습니다. 거짓말은 아닌 것 같습니다.

하지만 그렇게 되면…… 다른 자가 있다?

전투에 관여하지 않아서 제 의식에서 사라졌지만, 이 자리에는 또 한 명이 있습니다. 프라다에게 에르메라고 불렸던 악마족이.

프라다도 그것을 깨달은 것이겠죠. 저와 프라다는 에르메를 보고, '당신이 범인입니까?' 하고 몸짓으로 물어봤는데, 부정당했습니다. 뭐, 그렇겠죠.

본인이 와토강을 데려온 겁니다. 그런데 와토강을 쓰러뜨린다면 대체 뭘 하고 싶었던 거냐는 겁니다.

즉…… 누가 더 있다?

주위에 친 제 결계는 이미 해제했습니다. 누군가가 다가와도 발견하긴 어렵겠죠. 하지만 있다고 가정해도 의문이 남습니다.

어째서 와토강을? 저를 도와주었다고 생각해도, 그렇다면 와토강이 아니라 프라다를 노려야 합니다.

그리고 싸움에 개입했다면 어째서 모습을 드러내지 않는 것일까요? 목적을 알 수 없습니다. 정말로 있는 것일까요?

그래서 저는 프라다와의 전투 속행을 판단할 수 없습니다. 프라다도 마찬가지인 모양입니다. 당했습니다.

교착 상태는 제가 바라는 전개가 아닙니다. 구찌가 오면 지금 상태의 저로는 승부가 되지 않겠죠. 뭐, 구찌도 옛날 그대로는 아니라고 생각하지만…….

멀리서 횃불의 불빛이 보였습니다. 이쪽으로 다가오고 있습니다.

와토강을 공격한 자일까요? 횃불을 들고 굉장한 기세로 이쪽을 향해 달리고 있습니다.

적인지 아군인지는 불명이므로, 저는 전투태세를 취했습니다. 프라다와 에르메도 자세를 잡았습니다.

달려온 것은, 집사복을 입은 중년 마족이었습니다. 모르는 인물입니다.

프라다와 에르메를 보지만, 두 사람도 모르는 인물 같습니다.

그 집사복 차림의 중년 마족은 쓰러져 있는 와토강을 향해 일직선으로 갔습니다. 와토강의 관계자인 모양입니다.

"당주님! 이, 이, 이건 안 된다! 서둘러 치료해야!"

그는 그렇게 말하고 와토강을 난폭하게 어깨에 들쳐메고는, 처음 왔던 방향으로 뛰어갔습니다.

저와 프라다, 에르메는 그것을 방해하지 않고, 배웅하고…… 서로 얼굴을 마주 보았습니다.

어…… 저 반응으로 보아, 와토강을 공격한 자는 아니겠죠? 서로 고개를 끄덕입니다.

그렇다면 이대로 교착 상태를 유지? 그렇게 생각하고 있자, 다른 자가 다가왔습니다. 이번에는 여러 명.

이쪽이 진짜일까요? 마법의 빛으로 주위를 비추고 있습니다.

네 명인 모양이네요? 모험가……라기에는 가벼운 차림. 인간 세 명과 수인족 한 명?

………….

…………………….

……………………………………………………………….

이 기운! 인간 중 두 명은 에인션트 드래곤입니다! 에인션트 드래곤은 악마족의 천적.

아무리 발버둥 쳐도, 악마족은 에인션트 드래곤에게 이길 수 없습니다. 노력이 부족하다거나, 연구가 부족하다거나 하는 이야기가 아니라, 종족의 상성 문제입니다.

그것이 하나만 있어도 큰 문제인데 둘이나 있다? 위험해, 위험해, 위험해…….

이 자리에서 도망칠까? 어떻게? 눈으로 볼 수 있는 거리입니다. 제가 온 힘을 다해 도주해도 따라잡히겠죠. 아니, 따라잡을 필요도 없습니다. 이미 공격 거리입니다. 에인션트 드래곤이 진심이 되면 이미 죽은 겁니다.

아직 죽지 않은 것으로 봐서 에인션트 드래곤은 저를 해치우려고 온 것이 아니라고 판단합니다.

즉, 우연. 제 운이 무진장 나빴다. 그렇다면 대화로 잘 풀릴지도 모른다. 광명이 보인다.

아, 잠깐만.

프라다나 에르메가 무슨 말을 하면 위험할지도 모른다. 같은 악마족이라는 이유로 눈감아줄지도 모릅니다. 아니, 눈감아주겠죠. 저는 희망이 어린 눈으로 프라다와 에르메를 보았습니다.

프라다는 경악하고 있었습니다. 있을 수 없는 존재를 본 듯한 느낌입니다. 마음은 압니다. 에인션트 드래곤이 둘이나 있으니까요.

하지만 프라다의 입에서 나온 것은 다른 말이었습니다.

"어째서, 여기에 촌장이!!!"

…………촌장? 프라다, 혼란에 빠진 겁니까?

놀라는 점이 이상합니다. 그리고 에르메. 제 등 뒤에 숨지 마세요.

…………….

어느새 이동한 거죠? 반응할 수 없었습니다.

혹시 에르메와 싸웠다면 저는 바로 당했을까요? 엄청나게 강하다?

그 에르메가 무슨 나쁜 짓을 하다 들킨 듯한 모습으로 초조해하고 있습니다. 저 에인션트 드래곤은 에르메를 쫓고 있다고 생각하는 게 맞을까요?

즉, 제가 에르메를 감싸고 있는 것처럼 보이는 현재 상황은 최악이라는 뜻. 비, 비켜요.

"싫습니다. 함께, 함께 야단맞아요!"

어째서 제가!

"샤샤트에 위험한 마법진을 쳤잖아요!"

물론 위험하지만, 그것에는 안전장치를 달았습니다. 눈치채지 못할 정도의 효과밖에 없습니다.

저와 에르메가 옥신각신하고 있자, 어느새 프라다는 그들에게 달려가 이렇게 말하고 있었습니다.

"저는 잘못 없습니다. 저 두 사람이 나쁩니다."

…………………………….

이때만큼 프라다를 때리고 싶다고 생각한 적은 없었습니다.

와토강에 관해서는 나중에 알았습니다.

와토강을 공격한 자는 없었습니다. 그것은 와토강이 스스로 날아가 쓰러졌을 뿐입니다.

즉, 연기. 오의【당한 척】이라고 합니다. 어째서 그 타이밍에 한 것일까요?

"아주 불길한 예감이 들었으니까. 그 타이밍이 최선이었다. 근처에 우리 집안의 집사가 있었던 것도 알고 있었고."

뭐, 확실히 와토강은 깨끗하게 현장에서 이탈했습니다. 부러울 정도로.

게다가 와토강의 당한 척으로 싸움이 멈추면서 촌장과 에인션트 드래곤들의 개입은 없었고, 대화로 넘어갈 수 있었던 셈이니…… 결과적으론 좋았을지도 모릅니다.

(종장 | 마을 밖 소동)

Farming life
in another world.
Presented by Kinosuke Naito
Illustrated by Yasumo

15

등장인물 사전 (Character)

●인간

【마치오 히라쿠】

전이자(轉移者)이자 '큰나무 마을'의 촌장. 꿈이었던 농사를 이세계에서 열심히 하고 있다.

【피리카 윈업】

젊은 나이에 검성의 도장에 입문. 재능을 드러내지만, 도장에서 발생한 문제로 도장의 주인이 되었다. 검성의 칭호에 걸맞은 강함을 원해서 현재는 검술 수행 중.

【너시】

거트의 아내. 너트의 어머니.

【이스리】

학교에서 우르자와 친구가 된 암살자?

【조로】 (NEW)

어쩌다 보니 마왕국을 조사하는 집단을 이끌게 된 떠돌이 상인. 상식이 있고 고생을 많이 하는 사람.

●인페르노 울프

【쿠로】

마을의 인페르노 울프 대표이자 무리의 보스. 토마토를 좋아한다.

【유키】

쿠로의 파트너.
토마토, 딸기, 사탕수수를 좋아한다.

【쿠로1/쿠로2/쿠로3/쿠로4 등】

쿠로와 유키의 아이들. 쿠로8까지 있다.

【아리스】

쿠로1의 파트너. 정숙하다.

【이리스】

쿠로2의 파트너. 활발하다.

【우노】

쿠로3의 파트너. 강할 것이다.

【에리스】

쿠로4의 파트너. 양파를 좋아함.
흉포함?

【후부키】

쿠로4와 에리스의 아이.
변이종인 코퀴토스 울프다.

【마사유키】

쿠로2와 이리스의 아이.
파트너가 많은 하렘 늑대.

【신입】 (NEW)

히라쿠가 거둬서 큰나무 마을로 왔다.
암컷 넷을 파트너로 맞이했다.

●데몬 스파이더

【자부톤】

마을에 있는 데몬 스파이더의 대표이자 의상 제작 담당. 감자를 좋아한다.

【새끼 자부톤】

자부톤의 아이들. 봄철에 일부가 여행을 떠나고 나머지가 자부톤의 곁에 남는다.

【마쿠라】

자부톤의 아이. 제1회 '큰나무 마을' 무투대회의 우승자.

●그노시스 비

【벌】

마을의 양봉 대상자. 새끼 자부톤과 공생(?)하고 있다. 벌꿀을 제공해 준다.

●흡혈귀

【루루시 루】

마을에 있는 흡혈귀의 대표.

별명은 '뱀파이어 프린세스'.

마법이 특기. 토마토를 좋아한다.

【플로라 사크투】

루의 사촌 여동생. 약학에 정통해 있다.

된장과 간장을 열심히 연구하고 있다.

【시조님】

루와 플로라의 할아버지.

코린교의 최고위. '종주'로 불린다.

【알프레드】

히라쿠와 흡혈귀 루의 아들.

【루프미리나】

히라쿠와 흡혈귀 루의 딸.

●귀인족

【앤】

마을의 귀인족 대표이자 메이드장. 마을의 가사를 담당하고 있다.

【라무리아스】

귀인족 메이드 중 한 명. 주로 수인족을 서포트하는 역할을 담당하고 있다.

●천사족

【티어】

마을의 천사족 대표. 별명은 '섬멸천사'.

마법이 특기. 오이를 좋아한다.

【그란마리아/쿠델/코로네】

티어의 부하. '몰살천사'로 유명하다.

때때로 촌장을 안고 이동한다.

【키어비트】

천사족 족장의 딸.

【스아루리우/스아루코우】

쌍둥이 천사.

【말비트】

키어비트의 어머니.

천사족 족장.

【루인시아】

티어의 어머니.

【티젤】

히라쿠와 천사족 티어의 딸.

【오로라】

히라쿠와 천사족 티어의 딸.

【스아루로우】

스아루리우, 스아루코우의 어머니.

●리저드맨

【다가】

마을에 있는 리저드맨의 대표. 오른팔에 스카프를 감고 있다. 힘이 세다.

【너프】

리저드맨 중 한 명. 주로 미노타우로스를 서포트하는 일을 하고 있다.

●하이엘프

【리아】

마을의 하이엘프 대표.

200년 동안 여행하면서 축적한 지식으로 마을의 건축 관련을 담당(?)

【리그네】

리아의 어머니. 아주 강하다.

【리스/리리/리프/리코트/리제/리타】

리아의 혈족.

【라파/라사/라라샤/라르/라미】

리아 일족과 합류한 하이엘프.

●가르갈드 마왕국

【마왕 가르갈드】

마왕. 무지 강할 것이다.

【비젤 크라임 크롬】

마왕국 사천왕, 외교 담당, 백작.

고생이 많은 사람. 전이 마법 사용자.

【글라츠 브리트아】

마왕국 사천왕, 군사 담당, 후작. 군략의 천재지만 전선에 나서고 싶어 한다.

종족은 미노타우로스.

【프라우렘 크롬】

마을의 마족, 문관낭중 대표.

애칭은 프라우. 비젤의 딸.

【유리】

마왕의 딸. 세상 물정을 모르는 일면이 있다.

마을에 몇 개월 체류했었다.

【문관낭중】

유리, 프라우의 학우 혹은 지인들.

마을에서는 프라우의 부하로 활약.

【랏샤시 도로와】

문관낭중의 일원. 마왕국 도로와 백작가의 차녀. 주로 켄타우로스를 돌봐주는 일을 하고 있다.

【호우 레그】

마왕국 사천왕. 재무담당. 애칭은 호우.

【아네 로슈르】

마왕의 아내. 귀족 학교의 교장.

【알레이샤】

귀족 학교에 상인 전형으로 입학.

졸업 후, 학교 사무원으로 취직.

【엔데리】

푸갤 백작의 7녀.

귀족 학교에서 골, 실, 브론과 알게 된다.

【키리사나】

그리치 백작의 5녀.

귀족 학교에서 골, 실, 브론과 알게 된다.

●드래곤

【드라임】

남쪽 산에 둥지를 튼 드래곤.

별명은 '문지기 용(게이트 드래곤)'.

사과를 좋아한다.

【그라파룬】

드라임의 아내.

별명은 '백룡희(화이트 드래곤)'.

【라스티스문】

마을의 드래곤 대표.

별명은 '광룡(크레이지 드래곤)'. 드라임과 그라파룬의 딸. 곶감을 좋아한다.

【도스】

드라임의 아버지.

별명은 '용왕(엠퍼러 드래곤)'.

【라이메이렌】

드라임의 어머니.

별명은 '태풍룡(허리케인 드래곤)'.

【하쿠렌】

드라임의 누나(장녀).

별명은 '진룡(에인션트 드래곤)'.

【스이렌】
드라임의 누나(차녀).
별명은 '마룡(스펠 드래곤)'.

【마크스벨가크】
스이렌의 남편.
별명은 '악룡(이빌 드래곤)'.

【헤르젤나크】
스이렌과 마크스벨가크의 딸.
별명은 '폭룡(래스 드래곤)'.

【세키렌】
드라임의 여동생(삼녀).
별명은 '화염룡(파이어 드래곤)'.

【드마임】
드라임의 동생.

【퀸】
드마임의 아내.
아버지가 라이메이렌의 동생.

【쿼른】
세키렌의 남편. 퀸의 동생.

【그라루】
암흑용 기라루의 딸.

【히이치로】
히라쿠와 하쿠렌의 아들.
인간과 드래곤의 혼종.

【기라루】
암흑용(다크 드래곤).

【구론데】
머리가 많은(8개) 드래곤.
기라루의 아내. 그라루의 어머니.

【메토라】
엘더 드래곤. 학교생활 중인 아이들을 돌보는 역할. 별명 '단다지'.

【토시라】
엘더 드래곤. 라이메이렌 밑에서 일한다. 메토라의 동생.

【쿠쿨칸】
히라쿠와 라스티의 아들.
라나아논의 동생.

【오제스】 (NEW)
엘더 드래곤. 염룡족(플레임 드래곤).
마왕국 왕도에서 일하고 있다.
하이프리그타, 키하트로이와 3인조로 묶여 취급당하는 일이 많다.

【하이프리그타】 (NEW)
엘더 드래곤. 풍룡족(윈드 드래곤).
야구에서 빛나는 재능이 있다.

【키하트로이】 (NEW)
엘더 드래곤. 대지룡족(어스 드래곤).
마왕국 왕도 생활을 만끽 중.

●고대 악마족

【구찌】
드라임의 종자이자 참모 같은 존재.

【부르가/스티파노】
구찌의 부하.
지금은 라스티스문의 피고용인 신분.

【프라다】
드라임의 둥지에서 일하는 악마족 메이드. 취미는 미술품 수집.

【베르사】
시조님의 부인.

●악마족

【쿠즈덴】

넷 마을의 대표. 마을의 악마족 대표.

●수인족

【걸프】

하울린 마을에서 이주한 전사.

촌장을 호위하는 임무를 맡는다.

【세나】

마을의 수인족 대표. 하울린 마을에서 이주.

【맘】

수인 이주자 중 한 명. 주로 뉴뉴 다프네를 서포트하는 일을 하고 있다.

【골】

어릴 적에 큰나무 마을로 이주한 남자애 중 하나. 성실하다.

【실】

어릴 적에 큰나무 마을로 이주한 남자애 중 하나. 성질이 급하다.

【브론】

어릴 적에 큰나무 마을로 이주한 남자애 중 하나. 똑부러진다.

【거트】

하울린 마을 촌장의 아들. 세나의 오빠.

마을의 대장장이.

【너트】

거트와 너시의 딸.

아버지의 종족인 수인족으로 태어났다.

●엘더 드워프

【도노반】

마을의 드워프 대표. 가장 먼저 마을에 왔던 드워프. 주조의 달인.

【윌콕스/크록스】

도노반의 다음으로 마을에 왔던 드워프. 주조의 달인.

●샤샤트 시

【마이클 고로운】

인간. 샤샤트 시내의 상인.

고로운 상회의 회장. 상식인.

【말론】

마이클의 아들. 차기 회장.

【티토】

말론의 사촌. 고로운 상회의 회계 담당.

【란디】

말론의 사촌. 고로운 상회의 매입 담당.

【밀포드】

고로운 상회의 전투대장.

●산 엘프

【야】

마을의 산 엘프 대표. 하이엘프의 아종(?)으로 공작(工作)이 특기.

●라미아

【쥬네아】

남쪽 던전의 주인. 하반신이 뱀인 종족.

【스네아】

남쪽 던전의 전사장.

●미노타우로스

【고든】

마을의 미노타우로스 대표. 커다란 몸에 머리에 소 같은 뿔이 달린 종족.

【로나나】

주재원.

마왕국 사천왕 글라츠가 반한 상대.

●켄타우로스

【글루월드 라비 콜】

마을의 켄타우로스 대표. 하반신이 말인 종족. 빨리 달릴 수 있다.

【후카 포로】

남작이지만 여자애.

●뉴뉴 다프네

【이그】

마을의 뉴뉴 다프네 대표. 그루터기와 인간 모습으로 변할 수 있는 종족.

●대영웅

【우르블라자】

애칭은 우르자. 원래는 사령왕.

●거인족

【우오】

털이 수북한 거인. 성격은 온화하다.

●머큐리 종(인공생명체)

【고우 포그마】

태양성 성주 보좌. 초로.

【벨 포그마】

종족 대표. 태양성 성주 수석 보좌.

메이드.

【아사 포그마】

태양성 성주의 집사.

【후타 포그마】

태양성 수석 항해사.

【미요 포그마】

태양성 회계사.

●구미호

【요우코】

수백 년을 산 여우 대요괴.

드래곤 수준의 전투력을 보유했다고 한다.

【히토에】

요우코의 딸. 태어나고 100년 넘게 지났지만, 아직 어리다.

●요정

【요정】

빛나는 구슬(탁구공 크기)에 날개가 있다.

단 것을 좋아한다.

오십 마리 정도가 마을에 있다.

【인간형 요정】

작은 인간형 요정.

10명 정도가 마을에 산다.

【요정 여왕】

인간 모습을 한 요정의 여왕. 어른 여성으로 키는 큰 편. 인간 아이들의 수호자로서 인간계에서는 나름대로 숭배받는다. 단, 드래곤은 요정 여왕을 질색한다.

●피닉스

【아이기스】

둥그런 병아리.

나는 것보다 뛰는 게 더 빠르다.

●뱀신족

【니즈】

인간의 몸이 된 뱀. 뱀 신의 사도이기도 하며, 뱀과 대화할 수 있다.

●오르트로스

【오르】

머리가 둘 있는 개.

쿠로네와 비교하면 약하다.

●호랑이

【소게츠】

성수 산게츠의 자손.

●마법생물

【인텔리전스 박스】

상자 모양의 마법생물. 촌장이 잔뜩 주웠고, 각지에서 열심히 일한다.

【플라잉 카펫】

하늘을 나는 마법의 양탄자. 촌장을 아주 좋아하지만, 루는 꺼린다.

●기타

【슬라임】

마을에서 매일 수와 종을 늘리고 있다.

【소】

우유를 생산한다. 하지만 원래 세계의 소만큼은 나오지 않는다.

【닭】

달걀을 낳는다. 하지만 원래 세계의 닭만큼 낳지 않는다.

【염소】

염소젖을 생산한다. 처음에는 장난꾸러기였지만, 얌전해졌다.

【말】

촌장의 이동용으로 구매했다. 글루월드에게 대항심을 품고 있다.

【술 슬라임】

마을의 힐링 담당.

【사령기사】

갑옷 차림의 해골로, 좋은 검을 갖고 있다. 검의 달인.

【흙인형】

우르자의 종자.

우르자의 방 청소를 열심히 하고 있다.

【고양이】

히라쿠가 주운 고양이.

수수께끼가 많다.

이세계 유유자적 농가

Farming life in another world.

글 나이토 키노스케
일러스트 야스모

이세계 유유자적

Farming life in another world.

작가 후기

「이세계 유유자적 농가」가 애니메이션으로 만들어지고, 그 방송이 무사히 종료되었습니다. (아마 종료되었을 터! 아무 트러블이 없기를 간절히 바랍니다!)

이것으로 저는 평범한 라이트노벨 작가에서, 애니메이션 원작 라이트노벨 작가로 칭호가 변화!

뭐, 그게 뭐 어쨌냐는 거지만요. 애니메이션이 나온 라이트노벨 작가는 전체 애니메이션 숫자보다는 적지만, 제법 많이 있으니까 드물지도 않습니다.

자만하면 안 된다고, 계속 쓰는 것이 중요하다고 다시 한번 자기 자신을 다잡습니다.

그건 그거고, 「이세계 유유자적 농가」 애니메이션 제작에 관여해 주신 많은 분께 다시 한번 감사드립니다. 감사합니다. 또 함께 일할 수 있다면 좋겠습니다.

물론 애니메이션을 시청해 주신 여러분께도 감사드립니다. 고맙습니다. 제 작품이 또 애니메이션으로 나갈 때는 잘 부탁드립니다.

하지만 그러기 위해서는 애니메이션 제작을 목표로 삼은 신작을 생각해야 하는데요……. 지금은 「이세계 유유자적 농가」로 벅차서요. 하하하.

본론입니다.

15권 도달! 해냈습니다!

아아. 감회가 깊다.

하지만 이 15권, 이야기가 중간에서 뚝 끊기는 부분이 있단 말이죠. 죄송합니다. 「이세계 유유자적 농가」에서는, 되도록 질질 끄는 모습을 보이고 싶지 않았는데, 책 두께와 문장량의 문제입니다. 죄송합니다. 다음 권을 기대해주세요. 빨리 전해드릴 수 있도록 원고에 힘을 쏟겠습니다.

그리고 놀라운 급전개……는, 이 작품에 어울리지 않습니다. 평소와 비슷한 유유자적함으로 느긋하게 힘내겠습니다. 네, 새로운 것은 하지 않고, 없습니다. 그것이 「이세계 유유자적 농가」입니다.

……생각해 보면 그렇게 느긋한 작품이 15권까지 계속될 수 있었다며 자화자찬하게 됩니다.

하나의 작품을 이렇게 오랫동안 쓰는 것도 드물다고 할까, 처음 있는 경험이고요. 옛날에는 반년 만에 게임 한 편 분량(소설 3권~4권 분량 정도)을 쓰고, 다음 작품을 쓰기 시작했습니다. 속편 같은 건 그다지 하지 않았고.

그리고 앞으로 몇 년 더 계속할 수 있을까? 전혀 예상할 수 없습니다! 죄송합니다, 힘내서 어울려 주십시오. 잘 부탁드립니다.

공간도 얼마 남지 않았으니, 이번에는 여기까지.

다음 권에서 또 봅시다. 이만 줄이겠습니다.

나이토 키노스케

세나 & 리아의 다음 권 예고 토~크

안녕하세요! 수인족 세나예요! 여기 다음 권 예고 코너에 등장했어요!

하이엘프 리아입니다! 같이 등장했습니다!

그나저나 리아 씨. 그거 알아요?

뭘 말이죠?

【이세계 유유자적 농가】가 애니메이션으로 나오면서, 우리 목소리가 성우님들 목소리로 재생되고 있다고요!

오오!

그렇다고는 해도, 애니메이션은 표현의 일종. 무조건 정답인 건 아니지만요.

그러네요. 독자(시청자) 한 분 한 분이 떠올리는 목소리가 정답입니다.

그나저나 제 목소리를 담당해 주신 성우님에겐 감사해요.

다른 작품에서 들어도 의식하게 되죠.

이세계 유유자적 농가 16

Next
Farming life
in another world.

그렇죠. 아차, 이러면 안 되지. 다음 권 예고를 할 공간이 없어져요!

애니메이션 감상을 더 말하고 싶은데– 어쩔 수 없군요.

다음 권은…… 이번 권에서 이어지네요.

보통은 그런 법이에요.

그리고…… 느긋하게 보내는 겨울?

평소와 똑같네요.

그렇죠. 평소와 똑같은 【이세계 유유자적 농가】를 전하려고 해요!

어? 그걸로 정리하면 다음 권 예고의 의미가!

신경 쓰면 안 돼요! 그러면 다음 권에서 다시 만나요. 세나였습니다.

어? 괜찮나? 리아였습니다. 다음에 또 봐요–.

16

2026년을 기대해 주세요!

이세계 유유자적 농가

15

이세계 유유자적 농가 15

2025년 11월 05일 제1판 인쇄
2025년 11월 20일 제1쇄 발행

지음 나이토 키노스케
일러스트 아스모

제작 · 편집 노블엔진 편집부

발행 데이즈엔터(주)
등록번호 제 2023-000035호
주소 07551 서울특별시 강서구 양천로 570 NH서울타워 19층
전화 02-2013-5665

ISBN 979-11-380-6332-6
ISBN 979-11-6466-347-7 (세트)

ISEKAI NONBIRI NOUKA Vol.15

[글] **나이토 키노스케**

Kinosuke Naito

안녕하세요, 나이토 키노스케입니다.
야겜밭에서 수확된 둥글둥글하게 살찐
감자인간입니다.
오탈자가 많은 인생을 보내고 있습니다.
잘 부탁합니다.

[일러스트] **야스모**

Yasumo

게임을 하거나 그림을 그리거나 하는
일러스트레이터입니다.
여러 가지를 그릴 수 있게 되고 싶습니다.

ISEKAI NONBIRI NOUKA